# 想要買馬車

19世紀巴黎男性的社會史

*Shigeru Kashima*

鹿島茂 著
布拉德 譯

# 目次

# 新版序

這次，《想要買馬車》在睽違十九年後，同樣由白水社推出新版。對作者來說，因為是「真正的處女作」，所以感到無比興奮。

之所以說是「真正的處女作」，乃因本書改寫自出版三年前，亦即一九八七年六月，由文藝春秋出版的《「悲慘世界」一〇六景 以木版插畫解析名作的背景》。另一個理由是，《想要買馬車》中所收錄的文章，一如後記所寫，有一半是以更久之前，《法國》（ふらんす）雜誌從一九八六年四月號開始連載了一年的「十九世紀的生理學《我們是主角》的巴黎」所寫的內容為基礎。也就是說，以內容來說，本書屬於作者的公開著作中，「撰寫於年輕時代」的那一類。

在今天的我看來，雖然有些地方稍嫌生硬，相對地，卻也有一種現在無法重現的新鮮氣味，因此，我只做了最小幅度的修正。此外，馬車和現代汽車的比較，以及和法郎之間的換算，都依舊以一九九〇年代為基準。

暫且撇開這些不談，相隔十九年再度閱讀本書，一如「面對處女作，作家會變得成熟」這句話所言，裡面裝滿了日後我開始大量書寫的所有元素。我從一九九〇年代到二〇〇〇年所寫的許多巴黎相關書籍，大多是本書內容的延伸，或是本書沒寫完的部分。

簡而言之，本書不僅是我的起點，也應該是我的終點。

在本書出版後十九年往回看，我發現一個明顯的潮流。

那就是在一九八〇年代這個小說評論（Nouvelle Critique）、結構主義（structuralisme）和記號學的全盛時期絕對看不到的「風俗」、「日常生活」等元素，在這二十年間，於文學研究和歷史研究領域占了非常重要的地位。這股潮流沒有停歇，現在，「風俗」、「日常生活」這些從側面重新看待文學和歷史的趨勢已經逐漸成為主流。

以這層意義來說，本書或許也成了改變潮流的因素之一。不過，現在回想起來，這樣的轉換，也強烈反映了浸淫在小說評論、結構主義、記號學中的我，內心所發生的變化。

也就是說，在結構主義和記號學全盛的一九八一年，我同樣經由白水社出版了自己翻譯的克里斯蒂安．梅茲（Christian Metz）所著《電影和精神分析　想像的記號表現》，透過這個過程，我徹底了解自己並不適合這種概念操作，轉而開始追求具體之物，在文學、歷史的大海中遨遊。不管我是否意識到，這種「從概念到物體」的內發性轉換，和許多同時代人心中逐漸出現的變化是一樣的吧。但是和同時代人稍微不同的地方是，支持我的內發性轉換的，是從一九八四年開始在巴黎居住一年期間所發現的舊書。

巴黎、舊書和風俗。本書誕生於我心中發生「從抽象到具象的內發性轉換」，亦即這三點相互連結的時候。

趁此新版發行，本書也收錄了在其他地方為馬車和巴黎風土所寫的六篇散文（「作家與馬車」、「搭乘馬車的夢想」），以及從《法國》雜誌連載中選出的一篇（「奧斯曼的巴黎改造」）。重複之處，尚請各位讀者見諒。

二〇〇九年五月十九日　鹿島茂

# 「主角」們的簡歷

## 歐也納·拉斯蒂涅

（巴爾札克〔Honoré de Balzac〕《高老頭》〔*Le Père Goriot*〕、《幻滅》〔*Illusions Perdues*〕、《驢皮記》〔*La Peau de Chagrin*〕、《煙花女榮辱記》〔*Splendeurs et Misères des Courtisanes*〕）

昂古萊姆（Angoulême）的貧窮貴族之子。自一八一八年開始投宿於由戰爭未亡人伏蓋夫人經營的位在拉丁區（Quartier Latin）的伏蓋公寓，就讀巴黎大學法律系時，在親戚鮑賽昂夫人的介紹下進入社交界，從此抓住了成功的契機。起初，他試著接近美麗的伯爵夫人阿娜斯塔吉·雷斯多，然而，因為他不知道她是住在同棟公寓的可憐製麵老人高老頭的女兒而不慎失言，再也無法接近她。最後，他在鮑賽昂夫人的威勢及身為父愛化身的高老頭的協助下，成了高老頭另一個女兒德爾菲努·紐泌根男爵夫人的愛人。不過他卻也為了籌措社交界的交際費，差點就參與了住在同一公寓中的謎樣中年男子沃特蘭所計畫的陰謀。在故事最後，他在為了兩個女兒散盡千萬家財卻慘遭拋棄的高老頭臨終時照顧他，並自己花錢將他葬在拉雪茲神父公墓（Cimetière du Père-Lachaise），然後，從墓地的高台上望著上流階級活動的地區，大聲叫道「現在，就看我倆大顯身手啦！」

在《幻滅》中，他扮演一名輕佻的花花公子，向剛抵達巴黎的呂西安·律邦浦雷狠狠敲詐了一筆。

## 呂西安·律邦浦雷

（巴爾札克，《幻滅》、《煙花女榮辱記》）

本名呂西安·夏爾頓，昂古萊姆的藥房老闆之子，是《人間喜劇》中首屈一指的美男子。當他在好朋友達維多·賽夏所經營的印刷廠工作，同時不斷寫詩的時候，他的文采得到了巴日東夫人的認同，但卻也因此引來了出於忌妒的流言蜚語，於是他便和巴日東夫人攜手共赴巴黎。一到巴黎，他便被受上流社會迷惑的夫人疏遠、拋棄，無計可施之下，他決心靠著寫作來飛黃騰達。正當在拉丁區的便宜旅館埋頭寫小說時，他認識了哲學青年達提茲，成為律己甚嚴的思想社團「文社」（Cénacle）的一員。而後，他在與廉價食堂中共坐一桌的油條記者盧斯托的引薦下，踏入新聞界，因沾染上浮華生活而喪失了純真的詩人心性，淪落成只為金錢和名聲工作的新聞記者。不久，他在自由派和王黨派之間腳踏兩條船的事跡敗露，被趕出新聞界，加上身為女演員的戀人柯拉莉因病去世，他窮困潦倒地回到故鄉。後來，他知道因為自己偽造票據，害好朋友達維多被逮捕，絕望之餘打算自殺，就在那時，他被謎樣的西班牙僧侶卡爾羅斯·艾雷拉（沃特蘭）撿回，成為他的手下，發誓要向上流社會挑戰。

## 拉法埃爾·瓦朗坦

（巴爾札克，《驢皮記》）

在帝政時期累積許多財富的父親嚴格教育下，自巴黎大學法律系畢業。後來，父親因王朝復辟而破產，所以他決定將僅剩的一千一百零十二法郎的遺產拿來作為三年分的生活費，把自己關在便宜旅館的閣樓房間中，勤儉度日，著手撰寫《意志論》這部大作。但是，因為受到偶然認識的拉斯蒂涅之影響，他開始進出社交界，並和美麗的伯爵夫人費多拉陷入熱戀。然而，因費多拉的任性，他不但用光了僅存的一點積蓄，還在賭場輸錢，於是他想跳入賽納河。但就在偶然經過的骨董店中，一個謎樣的老人給了他一張可以幫人實現所有願望的驢皮。在那之後，雖然所有的事都如他所願，但每實現一個願望，驢皮就會縮小一點，最後，他在自己深愛的波利娜照顧下，嚥下最後一口氣。

## 弗雷德利克．莫羅

（福樓拜〔Gustave Flaubert〕，《情感教育》〔*L'Éducation sentimentale*〕）

出生於諾晉特（Nogent）的中產階級家庭。為了上大學，他於一八四〇年前往巴黎，某次返鄉探親時，他在汽船上認識了畫商強克．阿爾努一家人，並暗中愛慕著其貌美的妻子瑪莉。之後，他一邊就讀法律系，同時還三天兩頭往阿爾努經營的「工藝美術社」跑，希望能對阿爾努夫人一訴衷情。然而，因為夫人對丈夫相當忠誠，他的企圖無法得逞，但他還是很努力地在各種場合表現，因此博得了夫人的信賴。暑假返鄉時，弗雷德利克家破產了，於是他便一直待在故鄉，虛度了大把時光。幾年後，他繼承了伯父的遺產，一躍成為富翁，他滿懷興奮地再度前往巴黎，一面與轉行成為陶器商的阿爾努家往來，同時也實現了長久以來對高級生活的憧憬，經常出入銀行家朋友旦布爾茲的沙龍，雖然他對阿爾努的情婦羅薩內德也相當傾心，但就在阿爾努夫人因丈夫外遇而煩惱來找他商量之時，他再度燃起對她的愛戀，終於和夫人許下了幽會之約。不過，後來，他誤以為因孩子生病不能前往約會地點的夫人背叛了他，意氣用事之下奔向了羅薩內德。不久，一八四八年二月革命發生，他基於政治的野心接近旦布爾茲夫人，打算接替已逝的旦布爾茲的位置，然而卻因夫人侮辱了破產的阿爾努夫人的紀念品而勃然大怒，並和她分手。一八六七年，他和阿爾努夫人再度相會，但兩個人終究未能結合。

## 馬留斯·彭梅西

（雨果〔Victor Hugo〕《悲慘世界》〔*Les Misérables*〕）

拿破崙軍隊大佐喬爾杰·彭梅西的兒子。雖然是被憎恨著大革命和拿破崙的外祖父所撫養長大，但是，因為父親的去世，他轉而成為拿破崙的崇拜者，和外祖父發生激烈口角，憤而離家出走。不久，他認識了「ABC之友」的青年們，共和主義的色彩更形強烈，但他並沒有因為對父親的尊敬而獻身共和主義，僅止於當一個政治運動的後援者。他在收容貧民的高爾博公寓（Gorbeau Hovel）過著艱苦的生活，並完成學業。之後，雖然取得了律師資格，但是他並沒有站上法庭，而是藉著承包出版社的工作維生。他在盧森堡公園的樹苗園中看見和尚萬強一起來散步的珂賽特（Cosette）時，就此墜入愛河。

## 朱利安・索勒爾

（斯湯達爾〔Stendhal〕，《紅與黑》〔*Le Rouge et Le Noir*〕）

法朗什・孔泰（Franche-Comté）地方的偏遠小鎮——威利耶爾（Verriers）的製材場三男。自小便熟讀拿破崙的《聖・賀勒拿日記》，他的記憶力出眾，曾背誦拉丁語讓司祭頗為驚訝，也因為這樣的學識能力，他成了鄉紳雷納爾家的家庭教師。雖然他在征服雷納爾夫人之後嚐到戀愛的感覺，但因沒多久就傳出謠言，於是便進了柏桑松（Besançon）的神學院。神學院校長皮拉爾很喜歡他，因此介紹他去巴黎擔任拉・莫爾侯爵的秘書。在拉・莫爾侯爵的宅邸，他和拉・莫爾的千金馬吉爾德陷入熱戀，終於，侯爵答應讓他和馬吉爾德結婚，但在此時雷納爾夫人卻寄來揭密信函，他知道所有的一切都將成為幻影，便立即返回威利耶爾以手槍射殺雷納爾夫人，自己也因此命喪斷頭台。

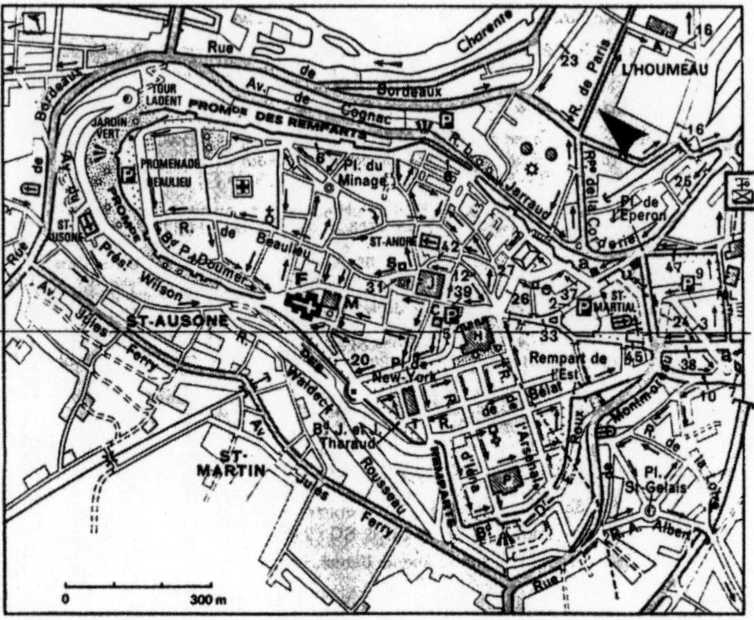


◆拉斯蒂涅和呂西安．律邦浦雷的故鄉——昂古萊姆，殘留著巴黎大道的名稱。

前言

# 〔巴黎大道的那頭〕

曾經在法國地方都市旅行過的人，應該多少都會因為不管在什麼樣的城鎮，都有以維克多．雨果為名的大道和街巷而感到驚訝。也就是說，雨果被視為法國國民英雄的程度，遠超乎我們的想像。不過，接下來我想談的並不是雨果，而是程度更甚於雨果大街，且不管是哪個城鎮（特別是法國北部和中部的城鎮）幾乎都有以此為名的街道，那就是名為巴黎大街或巴黎大道的街道。

對日本人而言，雖然會覺得這些街道應該就相當於現在的「〇〇銀座」，但是，很不可思議的，這些名為巴黎大街或巴黎大道的街道，幾乎都位在市郊的荒涼地帶。一般來說，搭火車旅行的時候，並不會注意到這些街道的存在。

但是，很奇怪的，當開車在田野間遊蕩時，巴黎大街、巴黎大道這些名稱便會映入我的眼簾。有一次，當我正想著「為什麼呢」而打開米其林地圖時，發現了一個十分理所當然的事實，也就是說，所謂的巴黎大街或巴黎大道，都是從那個鄉鎮朝向巴黎出發時最後經過的道路（或者，相反地，是進入該城鎮時所走的第一條道路）。在法國，因為所有的道路都可以通往巴黎，所以會有意味著「不管是哪個城鎮，都有通往巴黎的道路」的巴黎大街或巴黎大道，也是很自然的事。鐵路普及之後，這些道路雖然成了平凡無奇的郊區道路，但是，在那之前，這些道路應該是打算前往巴黎的人們，將複雜的思緒隱藏於心，看故鄉最後一眼時所處的街道。不，憧憬巴黎的鄉下居民，不分男女，一定都盡情發揮了他們的想像——「這條路的那頭就是巴黎了！」這麼說來，我倒是想起了在福樓拜的《包法利夫人》（*Madame Bovary*）中有著這麼一個段落。

她在多斯多，而那個人卻在巴黎，在那遙遠的巴黎！巴黎是一個什麼樣的地方呢？這真是一個美好的名字啊！巴黎！（……）

深夜時，魚店的一行人搭著貨車，一邊唱著「馬鬱蘭之花」這首歌，一邊經過她的窗下，她總是一直醒著，聆聽箍著鐵圈的車輪在石板道上喀啦喀啦地前進，因為從市郊一帶便是泥巴路，所以那聲響也突然消失了。

「那些人明天就到巴黎了！」艾瑪想著。

然後，她在幻想中追著那些人的腳步，越過一座又一座的山丘，穿過一個又一個的村莊，在星光下，一個勁兒地在街上跑著。

就像這樣，艾瑪．包法利雖然只能在幻想中到巴黎旅行，但是巴爾札克等十九世紀的小說家幾乎都會寫下的法國版教養小說❶的主角們，也就是《高老頭》中的歐也納．拉斯蒂涅、《幻滅》中的呂西安．律邦浦雷、《紅與黑》中的朱利安．索勒爾、《情感教育》中的弗雷德利克．莫羅等人，他

註①——教養小說（Bildungsroman），是啟蒙運動時期在德國產生的一種小說形式。通常是以一個年輕人為主角，敘述他成長、發展的經歷，做為主要的敘述方式。這個主角以理想化的方式達到當時人們對一個受過教化的人的理想。這類小說通常帶有一點傳記的性質。

們有的搭乘公共馬車、有些則搭著郵務馬車，為了實現自己旺盛的野心，就從巴黎大道朝著巴黎出發。

他們擔任作者分身的同時，在某種意義上，也代表著當時野心勃勃的鄉下青年。所以，如果將幾條這些主角從巴黎大道出發後所步上的人生軌道加以疊合，便會如蒙太奇照片般，浮現出在十九世紀上半葉想在巴黎闖出一番事業而進城去的鄉下青年典型。而且，實際上，這些典型和現今讀者所能模糊想像鄉下青年的刻板印象，也有相當大的差異。

現在，當汽車經過連城鎮中的人們也忘記名稱由來的巴黎大道時，我的腦袋中突然浮現了這樣的想法，但是，如果沒有看到由路易．尤亞爾（Louis Huard）這位當時的記者所寫的這本《學生的生理學》（*Physiolosie de l'etudiant*）的小冊子，這個想法應該會和我的許多念頭一樣，當下就消失無蹤。因為無論我做了幾張蒙太奇照片，還是需要可以作為核心的部分，而且，不管我將特殊性做了怎麼樣的疊合，也很難達到普遍性。

然而，因為在一八四〇年代相當流行的風俗觀察系列——《生理學》的其中一本《學生的生理學》裡，針對從故鄉出發、抵達巴黎、尋找旅館、廉價食堂、大學課業、與針線女工的戀情、狂歡節❷的化裝舞會等，在小說中被省略或簡單帶過的學生生活情節都有著相當具體的描述，我發現模糊不清的蒙太奇照片可以因為這些描述而得到清楚的輪廓，再加上如果以此為根基來映照歐也納．拉斯蒂涅和弗雷德利克．莫羅等人的日常生活，在逆推到主角的共通性時，也可以看到他們各自的獨特性。

幸好，因為十九世紀的小說連細部情節都做了清楚的描寫，所以，如果帶著那樣的心情來研究，應該可以找到一些情報，而且，一旦領略到那些資料的解讀方法，說不定那些到現在為止都被跳過沒讀的描寫和敘述，便會出現全新的意義，可以重新加以解讀。不只如此，如果追隨第一次上巴黎去的主角的足跡，這件事本身也有可能成為十九世紀上半葉的巴黎導覽，因為以社會史的角度來說，法國社會一直到第三共和確立之後才進入現代化階段❸，在十九世紀上半葉，各方面都還與前近代的遺產有所牽連。這或許是一個相當有趣的主題，如果就這樣決定，那就只剩下十九世紀巴黎的

---

註②——狂歡節或謝肉祭（Carnival），是天主教在四旬節前三至七天所舉辦的盛會，因為四旬節時有四十天不能食肉的規定，所以教徒會在齋戒前舉辦最後的酒肉狂歡慶典，人人盛裝華服、盡情歌舞，因此 Carnival 也譯為「嘉年華會」。

註③——本書主要時代背景為十九世紀之法國社會，在此簡列十九世紀法國歷史，以供讀者參考：第一共和（1792-1804，法國在路易十六被送上斷頭台後，結束二百多年的波旁王朝統治，進入第一共和時期。一七八九年的法國大革命於此期間爆發，而執政政權又歷經：國民會議〔1792-1795〕、督政府〔1795-1799〕、執政府〔1799-1804〕等階段），第一帝國（1804-1814，拿破崙一世建立），波旁復辟（1814-1830），七月革命（1830），七月王朝（1830-1848），二月革命（*1848*），第二共和（1848-1852），第二帝國（1852-1870，拿破崙三世建立），第三共和（1870-1940，此期間又有一八七一年的巴黎公社）。

相關資料蒐集了。

於是，我深深沉溺於以現在想來可說是天堂，也可說是地獄的「十九世紀巴黎」的資料蒐集，歸根究柢，這全都起因於對偶然經過的巴黎大道的由來所抱持的疑問。那麼，就讓這本書從「主角各自站在故鄉小鎮的巴黎大道上凝視著遠方」開始吧。

十九世紀的換算匯率

一法郎＝一千日圓

一蘇（＝二十分之一法郎）＝五十日圓

一生丁（＝百分之一法郎）＝十日圓

一埃居＝三法郎＝三千日圓

一路易＝二十法郎＝兩萬日圓

# 第1章

# 我們是主角
# 要上巴黎去

## （之一）郊外馬車和遠距離公共馬車

他坐在前車廂後面的座位上，當五四一起飛奔而出的馬兒拉著的公共馬車開始移動時，他整個人都陶醉了。（……）

——《情感教育》

《高老頭》中的歐也納．拉斯蒂涅、《幻影》中的呂西安．律邦浦雷、《紅與黑》中的朱利安．索勒爾以及《情感教育》中的弗雷德利克．莫羅等滿懷野心的主角終於決定要離開故鄉到巴黎去。然而，在他們所生活的一八五〇年以前的法國社會鐵路尚未普及，當然，如果是以塞納河和巴黎相連結的盧昂（Rouen）或桑斯（Sens）等小鎮，就可以利用便宜的汽船，但是，除此之外的城市，就只能藉由陸路前往巴黎。那麼，在鐵路普及以前的社會，這些主角們到底可以利用什麼樣的交通工具呢？接下來，我就把我所想到的都列舉出來。

## 全程步行

首先能想到最便宜的方法，就是和江戶時代的五街道之旅一樣，

◆河用蒸汽船

以全程步行的方式來完成。如果是現代，就有腳踏車這種不花一毛錢的交通工具，但在當時，缺乏旅費的貧窮年輕人若要前往巴黎也只有這個方法。

實際上，在巴爾札克的作品《塞沙．皮羅多興衰記》（*Histoire de la grandeur et de la décadence de César Birotteau*）中的同名主角，便是在十四歲時「將一枚一路易的金幣偷偷放進口袋之後，離開故鄉，為試試自己的運氣而徒步來到巴黎」。不只是塞沙．皮羅多，十九世紀上半葉勵志傳記中的人物，大多都是以徒步的方式來到巴黎。

比方說，大仲馬（Alexandre Dumas）在自傳中回憶著自己逃離故鄉維勒柯特雷（Villers-Cotterets），途中藉著秘密打獵來賺取住宿費和餐費，最後終於來到巴黎。除了這種貧窮的野心家，還有像在巴爾札克的《畢愛麗黛》（*Pierrette*）中登場的普利果，以步行的方法橫渡法國全境，並在所到之處的小鎮或村莊磨練木匠技術的工匠也相當多。不用說，當然也有像《悲慘世界》中服刑結束的尚萬強一樣，除了步行之外別無他法的人。

◆尚萬強

總而言之，相較於十八世紀，在十九世紀上半葉，馬車旅行雖然已經相當大眾化了，但是，在下層階級之間，狀況並沒有太大的改變，全程步行的旅行似乎一點都不稀奇。

## 部分行程步行

在當時的下層階級之間，最普遍的應該是「部分路段採取步行，剩下的則利用便宜的交通工具」這種方法。在十九世紀前葉，以石匠身分發跡，而後成為共和派總統候選人的馬丁·納德（Martin Nadaud）便在他的回憶錄《前見習石匠雷歐納爾的回憶》（*Mémoires de Léonard, ancien garçon maçon*）中詳細描述了「在克勒茲省（Creuse）出外打工的石匠如何前往巴黎」。根據他的描述，當時的石匠從克勒茲省徒步前往奧爾良，到了奧爾良之後，便搭上名為「庫古」（Coucou，「布穀鳥」之意）的公共馬車進入巴黎。

這種名為庫古馬車的交通工具，是由一匹馬所拉的小型二輪公共馬車，從帝政時期到王政復古時期，就像今天的郊外電車或郊外巴士一樣，擔負著連結巴黎和近郊城鎮的任務。

不過，所謂的二輪馬車，一如之後所詳述的，採取讓乘客在馬車前頭搭乘的構造，原則上只能坐兩個人，最多三人，但是這種庫古馬車特地做了兩排面朝前進方向的長椅，讓它們可以

◆超載乘客的庫古馬車（這輛是由兩匹馬所拉的馬車）

◆庫古馬車的車站

◆庫古馬車

各坐上三人（共計六人）。這些馬車大多都被塗上黃色油漆，而且幾乎都屬駕駛個人所有，或許也就是因為如此，當中小型公共馬車業者加入郊外路線之後，因為過度競爭所引起的削價大戰變得更加激烈，每四公里的行車距離甚至降價為十五生丁（centime）。因此，庫古的駕駛們只好開始藉著盡量多塞點乘客來賺取金錢。

關於這些事，在巴爾札克的《入世之初》（*Un Debut dans la Vie*）中有著相當精采的描述：駕著破舊的庫古馬車在連結巴黎和西北小鎮利爾丹（Lisle-Adam）的道路上奔馳的皮耶羅丹，除了讓兩張三人座的長椅上各坐上四個人（合計八個人），在駕駛座隔壁也坐了二到四人的「非法乘客」，另外，在放置行李用的車上隔間還坐上三人，搭載了遠遠超出規定人數的乘客，然後只用一匹瘦弱的馬來拉車。因為這樣的超載，乘客可以用很便宜的價格前往相當偏遠的城鎮，所以，忍受車上的擁擠也是理所當然的事。

當在巴黎無法謀生的貧窮青年打算帶著受傷的心靈回故鄉時，多半也都是利用這種庫古馬車。比方說，在《悲慘世界》中，不幸的姑娘傅安婷帶著兩歲的女兒珂賽特徒步走回故鄉時，走累的時候偶爾也會搭上這種庫古馬車，想辦法以身上僅有的少數金錢回到濱海蒙特勒伊（Montreuil-Sur-Mer）。另外，《幻滅》中，在巴黎落魄潦倒的呂西安·律邦浦雷也打算搭乘庫古馬車到近郊的隆裘莫（Longjumeau），再從那裡藉著步行和小船回到昂古萊姆。

然而，因為便宜又方便而深受百姓喜愛的庫古馬車，卻也受到大型公共馬車和鐵路的威脅，在巴

◆第勒津斯馬車

爾札克撰寫《入世之初》的一八四二年，早已成為過時的交通工具，多米耶（Honoré-Victorin Daumier）的石版畫便針對庫古馬車的沒落做了絕妙的呈現。

## 遠距離公共馬車

不管怎麼說，對以巴黎為目標的十九世紀的鄉下青年來說，最熟悉的還是名為「第勒津斯」（diligence）的大型公共馬車。這種被形容成「移動的建築」和「陸地客船」的巨大四輪馬車，就像是將三輛馬車合而為一、構造複雜的交通工具，它是為了應付在王朝復辟時急速增加的乘客數量，而將以前的簡單型公共馬車加以改良並大型化的產物。然而，卻因為過度大型化而導致重量太重，失去了"diligence"（快速）的原意。當時，只要一說到第勒津斯馬車，指的就是這種奔馳於法國幹線道路上，有如怪物一般，既大又重的遠距離公共馬車。福樓拜在《情感教育》第二部開頭便生動描寫了繼承伯父財產的弗雷德利克·莫

◆車掌

◆駕駛

羅搭著這種第勒津斯馬車，再度前往巴黎的情形。在此，就讓我來引用一小段。

他坐在前車廂後面的座位上，當五匹一起飛奔而出的馬兒拉著的公共馬車開始移動時，他整個人都陶醉了。（……）正確地說應該是，他再三詢問車掌還要幾小時才會到。但是，沒多久，他便冷靜下來，張著眼，在角落的座位上等待著。

吊在駕駛台上的角燈照耀著繫著長柄的馬匹屁股，在前方，就只能看到其他馬匹如白色波浪般搖晃的鬃毛，馬匹所吐出的氣息讓兩側拖曳著霧氣，鐵鎖響了，窗戶的玻璃在邊框內震動著，沉重的馬車以不變的速度在柏油路上不斷跑著。

如果不知道第勒津斯馬車的構造，可能很難理解這裡所使用的「前車廂」、「車掌」以及「駕駛」這些名詞。現在，就讓我針對這一點詳細說明。

在英美兩國並沒有第勒津斯馬車，它是法國獨有的由四到六匹馬所拉的巨型馬車，有些馬車全長甚至像大型的巴士或卡車一般，三個車廂共可容納十八個人。

首先，最前面的剛好就像是將庫古馬車的前半段切開一樣、名為「前車廂」或「庫普」（coupé）的車室，長椅上可坐三個人，前方的窗戶上鑲著玻璃，腳邊有著十分寬敞的空間。在費用上以這裡最高，相當於現在的頭等席。弗雷德利克・莫羅之所以可以訂下「前車廂」的座位，應該是因為剛剛繼承了財產，手頭相當寬裕的緣故。

◆第勒津斯馬車

接下來，是名為「中車廂」（intérieur）的車室，和英美的驛馬車（stage或coach）一樣，以面對面的形式擺放了兩排三人座長椅，可以坐六個人，但舒適度卻比「前車廂」差，有時也會被要求要坐八個人，那樣的話就會變得非常擁擠。

最後一個車室稱為「後車廂」（rotonde），雖然擺有六人座的馬蹄形長凳，偶爾也會塞下十多人。這種後車廂的費用比中車廂低，相當於現今的經濟艙。

前車廂和中車廂的出入口在左側，後車廂則是在後面，在隔間上完全各自獨立。讀了莫尼埃（Henri Monnier）的戲曲《第勒津斯馬車之旅》（*Un voyage en diligence*）後，我才知道第勒津斯馬車不但是中產階級優秀的交通工具，而且它的三個車廂，還被巧妙地階級化成：前車廂＝上層中產階級

（非指上流階級）、中車廂＝中產階級、後車廂＝下層中產階級。反過來說，雖然同樣都稱為中產階級，但是從坐在第勒津斯馬車的哪一個車廂便可以清楚看出階層內的差異，了解這一點後再去閱讀文學作品就會覺得相當有趣。

◆第勒津斯馬車的翻覆事故

比方說，莫尼埃所創造出的典型中產階級人物約瑟夫・普律東坐在「中車廂」，巴爾札克所創造出的出差販賣員高第塞爾則是「後車廂」的常客。至於那些既不是典型中產階級，也不屬於以步行為主的下層階級，例如雖然是上層中產階級出身，但在目前卻阮囊羞澀的年輕人和學生，亦即和主角們屬於同一階層的人怎麼辦呢？在第勒津斯馬車中便有著可說是為這個階層的人而準備的座位，那就是設置在「前車廂」上頭的「車頂座位」（名為安貝立爾〔impériale〕或卡布利歐雷〔cabriolet〕），相較於後車廂，這裡的費用更加便宜。

在《悲慘世界》中，雖然有著「碰巧預約了同一輛第勒津斯馬車座位的表哥狄歐德爾，跟蹤打算到維農（Vernon）為父親掃墓的馬留斯」的情節，但是，他們卻分別選擇了合乎自己經濟狀況的車廂：馬留斯坐的是「車頂座位」，而狄歐德爾坐的則是「前車廂」。

這種「車頂座位」雖然上面蓋著帆布車篷，但還是會受到風吹雨打，所以危險性也比較大。在巴爾札克的短篇作品《口信》（*Le Message*）中，便是以第勒津斯馬車翻車時，在「車頂座位」坐在敘事者隔壁的青年被壓在車體底下這個事件為開場。這樣的意外在轉彎不易的第勒津斯馬車身上似乎經常發生，證據就是：在王政復古時期，為對抗大型運輸業者而登場的新公司以「絕對不會翻覆的公共馬車」為口號。

再者，巴爾札克本人在以作家成名之後，也常常使用這種「車頂座位」，但那並非是因為他如《口信》的敘事者所說的一樣喜歡吹風，純粹只是因為他生活太過浪費，所以手頭拮据而已。據說，當他在一八三三年前往日內瓦與所愛的韓斯卡夫人相會時，來回都在「車頂座位」將就坐著。

車頂座位除了三位乘客之外，還坐了「車掌」（conducteur）。這位車掌的任務和「駕駛」（postilion）不同，包括剪票、照顧乘客，以及馬車的引導、車體的整備等等，除了直接駕車之外，所有和第勒津斯馬車運行的相關工作他都要負責。他的任務雖然和火車及昔日的巴士車掌相當類似，不過，若以責任和權限來說，卻比較接近客輪的船長，他掌握第勒津斯馬車的所有權利，給予駕車的指示，必要的時候還要操控煞車。

相對於車掌，「駕駛」坐在比車頂座位低一點的駕駛座上，或是騎在前列左側的馬背上，根據車掌的命令，鞭打五匹馬的馬背。車掌是運輸公司的正式職員，會一起搭車到目的地，但駕駛只不過是在車站旅店和馬匹一起輪流工作的臨時雇員。因為他們多半都是酒鬼，所以總是紅著一張臉且渾

◆奧朗多夫版的《脂肪球》

◆杜爾哥奇努

身酒臭，讓乘客們相當受不了。當然，如果是鄉下和中小型業者的小型第勒津斯馬車（一般都沒有後車廂），駕駛兼任車掌的情況便相當多，在這種情形之下，駕駛也會被稱為馬車夫（cocher）。

說到有公共馬車登場的文學作品，不論是誰應該都會想到莫泊桑的《脂肪球》（*Boule de Suif*），不過，若只就其中的描寫來判斷，被莫泊桑稱為第勒津斯的馬車並非是由三個車廂所組成的典型第勒津斯馬車，而是只有一個車廂，名為「杜爾哥奇努」的十八世紀風格大型公共馬車。不然，就是像巴黎市內的公共馬車一般，是出入口位在後面的馬車。如果奧朗多夫版（Paul Ollendorff出版社）《脂肪球》書中的插畫是真實的，後者的可能性就比較大。另外，因為在《包法利夫人》中，將艾瑪從雍維爾（Yonville）載到盧昂的公共馬車「燕子號」也是「由兩個大大的輪子支撐著黃色車體的廂型馬車」，並非一般的第勒津斯馬車，感覺上和前述的庫古馬車可能還比較接近一點。但是讀了乞丐出現之處的描寫後，卻又覺得它的出入口應該不同於庫古馬車，而是位在車後。

採用三車廂編制的代表性第勒津斯馬車的最大運輸業者「王國運

◆第勒津斯馬車的起迄站（王國運輸）

輸」，就如它的名稱一樣，是一家到王朝復辟中期都擁有獨占權的皇家事業。這家公司是路易十六時的財務長官杜爾哥（Anne Robert Jacques Turgot）從法國的民營客運業者手中買下經營權之後，於一七七五年所成立的組織，第勒津斯這個名字也就是在那個時候首次登場。但是，當時的第勒津斯只是貝爾利努（berline）型的單一車廂馬車，一般來說，都稱它為杜爾哥奇努。當它的身影從幹線道路消失之後，還在鄉下被使用了很長的一段時間。

之後，隨著政體轉變為共和、帝政與王政，「王國運輸」也分別更名為「國民運輸」、「帝國運輸」和「王國運輸」。從一八二六年開始，它失去了獨占權，復以私人企業之姿和新興的「全法運輸」爭奪市場。

這家「全法運輸」以七月革命的幕後主角銀行家拉菲特（Jacques Laffitte）所成立的「拉菲特與卡雅爾公司」為母體，在七月王政之下，以超越「王國運輸」的全國運輸網誇耀於世。

另外，不只是乘客的行李，第勒津斯馬車也像今天的宅配公司一樣運送行李和現金，不，倒不如說這才是它的本業。在《高老頭》

中便有一段拉斯蒂涅在投宿的伏蓋公寓中收下由「王國運輸」配送人員送來老家雙親給他的生活費的情節。

「王國運輸」將第勒津斯馬車的巴黎起迄站設置於連接聖母得勝路（Rue Notre-Dame des Victoires）和蒙馬特街（Rue Montmartre）的廣場，「全法運輸」則是設置在聖奧諾雷路（Rue Saint-Honoré）。但除此之外，後者還擁有以方向作為區分的起迄站，弗雷德利克·莫羅所抵達的便是其中之一的克庫艾隆路。這種第勒津斯馬車的起迄站與現今鐵道的起站和機場一樣，是一個重覆上演著各種不同邂逅和離別的場所，當時的風俗觀察家便因為對它的喜愛而寫下了來到此處的人們的模樣。比方說，巴爾札克便說他是在「王國運輸」的起迄站得到《步行方式的理論》的靈感，而且，他還直接針對「王國通運起迄站」寫過短文。

剛才所引用的《情感教育》中的段落也一樣。讀了當時的第勒津斯馬車之旅的相關紀錄後，我發現出發的時間多半都在早晨或黃昏，這無非是因為競相縮短路程時間的運輸業者想盡量減少在車站旅店投宿的次數，也因為如此，七月王政末期，第勒津斯馬車的速度比十八世紀末快了將近一倍，從巴黎到波爾多（Bordeaux）的行車時間被縮短成八十六小時。然而，這樣的速度卻依舊不敵鐵路，當一八五七年「土魯茲（Toulouse）—馬賽（Marseille）線」被廢止時，三車廂編制十八人座的典型第勒津斯馬車的身影也從法國全境消失了。

# 第2章

# 我們是主角要上巴黎去

## （之二）郵務馬車和旅行用馬車

當時，在阿拉斯和濱海蒙特勒伊之間，郵政業務依然靠著帝政時期的小型郵務馬車在運作。這種小型郵務馬車是二輪的卡布利歐雷馬車，內部貼著幼鹿花紋的皮，車體的懸吊系統由組合式彈簧組成。

——《悲慘世界》

## 郵務馬車

在十九世紀上半葉的社會，和遠距離公共馬車一樣深受眾人喜愛的是名為「麥爾波斯特」（malle-poste），或簡單稱為「麥爾」的郵務馬車。

法國郵政事業的先驅是巴黎大學在一二三〇年所設立的「大學郵政」，大學和郵政事業的連結或許會讓人覺得意外，但是，如果想到在中世紀的巴黎，出身於鄉下的人多半聚集在大學，某種程度上，對這種服務的誕生應該就能理解。

很快地，大學郵政便擴大它的客層，開始處理學生之外的一般人的信件和包裹。一五七六年，亨利三世為了對抗「大學郵政」的獨占，設立了「皇家郵政」，除了賦予它郵寄王令和訴訟文件的獨家經營權，也承認它配送信件、小型包裹的權利，但即使如此卻完全無法動搖「大學郵政」的地盤。因此，到一七一九年郵政省的前身「郵政公社」將私營的郵政全部加以合併為止，郵政事業一直持續著官民營並存的狀態。

◆夏瑞特馬車

到了十八世紀中葉，全國有鋪面的道路網絡終於整備，官營的郵政事業也上了軌道，但是，運送的方法依舊以馬匹為主，旅客運輸則是只以一種名為「夏瑞特」（charette）、由一匹馬來拉的類似貨運馬車的簡陋二輪馬車零星地進行著。

比較大的變化出現在大革命期間的一七九一年，國民議會決定「小型郵務馬車」和「大型郵務馬車」在全國主要街道的部署之後。

關於這種小型郵務馬車，因為在《悲慘世界》中雨果描寫得相當詳細，所以我就拿來借用一下。

當時，在阿拉斯和濱海蒙特勒伊之間，郵政業務依然靠著帝政時期的小型郵務馬車在進行。這種小型郵務馬車是二輪的卡布利歐雷馬車，內部貼著幼鹿色的花紋，車體的懸吊系統由組合式彈簧組成。座位只有兩個，一個給發送員坐，另一個則是給旅行者坐。（……）信件箱是一個長方形的大箱子，放在卡布利歐雷馬車的後頭，和車子合為一體。箱子是黑色的，馬車則是黃色的。

所謂的卡布利歐雷馬車是帶有可折疊式車篷、由一匹馬來拉的兩人座二輪馬車，小型郵務馬車就

◆大型郵務馬車（貝爾利努馬車）

◆大型郵務馬車（卡拉施馬車）

是將信件箱安裝在這種馬車上頭改良而成的。另一種大型郵務馬車則是使用除了郵務發送員和駕駛之外，還可坐下四名乘客的卡拉施馬車（calèche，帶有折疊式車篷的四輪馬車），或貝爾利努馬車（擁有固定車蓋的四輪馬車）。

在《幻滅》中，呂西安・律邦浦雷和巴日東夫人一起從昂古萊姆上巴黎去時，坐的就是「約有六十年歷史的老舊卡拉施馬車」，如果將這話打個折扣，指的恐怕就是這種類型的郵務馬車。巴日東夫人帶著呂西安上巴黎時，為什麼會選擇郵務馬車呢？並非因為「王國運輸」的第勒津斯馬車沒有前往昂古萊姆的班次，事實上，不僅呂西安將身邊的東西交由第勒津斯馬車另外運送，呂西安的同鄉前輩拉斯蒂涅也如前述，請家人以第勒津斯馬車寄送一千五百法郎。夫人避開第勒津斯馬車的最大理由是，第勒津斯馬車讓多達十八位的乘客一起搭乘，就算訂了「前車廂」的座位，遇見熟人的危險性還是非常高。而郵務馬車最多只能搭乘四個人，除了夫人和呂西安之外，如果還帶佣人和女僕，別人就無法搭乘了，在沒有女僕和傭人同行的狀況下，也可以把四個座位都包下來。

事實上，當時這種「隱密的旅行」似乎是只有內行人才知道的郵務馬車使用法。《旅行者的生理學》（*Physiolosie du Voyageur*）的作者莫利斯．阿洛瓦（Maurice Alhoy）便曾如此斷言：「搭乘郵務馬車的都是搶奪他人錢財和妻子的人」。這麼說來，《包法利夫人》中的艾瑪「租郵務馬車去馬賽」，應該是打算要和羅德夫一起私奔。

喜歡郵務馬車的不只有戀人們，在前述莫尼埃的《第勒津斯馬車之旅》中，貴族威爾西尤很罕見地搭了「前車廂」，但或許是莫尼埃覺得這點很不自然，於是他讓威爾西尤以「雖然知道郵務馬車比第勒津斯馬車好，但因自己不喜歡和官吏打交道」作為藉口。看了這點便可以知道，身分高貴的人也喜歡郵務馬車。而這個說法的理由便是：因為郵務馬車的價錢比較貴，可以不用和身分低賤的人坐在一起。

根據《旅行者的生理學》，王政復辟初期，習慣上旅店的餐費並非依照料理的數量和品質，而是根據第勒津斯馬車的車廂等級來支付，比起第勒津斯馬車「前車廂」客人所支付的三法郎，郵務馬車的客人被索取了更多的四法郎。就像這樣，光是搭乘郵務馬車這件事就是一種地位的象徵。證據還在《幻滅》中，一抵達巴黎，呂西安馬上就請裁縫店的史多福幫他縫製大禮服和背心，史多福從旅館的女侍那裡打聽出呂西安是搭著郵務馬車到巴黎來之後，才接受他的訂製。另外，《紅與黑》中的朱利安．索勒爾來到巴黎時之所以可以搭乘郵務馬車，想必也是因為拉．莫爾公爵送了他一千法郎作紀念。

我原本以為既然郵務馬車的費用這麼高，坐起來應該相當舒服，沒想到實際上它的舒適度似乎遠低於第勒津斯馬車。因為郵務馬車畢竟是以郵政業務為主，對它來說最重要的就是速度，然而隨著時代的演進，它的車體也跟著小型化，結果，一如莫利斯．阿洛瓦所言，客人被關在激烈搖晃的狹窄車廂內，只能「鼻子互相碰撞，頭也三番兩次地撞到對方胸部」。

但是，快速似乎是無可取代的魅力，鄉下的士紳們幾乎都使用這種馬車。當然，回程的時候，也有些人因為在巴黎買了太多要送給妻子的紀念品，只好搭第勒津斯馬車回家。另外，也有這樣的笑話：在各地跑的推銷員為了要搶在競爭對手之前而搭乘郵務馬車，但是其他三個競爭對手也打著一樣的如意算盤，結果，四個人搭著同一部郵務馬車抵達目的地。

雖然郵務馬車的速度從大革命開始到王朝復辟時期為止，幾乎沒什麼改變，但是，到了七月王政之後，因為郵政長官康特的提議，從英國郵務馬車得到靈感的由四匹馬來拉的快速馬車登場了，那也就是第一級（巴黎—地方都市）的貝爾利努馬車（四輪四人座）和第二級（地方都市之間）的布里斯卡馬車（briska）（四輪二人座）。因為有這種快速馬車，法國各都市之間的距離一下便縮短了，從巴黎到波爾多的車程只有一八一四年時的一半，約四十四個小時。西格弗里德．克拉考爾（Siegfried Kracauer）在《奧芬巴赫和他那年代的巴

◆旅店的用餐情形

◆第一級用的貝爾利努馬車（上）和第二級用的布里斯卡馬車（下）

黎》（*Jacques Offenbach and the Paris of His Time*）中，便提到「不管如何，郵務馬車都不是緩慢的交通工具」，從這個時間看來，也的確就像他所說的一樣。

但是，郵務馬車的速度變快之後，也發生了一些困擾，那就是「為了要縮短車程，用餐的時間被犧牲了」。如果是第勒津斯馬車，在王朝復辟初期，一天之內會在旅店用餐、休息多達四次，但在七月王政時卻只有一次。郵務馬車的情況則更是嚴重，據說甚至還有三十六小時才休息一次的情形。至於用餐時間，五分鐘或十分鐘對法國人來說真的非常短，而且價格也和套餐一樣高，肚子餓得受不了的旅人只能在旅店以店員老婆透過窗子遞出來的硬麵包充饑。在旅店的驛馬替換也宛如現代F1賽車的加油程序一般，「換馬作業在很短的時間之內進行，把喘息而疲倦的馬匹解開之後，很快地便又將其他馬匹繫上馬車，然後，馬上出發。」美國旅行者萊特這麼寫著。另外，在熱拉爾・德・奈瓦爾（Gérard de Nerval）的詩作〈旅店〉中，也描寫了在進行換馬作業時稍事休息的模樣。

旅程途中，停了下來，我走下馬車。
我望著馬匹、道路和皮鞭，
馬車隨意地在兩棟屋宅之間，
運送疲倦的眼睛和麻痺的身體。

突然間它出現了，安靜的、翠綠的，
那是被紫丁香遮掩住的寂靜山谷，
蜿蜒的小河在白楊樹林間潺潺流著。
我突然忘了路程和吵鬧的聲響。

我任意躺臥在草地上，附耳傾聽生命的脈動，
盡情沉醉在綠色稻草的香味中，專心凝望著天空，
啊，在那時有個聲音，說著「各位，請上車」。

認真讀過之後會發現這首詩給人一種相當悠閒的感覺，但是，實際上，在第一行和最後一行之間，卻只過了短短幾分鐘，如果可以記住這一點再試著重新讀過一次，應該就更能體會這首詩所帶有的清爽氣味。

◆旅店的換馬作業

## 租賃馬車

旅店的替換馬匹原本專供郵務馬車使用，第勒津斯馬車則是一直到杜爾哥進行改革之後才開始使

◆驛馬車

◆坐在馬車出租店的二輪馬車上的尚萬強

用替換馬匹。但是，在十九世紀上半葉，旅店制度愈趨自由，只要支付使用費，就算是個人也可以借用旅店的馬匹，再加上在旅店內除了名為驛馬車（chaise de poste）的租賃四輪馬車，還有幾種不同類型的馬車也可以將駕駛連同馬匹一起雇用，有急事的人便會將這種驛馬車、駕駛以及馬匹成套租用，偶爾還會有一邊在旅店更換駕駛和馬匹，一邊日夜不停趕路的情形。

在《基度山恩仇記》（*Le Comte de Monte Cristo*）中便有著這麼一段情節：調查艾德蒙·丹蒂斯的代理刑警因為發現拿破崙逃離厄爾巴島的陰謀，他用三天的時間從馬賽趕到巴黎，共長達八百八十公里的路。這些都是包租驛馬車、藉著快馬來奔馳趕路的例子，在法國旅行的英國人便稱讚這是一種極為完美的制度。

在其他大城鎮中，有著如同現今的租車公司一樣的馬車出租店，可以在那裡隨意挑選各種大小不同的馬車。在《悲慘世界》中便有這麼一段：馬德雷（事實上就是尚萬強）為了營救因為被錯認為是自己而遭到起訴的向馬吉而急忙趕到法庭，當時尚萬強所利用的就是這種馬車出租店的二輪馬車。

另外，在《情感教育》中，弗雷德利克．莫羅在六月事件發生時打算從楓丹白露回到巴黎，因為沒有護照，無法借用快速的驛馬車，只好勉強使用馬車出租店的卡拉施馬車。

## 旅行用馬車

但是，在貴族和大資產家中，卻有很多人因為討厭租賃馬車，而利用自家用的旅行馬車來旅行。所謂的旅行馬車指的就是為了裝下大量旅行用行李、糧食、喜歡的葡萄酒等而改造的大型貝爾利努馬車。然而，隨著時代的演進，車程縮短之後，旅行用馬車也開始小型輕量化。

比方說，在《高老頭》書中最後，有一段「被達袞達侯爵拋棄的鮑賽昂夫人搭著旅行用的貝爾利努馬車到鄉下窩著」的情節，感覺上這輛馬車似乎不是那種重裝備的旅行用馬車。

而在巴爾札克的《骨董室》（*Le cabinet des antiques*）中，放蕩的兒子維克裘爾尼安．狄克利紐到巴黎遊學後回家時所使用的馬車，如果考慮到他是自十字軍時代便傳承下來的名門貴族弟子，說不定使用的就是這種古老陳舊的旅行用馬車。

另外，在旅行用的貝爾利努馬車中，有一種被稱為多魯穆茲（dormeuse）的變化款，因為這種馬車的車體前後附有可以延伸的箱子，因此，即使是在馬車裡頭也可以像在床上一樣躺著睡覺，真的非常方便。在貴族中，也有人讓料理器具及所聘請的料理師傅搭上其他馬車，然後和這台臥鋪馬車一

◆郵務馬車的起迄站

◆旅行用馬車（多魯穆茲）

起同行，為著不管在哪裡都能吃到美味的料理做好萬全準備。

當然，像這種帶著好幾輛旅行用馬車一起旅行的形式是十八世紀壯遊（grand tour）時代的產物，在十九世紀的法國並不是那麼常見。不過，因為俄羅斯和波蘭這些國家的流行多半跟著法國跑，在時間上落後約半個世紀左右，所以，在當地這樣的旅行方法似乎還殘存著。一八三五年，巴爾札克的愛人韓斯卡夫人便為了到維也納幽會，從烏克蘭會同好幾輛旅行用馬車一起前往。兩年前幽會時屈就於第勒津斯馬車「車頂座位」的巴爾札克，這次為了不比韓斯卡夫人一行人遜色，很虛榮地買下了自家用馬車，帶著身穿制服的隨從出門。不過，巴爾札克卻和小說中準備周全的模樣完全相反，因為他沒有預先把在旅店更換馬匹的費用計算進去，所以一到維也納後，他馬上陷入手頭拮据的窘境，最後，因為連給飯店服務生的小費也沒有，而出現向韓斯卡夫人借了一杜卡登（dukaten）❶的糗態。

為了更換馬匹的費用而傷腦筋的還有斯湯達爾，他後來寫入《旅人札記》（*Memoires d'un touriste*）書中。出發前往法國進行全境旅行的斯湯達爾，雖然在剛開始的時候買了上等的卡拉施馬車神氣出發，但從中途開始，他的資金便無以為繼，在沒辦法的情況下只好賣掉卡拉施馬車，轉而搭乘郵務馬車和第勒津斯馬車。看了這些例子便可以知道，以自家用馬車來旅行真的只是非常富裕的貴族才能享受的奢侈行為。

最後，我想來說一下郵務馬車巴黎起迄站的所在位置。

> 朱利安從夢想中醒來，馬車停了下來，進入了位在盧梭路廣場的起迄站。
>
> ——《紅與黑》

這個地點現在還設有郵務電信局的總局，雷諾（Renault 4）的小型客貨兩用汽車取代了郵務馬車，匆忙地在此進出。

---

註①——德意志地區的金幣，一杜卡登約等於十七・五公克的黃金。

# 第3章

# 〔我們是主角 要上巴黎去〕

## （之三）蒸汽火車的出現

我完全無法忘記搭三等車廂第一次來到巴黎時的事。

那時是二月底，嚴寒依舊持續著，列車外頭，在陰沉的天空下，刮著大風，下著冰雹。

——《小東西》（*Le Petit Chose*）

實在很不好意思，主角們都還沒抵達巴黎，但是，我還是想再說明一下前往巴黎的交通工具，因為，當十九世紀進入四〇年代後半之後，經由鐵路來到巴黎的主角們也登場了。

在法國，以蒸汽裝置為動力的旅客列車比英國晚了十二年才上路，其中，第一條便是一八三七年所建造的巴黎—聖日耳曼間的鐵路，這條鐵路是將工業社會的建設視為烏托邦之實現的聖西門社會主義❶者皮爾耶（Pereire）接受銀行家羅斯柴爾德（Rothschilds）的資金援助努力打造而成的。因為在開業第一週乘客人數就達到三萬七千人，可以想見它得到了巴黎市民的極度讚賞和歡迎。

然而，當時的輿論和國會卻對鐵路抱持著非常嚴厲的態度，從中間偏左派的迪耶爾（Louis Adolphe Thiers）到共和派的阿拉果（François Jean Dominique Arago）都提出批評，認為鐵路是小孩子的玩具、幻想家的戲言。一八三八年由摩勒（Guy Mollet）內閣提出的鐵路網建設法案，也因為朝野的聯合杯葛而被迫廢案，因此，法國鐵路網的完成時間比起英國和比利時都晚了許多。

儘管如此，一八三九年，巴黎—凡爾賽右岸線通車，一八四〇年，巴黎—凡爾賽左岸線也通車了。事實上這些路線的選擇本身便說明了當時的統治階級有多麼輕視鐵路，也就是說，鐵路並不是取代法國幹線道路上第勒津斯馬車的交通工具，而是郊區二輪公共馬車、亦即庫古馬車的代替品。換言之，它只被視為庶民階級前往巴黎郊區遊山玩水的雙腳。

這件事情的證據就在於：在巴黎—聖日耳曼間的三等車廂費用不但比庫古馬車還要便宜一法郎，就連凡爾賽線也只是同樣價格。也因為如此，一到禮拜天，基於強烈好奇心，一如杜米埃（Daumier Honoré Victorin）的描繪，遊覽人群全都蜂擁群聚至西部鐵路的右岸站（今天的聖拉札爾站）和左岸站（蒙帕納斯站）。

◆湧向火車站的觀光客

但是，在一八四二年，因為制定了鐵路法，不但巴黎—盧昂、巴黎—奧爾良兩線都通車了，加上它的速度和輕便性，不管在誰看來都覺得相當耀眼，進而對鐵路另眼相看，結果突然爆發了一股投機熱潮。《情感教育》中的弗雷德利克．莫羅便因一八四七年的北部鐵路股票暴跌而損失了六萬法郎，而這次的暴跌也讓因預見鐵路的未來性而加以投資的巴爾札克受到了很大的打擊。

註①——聖西門社會主義（Saint-Simonism）即理想的社會主義或烏托邦社會主義，代表人物聖西門（Claude Henri de Rouvroy, comte de Saint-Simon, 1760-1825），出身於法國貴族，參加北美獨立戰爭，在法國大革命時放棄爵位。他批評資本主義，主張生產工具應為公眾所有，在他建構的理想社會中，人人勞動、人人平等。

◆一等車廂（貝爾利努）

◆二等車廂（第勒津斯）

閱讀當時的鐵路文獻時，我看到了「第勒津斯」、「前車廂」、「貝爾利努」這些馬車用語，雖然曾經有過「咦，什麼時候又變成是在講馬車的事了」這樣的念頭。但事實上，這樣的混亂乃是因為「公共馬車」（第勒津斯）的車廂三分法（或四分法）被原封不動地用在鐵路上，而且在那個時候，車廂用語多少也做了一點變更。

也就是說，當「公共馬車」（第勒津斯）的三個車廂：一、前車廂或庫普。二、中車廂。三、後車廂。被轉移到鐵路上後，就變成了：一、一等車廂（庫普或貝爾利努）。二、二等車廂（第勒津斯）。三、三等車廂（華貢〔wagon〕）。因此，在當時的鐵路相關文章中，若說到庫普或貝爾利努，我們就必須把它想成是一等車廂，而第勒津斯則是二等車廂。

另外還有一點要注意的就是早期的客車構造。最初，在閱讀文獻時，我以為是由共乘馬車的車體直接演變成一個火車車廂，然後再被分割成三個車室。但事實似乎並非如此，而是和現代一樣，視每個車廂本身的情況來決定等級，劃分成一等（庫普或貝爾利努）車廂、二等（第勒津斯）車廂和三等（華貢）車廂。只不過和現代不同的是，一、二等的車廂採取由幾輛廂型馬車的車體相互連結所構成的外型，而且，在一等車廂中，之所以

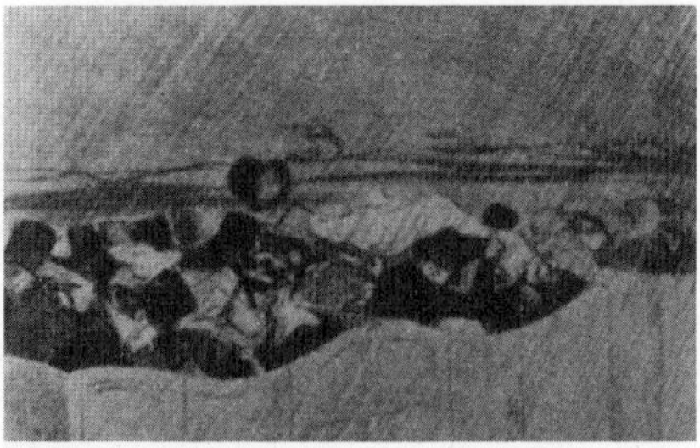

◆華貢

◆害怕同車廂的乘客

會有庫普、貝爾利努這些不同的叫法，是因為其原來的廂型馬車形狀不同的關係。

也就是說，火車的庫普車廂和「公共馬車」的「前車廂」一樣，有一張面朝前方的三人座長椅；貝爾利努車廂則是擺放了兩張面對面的長椅，可坐六個人。火車的二等車廂「第勒津斯」雖然名稱和「公共馬車」一樣，但在構造上並不相似，感覺好像是把一等的庫普或貝爾利努的整體做得更加粗糙。還有一點，當時的車廂特徵是沒有連結一、二等各車廂內的直向通道，乘客必須從位在車廂左邊的車門上下車，和「公共馬車」一樣，乘客上車之後，車掌便從外側把車廂用鑰匙鎖上，而這也成為一八四二年五月在貝勒維（Bellevue）站的列車車禍中，有一百五十人慘遭犧牲的直接原因。再者，因為當列車在行走時各個車廂都是完全孤立的，膽小的乘客經常會處於害怕被坐在同一間車廂的人殺害、施暴的恐懼中。但是，連接車廂的通道卻因為「保護個人隱私」這個理由而遲遲未被採用，一直到十九世紀末才改變。

早期鐵路和現代鐵路最大的差異應該就是三等的「華貢」，因為華貢沒有車頂，也就是說，三等車廂不過是將兩張木頭長椅放進如拿掉貨櫃上蓋一般的長方形箱子中。所以，不管是颱風或下雨，乘客都必須默默忍耐，也就是說華貢的乘客被當作貨物般對待。不過，因為它的費用甚至比「公共馬車」的「後車廂」便宜許多，所以，與其徒步，老百姓應該還是會選擇它。

但是，比起四等車廂，這種華貢說不定還比較好一點。不知是因為人類對事物結構的想像不容易改變，還是因為「公共馬車」的「三加一」車廂分割法和十九世紀社會的階級結構有相當密切的關係，早期的鐵路除了一、二、三等之外，還設有「車頂座位」。這個部分基本上和「公共馬車」一樣，在車廂頂上設有名為「邦刻特」（banquette）的固定長椅，有三到五個乘客會坐在這裡，就算當時火車的速度並不是太快，相較於「公共馬車」，它的危險性還是非常高。雖然因為阿爾馮斯・卡爾（Alphonse Karr）等人所發起的活動，華貢的有蓋化在一八五〇年被實現了，但是部分郊外線的「車頂座位」竟然到二十世紀都還殘留著。這件事的證據就在於巖谷小波於明治三年（一九〇三年）所著之《法國行》一書中所描述的「因為天氣很好，而且火車也有二樓，我們爬上車頂，一邊從車上眺望著四周的景色一邊前進，才三十分鐘就已經到了凡爾賽的車站了。」（註：巴黎的近郊鐵路在車頂上設有座位，也就是所謂的「二樓」。）

就像這樣，早期的列車不管在哪一方面，都將「公共馬車」的構造連同它的社會差異性一起做了延續，一直到最近法國高速鐵路（TGV）和紅珊瑚快車（Les Trains Corail）出現之前，法國鐵路在隔間方式和一、二、三等的等級（一九五四年時縮小為一、二等）上，基本上就是「沒有馬的公共馬車」。

◆車頂座位

◆從車頂座位被甩下來，跌到華貢的乘客

相對於此，美國的鐵路客車，如果大家回想一下西部片中印地安人展開襲擊的場面應該就很清楚，它和日本的新幹線一樣，都是將面朝前方的兩人座椅子隔著中央通道排列著。前聖西門社會主義者米歇爾．修瓦利耶（Michel Chevalier）在一八三〇年視察美國社會時，看到這個情況後便十分感動地說「在這個國家充滿著平等的精神」。但事實上，這些就像在《鐵道旅行》中沃爾夫岡．施菲爾布施（Wolfgang Schivelbusch）所做的精采舉證一般，它只是原封不動地模仿了鐵路出現以前，美國最重要的交通工具——河用蒸汽船的構造。

就這樣很意外地，新的交通工具因為科技進步而誕生時，似乎會延續上個時代的交通工具構造，如果大型客機最早是在法國被實用化，或許它的內部空間也會變成「隔間式」。

但是，就算牢牢記住上述的車廂構造和名稱，在當時的鐵道旅行文學當中，還是有著讓人無法理解的地方，比方說以下這段福樓拜的文章就不知要如何解釋。

◆卸下公共馬車的車輪

> 我們出發了。「公共馬車」在河岸的石板路上喀噠喀噠地跑著。馬蹄踩響了石板，玻璃窗和鐵具發出了吵雜的聲音。空氣乾燥，天氣晴朗，風力強勁。在庫普中，一名約五十歲左右的婦

人默默坐在我們之間。（……）接近楓丹白露時，有些許火車的火星飛濺了過來，其中一朵跑進庫普中，靜靜地燒著我的外套。（……）

我爬上了車頂座位。（……）在我前面有一台第勒津斯在無蓋車上如船隻般搖擺著。

◆公共馬車＋鐵路

福樓拜搭的是「公共馬車」？還是火車？因為庫普、第勒津斯、車頂座位這些用語在火車上分別代表著一、二、四等，相當容易混淆。但事實上福樓拜是搭了「公共馬車」之後又搭了火車。在當時（一八四九年十月底），因為里昂鐵路只通行到多奈爾（Tonnerre），要到里昂的旅客首先得在「全法運輸」的起迄站搭乘「公共馬車」，再前往剛剛完成的里昂車站。「公共馬車」在那個時候會拆掉輪胎，用巨大的起重機將客人們移到無蓋車上，就這樣運到多奈爾。抵達車站之後，相反地，這回要裝上輪胎，再度在街道上奔馳。

因此，福樓拜這篇文章中的第勒津斯、庫普、車頂座位指的並不是鐵路客車的等級，而是「公共馬車」和它的車廂。在瓦萊（Jules Vallès）的自傳式小說《雅克．凡特拉斯》（*Jacques Vingtras*）的第二部「中學畢業生」（*Le Bachelier*）開頭，有一段雅克．凡德拉斯在一八五一年辭去自習監督，懷抱著希望從南特前往巴黎的情節，裡面有著這麼一段描述「我沒有注意到不知何時『公共馬車』已經被移到鐵路上了」，所以我們可以很清楚地知道，在這個時候也使用「公共馬車＋鐵路」的系統。

相對於此，都德（Alphonse Daudet）的自傳式小說《小東西》主角普吉・秀茲和達尼艾爾・艾希特也和凡德拉斯一樣，辭去自習監督，手裡握著一枚四十蘇的銅板，從阿雷斯搭上前往巴黎的火車，因故事年代設定在一八五七年，所以主角從一開始就搭著火車的三等車廂，也就是華貢前往巴黎。都德的描寫真實重現了當時的三等車廂模樣，就讓我來引用一段。

◆三等車廂內的模樣

我完全無法忘記搭著三等車廂第一次來到巴黎時的事。

那時是二月底，嚴寒依舊持續著。列車外頭，在陰沉的天空下，刮著大風，下著冰雹。光禿的綿延山丘、被水淹沒的牧場、接連不斷的乾枯葡萄樹。另一方面，在車廂內，爛醉的水手們放聲高歌，肥胖的農夫們像死魚一樣張嘴沉睡，在那裡，抱著菜籃的嬌小老嫗、小孩、跳蚤、奶媽等，連同窮人專用的三等車廂的全套配備：煙斗、白蘭地、加了大蒜的臘腸、發霉麥桿的臭味全都到齊了。即使到現在，我都覺得自己身在該處。

一開始，因為想看看天空，我坐在窗邊角落的座位。但是，當火車跑了兩里❷之後，一名受傷的軍人以想和自己的妻子面對面坐著為藉口，坐了我的位子。就這樣，很可憐地，普吉・秀茲連抱怨的勇氣都沒有，不得已被夾在發出亞麻子臭味的惡劣胖子和一直斜歪著頭打鼾、散發出香檳味道的高挑鼓手長之間，繼續旅行了兩百里。旅行持續了兩天。（……）因為沒有錢也沒有食物，我在路上沒有吃任何東西，雖然四十蘇的銅板還完整留著，但那是我考慮抵達巴黎後，沒有辦法和雅克兄在車站碰面而小心翼翼保存下來的，所以，就算肚子很餓，我還是很堅定地完全沒有去碰那銅板。然而，多麼可恨啊，三等車廂的這些傢伙竟然在我的身邊大吃大喝。

看了一八五七年的石版畫之後，我發現雖然三等車廂的確有車頂，不用受到風吹日曬，但就如同前述一般，這裡並沒有直向通道，也就是說，因為三等車廂的構造剛好就是將一、二等車廂中一車二分的車廂隔間全部拿掉，整體看來，就是在一個大房間中嵌入幾張面對面的長椅，但各車廂的出入口分別獨立在左側。所以，一旦進了三等車廂之後，至少在車子行走時是無法離開的，即使像普吉．秀茲一樣，隔壁坐著討厭的乘客，也必須安靜忍耐。一如都德所述，三等車廂的乘客全屬下層階級，因為非一車二分，所以那裡的熙攘情形和「公共馬車」的「後車廂」完全不同。龔固爾兄弟（Les Goncourt）❸也在日記中寫著「絕對不搭第二次三等車廂」。同時，因為沒有直向通道，所以當然也沒有餐車、洗手間這些東西，乘客只能利用幾分鐘的停車時間，一到某個車站之後就急忙衝進

註②——"lieue"，法國古代長度單位，一里為一萬至一萬四千法尺不等，約合三．二五至四．六八公里。

◆衝向車站食堂的乘客

◆對抗寒冷的戰役

那裡的車站食堂和洗手間，來解決飲食和生理上的需求。

然而，當時的三等車廂令人無法忍受的，與其說是飢餓倒不如說是寒冷。

我沒穿皮鞋就從薩爾朗德跑了出來，覆蓋雙腳的只有在學校走廊巡視時所穿的極為單薄的橡皮鞋而已。（……）啊，實在是太冷了，我都快哭出來了。

在一等車廂中，腳邊擺有熱水壺，偶爾會有人來更換，但是在二、三等車廂中，卻完全沒有充當暖爐的設備，一直到十九世紀末，冬天的火車旅行似乎都成了對抗寒冷的戰役。

註③——法國著名小說家愛德蒙．德．龔固爾（*Edmond de Goncourt, 1822-1896*）和朱爾．德．龔固爾（*Jules de Goncourt, 1830-1870*）兄弟，兩人共同創作許多小說。他們自一八五一年開始創作的《龔固爾日記》，深入報導巴黎社會及藝文界的情形，是研究當時社會的重要史料。龔固爾兄弟故後，在一九〇三年成立龔固爾文學獎，在法國文壇有重要地位。

# 第4章

# 〔市門和護照〕

## 城牆都市巴黎

將外套的頭巾拉得低低的守衛在關卡前不斷來回行走，好為身體取暖，入市稅關的官員爬上馬車車頂，用小喇叭吹出高昂的樂音。橫木迎風飛舞，拉繩漫天飄揚，馬車以極快的速度往大街奔去。

——《情感教育》

載著主角們的公共馬車（或郵務馬車）終於接近巴黎了。在十九世紀上半葉，若從北部進入巴黎，首先映入眼簾的便是並列在蒙馬特山丘上的風車；若由西部來會看到傷兵院；從南部或東南部來則會看到萬神殿的圓形屋頂。

當他因為木板所發出的聲響而清醒時，馬車正通過夏朗東的橋。巴黎到了。（……）可能是因為防風港河岸大街浸水的關係，馬車就這樣筆直前行，四周又是一片田園景色。遠方工廠的高聳煙囪吐著煙霧，然後，馬車轉彎，進入了伊芙利小鎮。走上街道之後，萬神殿突然出現在眼前。

——《情感教育》

這些在今日成為巴黎名勝的高聳紀念建築的建造年分分別是聖母大教堂（Cathedrale Notre Dame，

一三四五年）、聖路易圓頂教堂（St-Louis-des-Invalides，一六七六年）、萬神殿（Pantheon，一七八九年）、凱旋門（Arc de Triomphe，一八三六年）、艾菲爾鐵塔（Eiffel Tower，一八八九年）、聖心堂（Basilique du Sacre-Coeur，一九一四年）。因此，在弗雷德利克．莫羅從位於塞納河上游的諾晉特再度前往巴黎的一八四五年，可以看到萬神殿是理所當然的事，同時他還藉著其他機會在凱旋門看到太陽西沉的片刻。然而，在王朝復辟時期前往巴黎的拉斯蒂涅和呂西安，就只能看到工程中斷且被棄置不顧的未完成的凱旋門。不過，關於這些紀念性建築物的故事我們還是下次再聊，這回暫且先追隨弗雷德利克．莫羅所搭乘的公共馬車的足跡吧。

原野因為遭到翻掘而呈現出廢墟般模樣，城牆綿延不絕地從地面浮出。

所謂綿延不斷的「城牆」，指的便是從一八一五年列強占領巴黎得到教訓的梯耶爾（Marie Joseph Louis Adolphe Thiers）不顧拉馬丁（Lamartine）等人的反對，在一八四一年到一八四四年之間強行搭建以軍事為目的的城牆，高十公尺、寬三公尺半的石牆遠遠地圍住了當時的巴黎市區。城牆內側有

◆遠眺巴黎

◆梯耶爾的城牆

◆「環」

一道和緩的斜坡，斜坡前方是與城牆平行的環狀軍用道路。另一方面，在城牆外側有著寬十五公尺、深八公尺的護城河，兩百公尺以內都屬軍用範圍，嚴禁搭建任何建築。但是，沒多久，一些不知從哪裡來的貧民卻在這一帶蓋起了木板屋，讓這裡成了地痞流氓和精神異常者徘徊鬧事的地方。這所謂的「環」（zone）在路易·修華利耶（Louis Chevalier）所著的《歡樂與犯罪的蒙馬特》（*Montmartre du plaisir et du crime*）中經常出現，在著名的克里昂固（Clignancourt）跳蚤市場中，也殘留著許多這些十九世紀的「環」的遺跡。

因為弗雷德利克·莫羅第一次上巴黎是在一八四〇年九月，再度上巴黎則是在一八四五年十二月，所以城牆是在他退居故鄉諾晉特這段期間完成的。雖然梯耶爾的城牆設有十七個作為通往主要街道出入口的城門（如果加上通往縣道的出入口則有五十二個），但是，若根據我所讀到的福樓拜的描述，並沒有「公共馬車」在這個城門暫時停留的跡象。這也是理所當然，因為當時（一八四五年）的巴黎還是採取十二區制，梯耶爾的城牆位在市區之外，平時可隨意進出。

順帶一提，巴黎市合併鄰近村鎮變更為二十區制乃是在一八六〇年，這個時候市區擴大到前述的環狀軍用道路。梯耶爾城牆的無用在一八七〇年的普法戰爭中得到證明，結果，在一九一九年決定拆除，現在，在原址則舖設著環狀高速公路。「公共馬車」所停留的地方是設立在相當於今天的外環道，藉以作為「徵稅承包人之牆」的「市門」（barrier）。

> 市門的手續一定相當麻煩，因為雞蛋店、拉貨車的和羊群全都擠在這裡。
>
> ——《情感教育》

當時，要進入巴黎市的大眾消費材料，特別是葡萄酒和食品，全要課徵入市關稅，而這個市門的關卡便是要徵收那些稅款。「雞蛋店、拉貨車的和羊群全都擠在這裡」當然就是為了要在這裡繳交入市關稅。這種入市關稅是以自己的錢預先繳納國王所要求的稅金、然後再向民眾徵收租稅的徵稅承包人在舊體制（Ancien Régime）❶末期為確保新財源而新設立的間接稅。

因為新型間接稅的引進直接衝擊到巴黎市民的生活，所以民眾的反彈相當激烈，不但流行著這樣

---

註①——指法國在一七八九年大革命前的政治和社會制度，即十五至十八世紀間瓦盧瓦王朝和波旁王朝統治下的君主專制、貴族、政治和社會制度。

的打油詩「包圍巴黎的城牆，讓巴黎滿腹牢騷」（Le mur murant Paris rend Paris murmurant），也成為法國大革命的直接導火線。但是，因為在當時沒有所得稅的稅制中，入市關稅對巴黎市當局來說是無可取代的財源，雖然曾在一七九一年一度被革命政府廢止，但卻又在一七九八年復活，後來一直持續到第二次世界大戰後的一九四八年。應該有很多人知道畫家亨利·盧梭（Henri Rousseau）就曾經是入市稅關的稅吏。

雖然一如喜安朗先生在《巴黎的聖週一》❷中所描述的，這道「徵稅承包人之牆」的存在促使市門外側出現可以喝免稅的酒、享用便宜餐點的「關卡酒家」，而這些地方也成了下層民眾的交際場所和革命學校，然而，入市關稅卻再度使得貧民從巴黎出走。弗雷德利克·莫羅在通過梯耶爾的城牆之後，停留於「市門」時所接連目睹到的污穢景況很多都和這種入市關稅有關。

◆關卡酒家

> 街道兩旁，在由被踩硬的泥土所形成的步道上，沒有樹枝的幼苗被釘著釘子的橫撐木包圍，化學製品工廠和木材儲存場交錯矗立，從宛如農家一般的高門的半掩縫隙中，可以看到滿布垃圾，中間還積存著污水的骯髒中庭。在塗成鮮紅色的寬敞酒家，二樓的窗戶和窗戶之間畫著花圈，中間交叉放著兩支撞球桿。到處都是蓋到一半就被任意丟下的泥牆小屋。沒多久，兩側

的屋宅便又綿延不斷地相連接。屋宅的正面看似沒有任何裝飾，但偶爾又會出現巨大的錫製雪茄，表示這裡有雪茄店。（……）下起了小雨，嚴寒刺骨，天空一片漆黑，但是，對他而言相當於是太陽的兩顆眼睛卻在雲霧的那頭閃耀著。

雖然我引用了很長的一段，但事實上，三島由紀夫卻對這個部分的描寫有著如下的批評。

我剛剛拜讀過福樓拜的《情感教育》，對「主人如願以償地獲得遺產，一邊夢想著和戀人的花樣生活，一邊將母親一個人丟在故鄉，匆忙回到巴黎」途中這段寫實主義的描寫感到相當厭煩。馬車在中途停下時的那段無意義的屋宅詳述，完全展現出這位作家的寫實主義強迫症。看了這個糟糕的示範之後，我相信在現今的法國，小說做如此描寫的必要性已經可以忽視。

——三島由紀夫，《裸體與衣裳》

為了避免大家誤會，我想先說明一下三島由紀夫既非與描寫為敵，也不是《情感教育》的批評

註②——聖週一（Saint Monday）指工人們在週日時飲酒狂歡，週一時因酒醉無法上班，所以週一不工作或很懶惰只做一點點工作的現象。

◆市門附近

◆入市稅吏

者，事實上，再也沒有一個作家像三島由紀夫這麼重視描寫，而且，應該也沒有一個日本人像他一樣這麼深入地去研讀《情感教育》。就因為是三島由紀夫才會做出這樣的批判，只想知道故事情節的一般讀者應該用推想的就好了吧。但是，對想知道十九世紀社會各項細節的我們來說，這個部分實際上卻提供了相當有趣的資料。

弗雷德利克．莫羅眼中所看到的污穢光景應該就是今天的巴黎十三區一帶，但在當時，不只這一帶，巴黎市和梯耶爾的城牆附近區域到處都是這種貧困、骯髒的悲慘場所。《巴黎道路之歷史百科》（*Dictionnaire historique des rues de Paris*）的作者賈克．伊雷蕊（Jacques Hillairet）便對這個區域的居民下了這樣的定義。

> 巴黎新區（十三區到二十區）的大部分居民都是由農民、種蔬菜的人、磨粉工人、石匠這些舊時村民，以及因為對窮苦生活和超高物價發出抱怨，所以在幾年前從巴黎逃出、靠著年金生活的儉樸平民與一般勞工，或者是因為工廠就在附近而長期在工廠做工的工人組合而成。

將伊雷蕊的描述和福樓拜的描寫做過比較之後，實在不得不為那相

◆市門的酒店

◆入市稅關的破壞

◆發現需課稅的物品

互對照的情形感到驚訝。首先，我們知道在福樓拜的描寫裡出現的「農家」、「工廠」，便是伊雷蕊所說的「農民」、「工人」。這些充滿腐臭垃圾的農家中庭和化學工廠等等，讓我想起了在十九世紀上半葉，巴黎近郊的村莊被激烈的惡臭污染這件事。此外，所謂「蓋到一半就任意丟下的泥牆小屋」就是為了迎接因為無法承受入市關稅所造成的高物價而逃出巴黎的「靠著年金生活的人」和「勞工」等新居民而重新建造的廉價建築；「寬敞酒家」是之前所提到的為了讓大家喝到不需入市關稅的免稅酒而在「市門」外所建造的「關卡酒家」；「二樓的窗戶和窗戶之間畫著花圈，中間交叉放著兩支撞球桿」則是指酒店同時也兼營撞球場，提供老百姓娛樂場所。但是，逃到「市門」外的並不只是一般貧民。

> 她的視線沿著「徵稅承包人之牆」緩慢地移動。在半夜裡常常聽得見被殺害者的哀號。
>
> ——埃米爾・左拉（Émile Zola），《酒店》（*L'Assommoir*）

路易・修華利耶也藉著在《歡樂與犯罪的蒙馬特》中所引用的這段左

拉的文章告訴我們在一八五〇年當時，「市門」附近在入夜之後就會變成不比「環」遜色的危險場所。

另外，在這五十五處的「市門」雖然都設有由十八世紀的名建築家勒杜（Claude Nicolas Ledoux）所設計的一對相當獨特的入市關卡，但在一八六〇年，巴黎擴大成二十區時，便遭到奧斯曼（Haussmann Georges-Eugene Baron）的破壞主義者（Vandalism）的搗毀。到今天，只有丹費爾・羅什洛（Denfert-Rochereau）、盟所公園（Parc de Monceau）等幾個地方還遺留著這關卡。

在「市門」，除了貨車之外，個人馬車和徒步者也要接受檢查，至於「公共馬車」和「郵務馬車」的乘客又是什麼情形呢？就讓我們繼續閱讀《情感教育》吧。

將外套的頭巾拉得低低的守衛在關卡前不斷來回走著好為身體取暖，入市稅關的官員爬上馬車車頂，用小喇叭吹出高昂的樂音。橫木迎風飛舞，拉繩漫天飄揚，馬車以極快的速度往大街奔去。

爬上「公共馬車」車頂的「入市稅關官員」就這樣跟著來到了巴黎市內的起迄站，在那裡檢查乘客的行李箱。根據皮耶・莒杭（Pierre Durand）所著的《巴黎鄉下人之生理學》（*Physiologie du Provincial à Paris*），這些稅關官員會朝著乘客問道「有沒有要申報的東西」，雖然大部分的時候，只要很乾脆地回答一句「沒有」就解決了，但是，當不了解狀況的人表現出一副慌張的模樣時，他的皮箱就會被打開來仔細搜查，如果發現了火腿或臘腸等需要課稅的商品，當場就會被收取稅金和罰款。因為「公共馬車」的車掌相當清楚所攜帶的物品在什麼程度之內對方可以睜一隻眼閉一隻眼，所以皮耶・莒杭建議大家最好事先問個清楚，這些都和現代機場的通關情形相當類似。不，類似的還不只是通關而已，在那之前，就是護照檢查的情形也一模一樣。

讀著十九世紀的法國小說時，我常常因為看到「護照」這個字眼而感到不可思議。

到那裡去的還有一個人，一個配戴著軍刀的男人出現了。「你們的護照呢？」那是巡邏中的田園監視員。（《布瓦爾和佩居榭》〔*Bouvard et Pécuchet*〕，兩人前往諾曼第海岸時所發生的事）

他突然想到可以借用旅店的租賃馬車，但是，因為弗雷德利克沒有護照，所以旅店店長拒絕借出馬匹。（《情感教育》，弗雷德利克打算和羅薩內德一起回巴黎時所發生的事）

隔天，呂西安在護照上辦好簽證後買了柊樹枴杖，在丹費爾街搭上庫古馬車。（《幻滅》，落魄潦倒的呂西安返鄉時所發生的事）

看了這些例子便可以明白，主角們光是在國內旅行就要被查驗護照。查詢了《十九世紀拉魯斯百科事典》（*Grand Larousse du dix-neuvième*）中有關護照的項目之後，我發現裡面清楚寫著：要離開所登錄的居住地或打算到國外旅行時，除了必須到管區警察局取得許可，還要有兩名證人伴隨著到警察署領取護照。在十九世紀，隔壁的郡或縣就等同於外國。

因為這個制度是依據一七九三年二月六日的法令而實施的，所以恐怕是革命政府為了提防間諜而想出的計策。有趣的是，「如果申請者是已婚婦人，就必須要有丈夫的同意」這一條。在巴爾札克的《骨董室》中，當摩弗里紐斯公爵夫人為了營救因偽造票據罪陷入困境的維克裘爾尼安．狄克利紐而急忙趕來的時候，她之所以扮成男裝，並拿著費利克斯．華安多內斯的護照現身，應該就是因為「丈夫的同意」不是那麼容易就可以取得。但是，這件事似乎也有捷徑，在《包法利夫人》中，當艾瑪在心中盤算著和羅德夫私奔的步驟時，這一條規定似乎不構成太大的障礙。

兩個人決定在下個月私奔。艾瑪裝作一副要到盧昂購物的模樣離開雍維爾，羅德夫則事先訂好馬車的座位，取得兩個人的護照，並寄信到巴黎預先包租前往馬賽的郵務馬車。然後，從馬賽開始，再購買無蓋的四輪馬車，走上橋諾亞大道。

因為護照而煩惱的就屬《悲慘世界》中的尚萬強最嚴重。

◆尚萬強的護照

這東西就是我的護照。這黃色的東西，就像你所看到的，為了這東西，我不管到哪裡去都吃了閉門羹。（……）看，在護照上這麼寫著，「尚萬強，被釋放的囚犯。（……）服役十九年，因強盜罪被判刑五年，因逃獄未遂四次被判十四年，極端危險的人物。」事情就是這樣。

雖然這根本就像是促使犯人再度犯罪的東西，然而，因為國內護照的目的就是為了要監視可疑的外地人，如果以這點來看或許還有點道理。雖然護照的檢查一般都在「市門」進行，但是也有證據指出是在起迄站檢查。鐵路普及之後，「入市關稅」的徵收和護照的檢查都改在所抵達的車站內進行。在都德所著的《巴黎的三十年》（*Trente ans de Paris*）中便寫著，當他第一次到達里昂車站時，關卡官員就在月台上。不過，當鐵路網絡完成、旅行也開始一般化之後，對一般乘客所進行的護照檢查和「入市關稅」的徵收也跟著被省略，在二十世紀的旅行文學中就完全看不見關於這兩件事的描寫了。

# 第5章

# 巴黎的第一印象與尋找住宿之地

## 綺麗之都的真實面貌

之後，我雖然有好幾次都試著回憶巴黎在這個夜晚所留給我的印象，但是，事物和人類一樣，最初看到時所呈現的獨特樣貌，在過了那個時間之後，不管怎麼努力，都再也找不回來。

——《小東西》

在偏黃而略顯骯污的牆壁上，飄蕩著一股貧窮的氣味，等待著前來住宿的學生。應該還有其他東西像這個房間一樣令人吃驚吧。

——《驢皮記》

市門的檢查結束之後，公共馬車（或郵務馬車）終於進入巴黎市內，此時應該不難想像主角們心中的激動雀躍。

溢滿黃水的塞納河差一點就要碰到橋桁了。寒冷的氣流從河面竄升而上，弗雷德利克滿滿地吸了一口，飽嚐這股蘊藏著戀愛香氣和睿智能量的巴黎空氣。最初看到的街頭攬客馬車已經讓他感動陶醉，在門前鋪著稻草的酒店、將鞋箱擺在前頭的擦鞋童以及搖著咖啡烘焙器的食品店小孩，所有映入眼簾的東西都是那麼地美好。

——《情感教育》

對弗雷德利克・莫羅而言，巴黎的一切之所以都那麼美好，除了是因為可以和所愛的阿爾努夫人再度相會，另外還有一個不能忘記的原因，那就是「這是他第三次來到巴黎」。因為當時的巴黎或許會讓人因為再度、三度造訪而深受感動，但是，實在很難說它是一個可以讓第一次通過市門的人發出讚嘆的美麗都市。（在某種意義上就像現在一樣！）

對巴黎郊區的髒亂感到驚訝的證據不勝枚舉。皮耶・莒杭在《巴黎鄉下人之生理學》中便對從義大利市門進入巴黎的「鄉下人」的印象做了如下的描述。

> 他叫道「看，這裡就是世界上最美麗的都市！」但是，在經過了那相當令人嘆息的穆費塔街時，他的下唇因失望而向前突起，眉毛則彎成法文長音符號的形狀。（……）沒多久，他小聲地問自己「是我太累了嗎？」

這位「鄉下人」的疑惑也是理所當然的，從義大利市門進入市內地區的聖馬榭大道（Boulevard Saint Marcel），是當時巴黎看起來最貧窮困頓的地方，雨果將尚萬強的棲身之處「高爾博公寓」設定在這個地區並非沒有原因。當然，從市門進入市區中心道路上的髒亂情形，就像從北部進入巴黎時一樣，美國旅人威利對此便留下了這樣的印象：

◆賣牛奶的女子

◆對巴黎的髒亂感到驚訝的鄉下人

我們接連通過了幾條狹窄陰暗的髒亂街道，因為我透過在版畫上所看到的廣場、紀念塔和橋樑等壯觀景象做了好一番想像，所以完全不敢相信自己已經來到了巴黎。

因為在奧斯曼改造前的巴黎，所有的街道都相當狹窄，堪稱為大道（Boulevard）的地方，也只有林蔭大道（Grands Boulevards）而已。所以，看在旅行者眼中，或許只能留下「滿地都是垃圾的小鎮」這個印象。不過，如果仔細一想，因為公共馬車和郵務馬車大概都是在早晨的時候進入巴黎，主角們會碰上瀰漫著生活惡臭的光景也是十分理所當然的事。比方說，在福樓拜的《情感教育初稿》中，主角安里從北部進入巴黎時所親眼看到的「由一匹馬或驢子所拉的堆肥車，賣麵包的人所拉的貨車、賣著牛奶的牛奶店老闆娘、打掃水溝的看門女子」，都是黎明時在巴黎所展開的生活風景。

當主角們捨棄公共馬車，取而代之搭乘火車進入巴黎之後，他們對巴黎的第一印象都有了相當大的改變。

第二天晚上，半夜三點左右，我突然醒了過來。火車停下來了，三等

◆早期的火車站

車廂中陷入一片喧嚷，我聽見受傷的軍人對著妻子說「已經到了喔。」「到哪裡了？」我一邊揉著惺忪睡眼一邊問道。「巴黎啊，當然是巴黎！」我跑近門邊，一戶人家也沒有，有的只是挖掘中的空地、幾盞瓦斯燈和處處可見的煤堆。隨後，我看到了遠方的紅色光線，聽到了如浪潮一般模糊又嘈雜的聲響。有一名男子以單手拿著提燈，一邊走過一家又一家的大門，一邊大聲叫喊著，我不由得害怕地縮了一下脖子，這裡就是巴黎。（……）之後，我雖然有好幾次都試著回憶巴黎在這個夜晚所留給我的印象，但是，事物和人類一樣，最初看到時所呈現的獨特樣貌，在過了那個時間之後，不管怎麼努力，都再也找不回來。

——都德，《小東西》

都德所寫的這個段落就像把「啊！上野車站」❶改編成「啊！里昂車站」所給人的感覺一樣，讓人想要落淚。我也曾好幾次從南法出發，前往巴黎的里昂車站，播音員的聲音和嘈雜人聲相互交錯的噪音在貼著大片玻璃的車站

註①——日文歌名「ああ上野駅」，描寫由農村進入都市工作的青年，在搭火車抵達東京的上野車站時的心境。

◆抵達巴黎的「主角」

◆「卡密秀耐」（搬運工）

內「鏘鏘鏘」地反彈回來的獨特氣氛的確令人難忘。都德對這個情景似乎特別地印象深刻，他在《巴黎的三十年》中也寫到了相同的經驗。

主角們在公共馬車的起迄站或火車站下車。在結束護照檢查，並支付了入市關稅之後，旅行者的身邊便會冒出許多名為「卡密秀耐」（commissionaire）的長相有點凶惡的搬運工以及幫旅館招攬生意的掮客。就算是很重的行李，這些「卡密秀耐」也可以把它們載放於綁在背上的揹負工具，幫旅行者搬運到投宿地。當然，旅行者也可以招來街頭攬客馬車，因街頭攬客馬車有公定價，相較於交給不知道會如何敲竹槓的搬運工，街頭攬客馬車說不定還比較便宜。特別是在搬運工和掮客之中，有和惡劣旅館聯手企圖讓旅客當冤大頭的不肖之徒，必須提高警覺。以小說《浮華世界》（*Vanity Fair*）聞名於世的威廉．薩克雷（William Makepeace Thackeray），便對英國的旅行者發出如下的警告。

如果大家連一句法文也不會說，而且又喜歡英國式舒服又乾淨的房間、早餐和服務，（……）那就不要理會這些掮客所說的話，用英國腔也無所謂，只要大聲叫句「墨里斯」（Meurice），之後，應該馬上就會有一名男子走向前來，將大家帶到麗佛里街（Rue de Rivoli）的旅館。

——《巴黎・素描》（*Paris Sketch Book*）

關於這家創業於一八一六年，即使是現在仍以四星級的豪華設備自豪的「墨里斯旅館」，在河盛好藏先生的短文〈巴黎最古老的旅館〉中有著詳細的描述：為英美兩國富裕旅行者專用有豪華套房的旅館，位於上面樓層的房間卻意外地樸實，地板上貼著磁磚，床是法國人用的小床。因為連針對外國人而設置的最高級旅館都是這幅模樣，以法國人為對象的旅館在水準上更是低落。

◆墨里斯旅館

◆聖傑克街的簡易旅館

一行人於黎明時在艾歐爾街的加賽爾波爾旅館前下了車。（……）隔天早上，呂西安在堪稱為巴黎之恥的骯髒房間中與露薏絲（巴日東夫人）見面。雖然以優雅著稱，但在巴黎卻沒有一家可以讓富裕旅行者享受到有如待在自己家裡那般舒適自在的旅館。露薏絲所住的房間相當陰冷，採光很差，窗戶上掛著褪了色的窗簾，地板的瓷磚感覺上磨損得相當嚴重，不管是那一件家具都缺乏美感，而且還都是用舊了的二手貨。

◆未來小說家的閣樓房間

◆未來畫家的閣樓房間

因為呂西安．律邦浦雷是和巴日東夫人一起投宿的，所以他們所住的還算是間高級的旅館。在金錢上並不富裕的主角們所住的是位在拉丁區的附帶家具的旅館，也就是「簡易旅館」（Hotel Garni）。

——《幻滅》

挑著行李箱的搬運工（……）依照年輕旅人的指示，將他們帶到聖傑克街。因為在那裡有故鄉前輩所推薦的多少附帶一些家具的旅館。

——路易．尤亞爾，《學生的生理學》

這種附帶家具的旅館即「簡易旅館」，這個名詞一直到王朝復辟為止都被大家依照字面上的意思在使用著。但是，隨著時代的演進，它成了中等以下、不附家具的便宜旅館的專用代名詞。雖然現在在法國國內幾乎已經看不到這個名詞了，不過若到德國去，卻可以看到沒有餐廳的低等旅館掛著寫有"Hotel Garni"這個法文字的招牌，語言這種東西總是在奇妙的地方殘存著。因為對到法國留學的學生而言，便宜的旅館費用和幾乎不會遇到同胞之故，所以剛剛所提到的小說家薩克雷才會在書中推薦奧狄翁劇院（Théâtre Odéon）附近的「科魯內尤旅館」（Hotel Corneille），在巴爾札克的《Z・馬卡斯》（*Z. Marcas*）中所描述的應該也是這家旅館吧。

> 我住在當時位於科魯內尤街、專門租給學生的旅館中。（……）有四十個房間，不管哪個房間都擺著很像學生房間該有的家具。當然，對學生而言，除了床鋪、幾把椅子、櫃子、鏡子、桌子以外，應該也不需要什麼了吧。

在拉丁區，這類「簡易旅館」的房租大概是多少錢呢？當然，房租會隨著樓層和時代而有所不同，但是，不管如何都比《巴黎鄉下人的生理學》中所提到接近「王國運輸」起迄站的維克多廣場（Place de la Victoire）一帶、住一晚兩法郎（以現在的幣值來說，一法郎大約一千日圓）的旅館便宜許多，在「簡易旅館」住一晚大約一法郎左右，是一晚四法郎的「墨里斯旅館」的四分之一。如此一來，便如薩克雷所言，如果是英國留學生「一天只要有四法郎，就可以過著如王公貴族般的生活」。但是，主角們當中卻也有人連一法郎都覺得貴，而想要尋找更便宜的旅館。

比方說，在《幻滅》中，被巴日東夫人拋棄的呂西安就在拉丁區庫留尼街（Rue de Cluny）的「簡易旅館」找到了一個月只要行情的一半，也就是十五法郎的房間，呂西安的這個房間因為位在四樓

（如果依照日本的算法應該是五樓），所以才可以這麼便宜。第一次在索邦做居民登記的弗雷德利克．莫羅於聖提安桑特街（Rue Saint-Hyacinthe，今天的馬勒布朗施街〔Rue Malebranche〕）的「簡易旅館」所租借的房間，因為位於二樓（日本的三樓）所以比較貴。而如果是閣樓房間，當然會更便宜，由瓦萊所著《雅克．萬特拉斯》的同名主角在太子妃街（Rue Dauphine）所租借的房間，一個月竟然只要區區六法郎，不過，房間的狀況當然也和價錢相當。

我踩著踏板已經腐朽的梯子爬到那房間裡頭。這梯子沒有扶手，取而代之的是發霉且沾了油漬的繩索。爬上樓梯之後有一個由四個牆壁圍起來的空間，在那裡只有一把露出稻草的椅子，一張腳的內側已經彎曲的桌子和一張蓋著滿是灰塵的毯子的粗糙矮床（說到那些灰塵堆積的程度，根本就有如羊背一般），只要一起風，脆弱鬆散的窗框就吱吱嘎嘎地響了起來，空氣吹過地板的裂縫。

但是，即使是這裡，對因受到母親的壓制而感到痛苦萬分的雅克．萬特拉斯而言，感覺也好像天堂一樣，「我終於可以待在自己的房間了！」他開心地大叫了好幾回。事實上，雅克．萬特拉斯之所以可以忍受這種閣樓房間的生活，無疑是因為他想體驗一下過去所讀的巴爾札克小說中主角們的生活。他的偶像——《驢皮記》主角拉法埃爾．瓦朗坦所租借的房間和呂西安一樣都位在庫留尼街上（與科魯迪埃街所夾之街角），一個月的房租甚至比雅克・萬特拉斯所租的還要便宜，只要五法郎。

在偏黃而略顯髒污的牆壁上，飄蕩著一股貧窮的氣味，等待著前來住宿的學生。應該還有其他東西像這個房間一樣令人吃驚吧。

——巴爾札克《驢皮記》

根據傳記作家斯蒂芬・茨威格（Stefan Zweig）所言，這種前拉斐爾派（Pre-Raphaelite Brotherhood）❷房間的模樣似乎就是在第一次離開父母時，巴爾札克託母親在附近所租之閣樓房間的模樣。

這個閣樓房間在冬天的時候就像冰塊一般寒冷，夏天則有如地獄一般炎熱。（……）母親所選的房間「幾乎完全不輸威尼斯的鉛房（有名的監牢）」，這似乎是為了要表現對我這個未來大作家的職業的厭惡而選的。

註②——由三名英國畫家在一八四八年發起的藝術運動，他們反對英國皇家藝術學院的機械式畫風，崇尚文藝復興初期米開朗基羅和拉斐爾的古典畫風。

◆簡易旅館（貧民房間）

——茨威格，《巴爾札克》

應該已經找不到比這更便宜的房間了吧，其實，也並非完全不可能，不過那就必須離開拉丁區，到郊外的邊界去。在《悲慘世界》中，馬留斯所租借的房間價格非常驚人，只有行情的十二分之一，也就是巴爾札克小說內房間的一半，月租二．五法郎。不過，因為它是之前所提到的位在聖馬榭大道的破房子「高爾博公寓」，所以才可以這麼便宜。

然而，即使如此，因為主角們所住的都是「單人房」，情況還算好，還有比這更糟糕的。《前見習石匠雷歐納爾的回憶》的作者馬丁．納德第一次以石匠的身分抵達巴黎時，被父親帶著前往的「巴黎市政府」附近的「簡易旅館」，就相當淒慘。

這個房間有六張床，睡著十二個人。房間裡滿滿都是人和物品，連腳踩的地方都沒有，有的只是五十公分的通道。

◆馬留斯的住處

如果六張床上睡十二個人，那就是一張床要睡兩個人，在床上和多人共眠這樣的習慣在十九世紀上半葉的下層社會中並不是那麼罕見。根據亞蘭・戈賓（Alain Corbin）所著之《味道的歷史》（*Le Miasme et la Jonquille*），在醫院等地方，這種同床而眠的情形相當普遍。而且，讀了保羅・德・柯庫（Paul de Kock）的《大都會：新巴黎風景》（*La Grande Ville, Nouveau Tableau de paris*）之後我才知道，雖然我們一般都以為歐洲人只睡在床上，但事實並非如此，保羅・德・柯庫所描寫的簡易旅館便是「在房間角落的地板上直接鋪著一張薄薄的稻草墊，上面掛著粗糙的毯子」這副模樣。

雖然馬丁・納德和保羅・德・柯庫所描繪的這些簡易旅館都是針對打零工的勞動者或出門工作的石匠這種屬於下層階級卻又認真賣命的勞動者所設，不過，事實上在羅伊・布洛克和撒加利聯手撰寫的簡易旅館冒險記《沉睡的巴黎》中卻記載著，在這種簡易旅館之下，還有提供給撿破爛、乞丐或者罪犯，讓他們免於「流浪罪」而投宿的最低階的簡易旅館。比方說，在歐仁・蘇（Eugène Sue）的《巴黎的秘密》（*Les Mysteres de Paris*）中，一開頭所描寫的西堤島的簡易旅館，以及拒絕奈瓦爾投宿而害他上吊的、位於舊燈籠路（Rue de la Vieille Lanterne）的簡易旅館，就都屬於這一類。其中最有名的便是位在卡蘭德街的「紅城旅店」（Auberge du Château Rouge），在這個簡易旅館名為「屍體收容所」的大房間中，不用說是床了，就連稻草墊也沒有，被社會拋棄的老弱婦孺們拿鞋子當枕頭，像屍體一般，睡在赤裸裸的地板上。相當喜歡這些悲慘或令人厭惡之事的依斯曼（Joris-Karl Huysmans）在《聖賽味利附近》（*La Bièvre et Saint-Séverin*）中，便將「紅城旅店」的模樣如美食家品味珍饈一般，做了鉅細靡遺的描述。

◆最低階層的貧民房間（紅城旅店）

◆女性用的貧民房間

第6章

# 〔飲食生活〕

## （之一）廉價食堂中的名店

「福利扣多」（Fricoteaux）是一個深深烙印在許多人記憶中的名字。王朝復辟時期的最初十二年間，投宿於拉丁區的學生幾乎沒有人不是三天兩頭的就到這家堪稱為「空腹與貧窮之殿堂」的店裡來光顧。

——《幻滅》

落腳於拉丁區簡易旅館的主角們首先要思考的就是要怎麼樣才能確保「三餐」無虞。就算是和《幻滅》中的呂西安一樣，以「兩蘇的麵包和一蘇的牛奶」來打發早餐（兼午餐），晚餐多少也得吃些有營養的東西，而最方便的方法就是到「廉價食堂」（gargote）這種以學生客群為主的廉價餐廳吃飯。

學生們一年收到一千兩百到一千五百法郎的生活費，投宿於佛翁．聖傑克街或馬鬆．索邦街，在「維爾」、「盧梭」或者那家不朽的「福利扣多」中享用八十生丁（十六蘇）的晚餐，然後到「大茅舍」（Grande Chaumière）或「大查魯茲」（Grande Chartreuse）去跳舞。

這是愛德蒙．泰克希爾（Edmond Texier）在一八五二年出版的《巴黎的風景》（*Tableau de Paris*）中所描繪的十九世紀中葉的學生群像，這裡所舉出的三家餐廳是當時廉價食堂中名聲最響亮的，而主角們也是這三家餐廳的常客。比方說《情感教育》中的弗雷德利克．莫羅常去的「哈柏路（Rue de la Harpe）的餐廳」，應該就是「維爾」。

弗雷德利克每天都到哈柏路的餐廳去吃由一張四十三蘇的食券所換得的晚餐。他以鄙視的眼神看著陳舊的桃花心木櫃檯、充滿油漬的餐巾、看起來略嫌骯髒的銀製食器以及掛在牆壁上的帽子。周圍都是和他一樣的學生，大家淨是聊著教授們的八卦和彼此的情婦。你知道教授們怎麼了嗎？我絕對不會結交情婦！因為討厭聽到同伴們得意洋洋地大放厥詞，所以他總是盡可能地晚點出門。不管哪張桌子都滿是吃剩的碎屑，兩名服務生因為太過疲累而在角落打著盹兒，廚房、油燈和香菸的味道瀰漫著整個屋子。

◆拉丁區的廉價食堂

若光是閱讀福樓拜的這段描述，大概會覺得弗雷德利克在一家十分骯髒的廉價食堂中吃著難吃的料理。但是，就如北山晴一先生在《美食與革命》中所詳述的，在當時（一八四〇年），要價四十三蘇的晚餐就算稱不上豪華，也絕對不會太差，不，甚至可以說，這樣的晚餐在拉丁區算是相當高級的。因為根據當時的文獻記載，「維爾」，或是泰克希爾所舉出的「盧梭」、「福利扣多」

◆二十二蘇的餐點

◆四十蘇的餐點

等餐廳的一般簡餐，價位大概都在十六蘇到二十五蘇之間，所以，以一個學生來說，弗雷德利克可說是吃著相當奢侈的料理。如果注意到這一點再回頭去讀那些描述，我發現餐廳本身雖然被描寫得相當簡陋，但卻沒有任何有關食物難吃的描述。

關於「維爾」這家店的殘破單調，因為在《大都會：新巴黎風景》中，福雷德力克．蘇利耶（Frédéric Soulié）很肯定地說它和學校與兵營的食堂一樣，所以可以把它想像成如福樓拜的描寫一般。不過，餐點的內容似乎在弗雷德利克的內心刻劃下嫌惡的陰影。因為弗雷德利克的同年好友德羅利耶等人在成為律師之後，依舊上三十二蘇的餐廳去吃飯，所以弗雷德利克所花的四十三蘇真的只能說是超乎常理。順帶一提，家世理應比弗雷德利克好的福樓拜自己在學生時代就是屈就於三十蘇的簡餐。

一般來說，法律系和醫學系的窮學生吃的就是以下的這些食物。

> 到了傍晚之後，馬留斯走下聖傑克街，前往位在馬都蘭街（Rue Des Mathurins）角落的版畫商巴賽對面的「盧梭」去用餐。他沒有點湯，只點了一盤六蘇的肉、半盤三蘇的蔬菜，加上三蘇的甜點，再多付

三蘇，就可以盡情享用麵包，他喝水來代替葡萄酒。之後，他到雖然有點胖但感覺上卻很年輕的盧梭老板娘坐著的結帳櫃檯付錢，就在他拿出一蘇作為給服務生的小費時，盧梭的老板娘露出了笑容，然後，他步出了那家餐廳。他用十六蘇的價錢買到了笑容和一餐飯。

——《悲慘世界》

在這家名為「盧梭」的餐廳，因為大家幾乎都不喝葡萄酒，只將就地喝著白開水，所以雨果另外給它起了一個名字叫「水之盧梭」，這個綽號似乎非常有名，當時所有的風俗觀察誌都不約而同地提到了這一點。即使在一百五十年後的今天，在速食店強勢進攻的壓迫之下，「盧梭」餐廳所在的聖傑克街依舊還殘留著幾間這種以學生為對象的廉價食堂。

其中又以掛著「餐廳．布爾喬亞」這個帶有諷刺意味招牌的二十七蘇（在一九八五年時）簡餐店最值得前往一探。在這家聚集了許多要走進大學食堂稍嫌年紀太大、對吃東西這件事又沒有任何熱情的單身常客的店裡，常常會讓人深刻感受到巴黎這個都市的寂寥，喜歡這種氣氛的人或許可以去體驗一下，我唯一不建議的是在用餐之前去借用他們的廁所。（後記：五年後我再度造訪時，這家餐廳已經不在了。）

拉丁區的廉價食堂中最有名的應當就屬「福利扣多」了。在巴爾札克的《幻滅》中，還特別花了一章的篇幅來讚揚「福利扣多」。

◆「盧梭」

◆「福利扣多」的呂西安與盧斯托

「福利扣多」是一個深深烙印在許多人記憶中的名字。王朝復辟時期的最初十二年間，投宿於拉丁區的學生幾乎沒有人不是三天兩頭的就到這家堪稱為「空腹與貧窮之殿堂」的店裡來光顧。這裡的晚餐有三道菜，價錢為十八蘇，如果再加上一大瓶葡萄酒則是二十二蘇。這家青年之友無法賺取龐大的財富的原因，或許就是摻混在雪片般的傳單中被印刷成大型文字廣告的其中一條，上面寫著如下的文字：「麵包隨意取用」，意即「麵包吃到飽」。我們可以說，到目前為止，有許多美好名聲都是被「福利扣多」的餐點所養大的。的確，在現今的名人中，一定有幾個人在望著面對索邦廣場和黎塞留新街（Rue Neuve de Richelieu）鑲著小片玻璃的店面櫥窗時，心中會浮現無數不可言喻的愉快回憶。

「福利扣多」因為位在索邦廣場和聖米歇爾大街的轉角，也就是現今名為「維拉扣斯摩斯」特價品店附近，扮演著一如現今的大學食堂、速食店在學生生活中所擔負的角色。所以，在閱讀十九世紀前半葉的小說和詩集時，也常常會看到這個名字。在《幻滅》中，福利扣多當然占

◆可以取代牙醫的廉價食堂

◆可以做成長褲吊帶的牛排

了一個極為重要的位置，呂西安・律邦浦雷遇上達丹尼爾・達提茲，進而加入文社，以及和窮酸文人盧斯托相識，隨後進入新聞界，都是在這家廉價餐廳。除此之外，在《高老頭》中，也有著如下的情節：對米肖諾小姐將沃特蘭出賣給警察的卑劣行為感到相當憤慨的醫學系學生畢昂訓，因拒絕在伏蓋公寓中與她同席，所以邀集其他寄宿學生們「乾脆到索邦廣場的福利扣多去吃」。而在繆塞（Alfred de Musset）的短篇作品《咪咪・潘松》（*Mimi Pinson*）和對話詩《杜邦與杜蘭》（*Dupont et Durand*）中也提到了「雖然是未來的法國上議院議員，卻在像福利扣多這樣的便宜飯館裡吃晚飯，而且連付帳的錢都沒有，竟然會有這樣的人。」

雖然這種以學生為對象的餐廳說便宜的確是很便宜，不過，他們真的提供客人可以入口的料理嗎？當時的風俗觀察家所提出的評價全都相當嚴厲，路易・尤亞爾在《學生的生理學》中，便以反諷手法讚揚了拉丁區的餐廳用一頭小牛製造出牛、小鹿的里肌肉、及羊蹄和豬蹄的睿智，並建議有金錢觀念的學生務必將剩下的牛排帶回家，讓皮革加工店把它們做成長褲。另外，艾密爾・德・拉・倍多利耶爾（Emile de La

Bedollierre）在《法國人的自畫像》（*Francais peinrs par eux-mêmes*）的「法律系學生」這一章中也報導部分人士對這種餐廳，讓馬頭變成小牛的頭，以及在紅酒燉野兔的宣傳中出現安哥拉兔提出批評。但是，不管是哪一個風俗記者似乎都對「福利扣多」特別寬大，《巴黎評論》的記者保羅．費蒙在一八三五年就像替巴黎的餐廳打分數一般，說了這樣的話：

以上便是巴黎所有的一流餐廳，除此之外，都不值得一提。其中只有一家店例外，那就是帶有濃濃詩意的福利扣多，只有它是學生們無上的欣喜，也是拉丁區的光榮。

巴爾札克也認同「牛排的出現是造成馬匹頻繁死亡的原因」這句謠言就是指這家店，不過對「福利扣多」講求實際的良心經營卻給予了相當高的評價，並且也斷定它沒有像其他店家一樣的誇大廣告。當然，在「福利扣多」並沒有可以愉快聊天的氣氛，它完全就像日本上班族用餐時那般無聊乏味。

大家在吃完飯後很快就離開了，店裡頭的人動作也相當快，服務生們沒有偷懶，全都相當勤快地來回忙著。所有的人都非常忙碌，沒有時間發呆。

——《幻滅》

◆廉價食堂的服務生

至於重要的餐點內容又是如何呢？這裡搶先使用了「便宜、快速、美味」的「吉野家三原則」，雖然絕對稱不上是豐盛的大餐，但至少可以吃飽，配菜、麵包、甜點都準備得相當充分。

料理的種類很少，但是，馬鈴薯絕對是充分供應，就算愛爾蘭連一顆馬鈴薯都沒有，而且不管到哪兒去也都找不到的時候，只有福利扣多還有。

——《幻滅》

老實的福利扣多把一看就知道相當美味的糖煮鮮梨排放在充滿裂縫的盤子中，清楚展現了他們對其他店家所濫用的「甜點」這個名詞的重視。同時，切成四片的六里弗爾的麵包也確實遵守了「麵包隨意取用」的約定。

——《幻滅》

因為在其他的廉價食堂裡，追加的小麵包一個就要五蘇，所以這真的可說是一項相當大的優惠。至於作為主菜的肉類，選擇就相當少，就如同路易．尤亞爾所指出的，便宜的肉品換過名字後又上桌了好幾次。當然，如果考慮到價錢，這或許也是不得已的。

在這家店的菜單上所寫的炸羊排和牛里肌就和出現在高級餐廳維利（Very）菜單上的雷鳥和鱘鰭一樣，都是如果沒有在早上先行預訂就吃不到的特別料理。牛肉以母牛的肉最受歡迎，另外仔牛的肉也是做了各種調理上的變化後，經常被端上桌。

雖然弗雷德利克．莫羅都在稍晚比較沒有客人的時候到餐廳去，但是呂西安．律邦浦雷反而是早在四點半就前往福利扣多。因為，「如果是這個時間，料理的種類也比較多，可以選擇。」這種情況就跟現今的大學食堂一模一樣。

而福利扣多的客層分布又是如何呢？法律系和醫學系的學生理所當然會比較多，但根據羅傑．德．寶維瓦所言，除學生之外，都是經濟狀況和學生差不多的人，也就是下級聖職者、窮酸文人、跑龍套的演員、復習教師、初出茅廬的律師這些人。巴爾札克對由這些尚未擁有人生的年輕人所醞釀出的福利扣多的氣氛有著如下的描述：

在那裡常見的是十分年輕，且充滿信念與活力的窮困身影。同時，也有熱情又認真的臉龐，以及像是在擔心著什麼的陰沉臉孔。一般而言，大家的衣服都穿得相當簡便，如果常客偶爾穿著一身盛裝而來，馬上就會被注意到，大家都知道這種特別的服裝有著什麼樣的意義，大概都是因為戀人在某處等著他們、要前往看戲或者拜訪上流社會。

◆廉價食堂的景象

◆「維爾」包廂中的針線女工和學生

這種感覺，若以日本的大學來說，相較於以午餐為主的學生餐廳，更容易讓人連想到筆者學生時代的宿舍食堂。一般來說，在餐廳，晚餐比午餐更容易暴露出一同用餐者的內心。

根據當時的美國旅行者所留下的記錄，雖然在一般餐廳中也有不少獨自享用晚餐的女性客人，不過，福利扣多似乎和「吉野家」一樣，幾乎沒有女性客人。

只不過，如果繆塞在《咪咪．潘松》中所寫的內容是真實的情況，在「維爾」的二樓包廂有時似乎也可看到被學生搭訕的針線女工們。但是，不管是多麼貧窮的學生，在邀請女孩子的時候都會想要選擇高級一點的店，此乃人之常情。《情感教育》的德羅利耶和針線女工克萊蔓斯．達薇小姐攜手前往的就是「巴約」（Baillaud）和「潘松」這個等級的餐廳。

如果是在「巴約」，學生們就如「巴黎咖啡館」（Café de Paris）中的時髦人士一般，以悠然自得的姿態請服務生拿報紙來，以名字叫喚男服務生，也可以和隔壁的客人做有趣的交談。

——福雷德力克・蘇利耶，〈高級餐廳和廉價食堂〉，《大都會：新巴黎風景》

相反地，當連去「福利扣多」的錢也沒有的時候，他們會離開拉丁區到其他地方的大眾食堂去。比方說，巴爾札克所著之《Z・馬卡斯》書中的同名主角就是到瑪黑區（Le Marais）的「米茲雷」去享用只需九蘇的簡餐。這家「米茲雷」雖然是巴爾札克所虛構的，但實際上，在巴黎市政廳（Hôtel de Ville）地區便有著一家名為「葛拉」的九蘇簡餐店。在北山晴一先生的《美食與革命》中，歸納傑克・阿拉果的報導，而寫成關於「葛拉」的精采描述，在此我就引用一段。

走進如雨天道路般泥濘不堪的店內後，有兩位壯碩的女子在那裡等著。這兩個人一邊看著排隊等候的客人的臉，一邊用注射器（浣腸器？）從旁邊的大鍋子裡把高湯吸出放入鐵碗中，在客人付完錢之後，才把一片麵包交給他。喝了高湯之後，會有一片很像肉類的東西被放進碗裡，這片肉雖然是用鐵製的叉子扯來吃，不過這叉子卻是不怕被人看見這是其他客人用過、再由一旁的壯碩女子很親切地幫我們用舌頭舔乾淨的東西。

◆大眾食堂

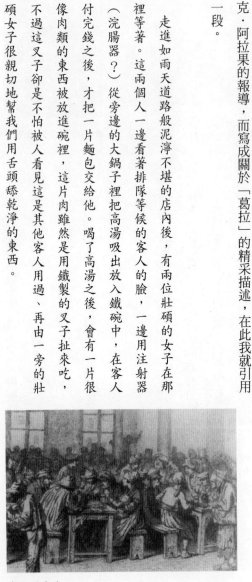

# 第7章

# 飲食生活

## （之二）自己做飯與伙食餐廳

馬留斯自己把那肉煮了，就這樣吃了三天。第一天吃瘦肉，第二天吃肥肉，第三天則是啃骨頭。

——《悲慘世界》

福雷德力克·蘇利耶曾在出版於一八四三年的風俗觀察雜文集《大都會：新巴黎風景》中發出這樣的感嘆：在過去，如果在巴黎沒有熟識的人家提供附帶伙食的住宿，讓兒子到首都去唸書這件事，對鄉下的名門而言根本就是天方夜譚。然而在今天，以這種形式來投宿的學生卻相當罕見。大革命之後，巴黎的餐廳種類和數量都增加了，學生在外頭用餐也成了十分理所當然的風潮。不過，在主角們之中，卻也有連前述的廉價食堂都去不了的赤貧學生，巴爾札克《驢皮記》的主角拉法埃爾·瓦朗坦就屬這樣的例子。

黎明時，我獨自一人偷偷出門尋找當天的糧食，房間也是自己打掃，一手包辦主人和傭人的角色，以驚人的自尊心過著窮苦的生活。

一天之內，麵包三蘇、牛奶二蘇、豬肉加工品三蘇，只要有這些東西，我就不會餓死，也足以讓精神保持在相當清醒的狀態。

拉法埃爾．瓦朗坦一天的餐費三餐合計竟然只要八蘇，因為連拉丁區最低等的廉價餐廳的晚餐都要十五蘇，這樣的情形可以說是十分節省。但是，只要拋下自尊，下定決心利用市場附近的攤子，以這樣的預算來度日也並非絕無可能，因為在中央市場、伊諾森果菜市場以及聖日耳曼市場附近排列著許多賣著要價一、兩蘇的炒臘腸、炸洋芋和熱湯的攤子，即使只有一點點的預算，也可以讓肚子達到某種程度的飽足。又因為當時民間流行在早餐的時候飲用牛奶咖啡（café au lait），所以牛奶成了必需品，不管在巴黎的哪個角落，都可以用一蘇跟每天早上在街角做生意的賣牛奶女孩買到牛奶。當然，菜餚如果是在較為正式的火腿店、臘腸店、小菜店和燒肉店購買，就可以得到稍微好一點的品質，如果再額外多付一些費用，還可以請對方外送。只不過在這種情形下所花的錢，有時會比前往最低等的餐廳用餐還來得多。比方說，在《巴黎或一百零一之書》（*Paris ou le Livre des cent-et-un*）中，艾爾福列特．朵內（Al. Donne）所描寫的醫學系學生的晚餐就是在小菜店買的濃湯、牛肉、洋芋，再加上麵包，總共十二蘇。

不去廉價食堂用餐的主角們也只能像這樣自己買來吃，藉以填飽肚子，也就是說，當時，在沒有廚房設備的簡易旅館中完全不可能自己煮飯。在《法國人的自畫像》的附錄「三稜鏡」中，L．路有著如下的描述。

第三、最後的另類餐廳便是「暖爐」餐廳。（……）它就位在長靴的脫鞋台、火柴箱和醫藥

◆路邊的牛奶咖啡店

◆伊諾森市場的臘腸小販

化學報之間。

這段文章便是暗示著有學生瞞著門房偷偷地用暖爐來料理食物，的確，如果是用暖爐來做飯，應該可以做些濃湯之類的東西，若只是買來吃，怎麼樣都只能買些火腿、臘腸等豬肉加工品。因此，對窮學生而言，「暖爐」餐廳是攝取牛肉和羊肉的最佳方法。《悲慘世界》中的馬留斯在可以前往「盧梭」用餐之前，便屬「暖爐」餐廳一族。

馬留斯自己把那肉煮了，就這樣吃了三天。第一天吃瘦肉，第二天吃肥肉，第三天則是啃骨頭。

對這種自己煮飯的學生而言，最難以忍受的並不是食物的不可口，也不是一個人吃飯的寂寞，事實上，必須擠在老闆娘和女服務生之間購買料理材料才是最讓人感到無比羞恥的事。

偶爾，可以看見一個年輕人混在尖酸刻薄的女廚師們之間，一邊被推擠著，一邊偷偷進入街角的肉店。（……）進入店裡之後，他從泛著汗珠的額頭脫下帽子，向受到驚嚇的肉店小男孩行過禮之後，買了一片帶骨羊肉、付了六、七蘇後，用紙把肉包起來，夾在兩本書之間，然後將它夾在腋下，走了出去。這個人就是馬留斯。

當時的下層中產階級，只要不是太窮的家庭，採買的工作通常都會交給女傭，如果年輕男子突然出現在那裡，大家當然都會嚇一跳，這和今天男人們到超級市場買東西的意義完全不同。十九世紀末的詩人拉弗格（Jules Laforgue）十分喜歡巴爾札克的《幻滅》，他雖然是一個將自己和呂西安·律邦浦雷疊合在一起的青年，但這位詩人在購買小菜的時候也是相當辛苦。

你應該不知道我買的是什麼樣的晚餐吧，可真是了不起喔。我需要的就是麵包店、火腿臘腸店和水果店，雖然這三家店都在我家附近的巷子裡，但因我不想被門房看到，所以特地跑到很遠的麵包店去買兩蘇的麵包，麵包很快就被口袋的窟窿深深地吸了進去。說到火腿臘腸店，那更是一大難題，因為我沒有勇氣走進店裡，所以在店門口來回走了兩、三次。

——拉弗格，《給妹妹的信》

因為在火腿臘腸店有兩位臉頰上泛著玫瑰色的少女在看店，結果，幾番猶豫之後，拉弗格在第三家店買了六蘇沒有松露的肉凍，在水果店請人家切了兩蘇的甜瓜，然後偷偷地回到房間裡。

看了以上幾位「自己做飯」的主角們，應該無法不注意到其中《驢皮記》的拉法埃爾超乎眾人的赤貧模樣吧。住在每個月六蘇的閣樓房間的雅克．凡德拉斯也如下述一般，花費一天共計十四蘇的伙食費。

早餐（兼午餐） 半塊肉四蘇、兩個麵包兩蘇

晚餐 半塊肉四蘇、搭配蔬菜兩蘇、兩個麵包兩蘇

合計 十四蘇

因為拉法埃爾．瓦朗坦（一八二九年）和雅克．凡德拉斯（一八五二年）的年代相差超過二十年，不管十九世紀的物價再怎麼穩定，多少都有些上漲，但是，即使把這一點也列入計算，拉法埃爾緊衣縮食的程度依然更勝一籌。之所以可以忍受如此窮困的飲食生活，無非是因為拉法埃爾（也就是巴爾札克）的身體真的非常強健。

雖然從外頭買小菜回自己的房間吃比較省錢，卻有營養上的問題，感

◆火腿臘腸店與買東西的太太們

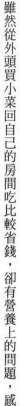

◆「墨里斯旅館」的公共餐桌

覺也非常淒涼，但是「只能吃東西」的廉價餐廳也十分乏味無趣。那麼，是否在某個地方有「媽媽的味道」的食物呢？有的，那就是名為「公共餐桌」（Table d'hôte）的伙食餐廳。公共餐桌原本指的是在旅館或旅店中，所有客人和老闆一起享用相同料理時所用的大型桌子，後來轉而意味著「以這種形式來用餐」。因此，只要是圍著老闆在同一個時段享用同樣的料理，從「墨里斯旅館」或「王子旅館」這種需要花費四到十法郎的一流旅館的高級簡餐，到位在城門外、看起來有點怪怪的「伙食餐廳」，都可稱為公共餐桌。但是，一般來說，如果說到公共餐桌，指的都是位在拉丁區或瑪黑區，由半職業的老闆和家人一起經營的以學生、單身平民，或靠年金生活的人為對象的家庭料理店。在依斯曼所著的《順水漂流》（*À vau-l'eau*）一書中，主角佛蘭登雖然是一個剛剛步入老年的單身平民，但卻受不了附近廉價餐廳和湯品店的簡陋料理，當時，友人馬爾吉內便將自己常去的公共餐桌介紹給他。佛蘭登在瀰漫著香煙的休息室中等了一個小時之後，終於得以進入食堂。

調味料飛濺在微溫的桌布上，到處都是散落的麵包碎屑。盤子

◆油炸麵包店

◆「王子旅館」的公共餐桌

「咚」一聲地被擺在桌子上。上桌的是像皮革一樣硬得咬不斷的牛肉，平淡無味的配菜，用刀子切下之後，宛如橡皮一般的乾癟烤牛肉，還有沙拉和甜點。房間裡的模樣讓佛蘭登想起了寄宿學校的食堂。然而，就算把它當成寄宿學校，肯定也是這裡的學生教養比較差，因為大家都在大聲地叫嚷胡鬧著。

一想到這些未來的政治家們曾經在公共餐桌中，旁若無人地吵鬧不休，但未來每一個人都將爬到極高的地位，並且變得威風八面，佛蘭登的心情就變得陰沉黯淡。佛蘭登的故事雖然以很偏激的筆觸描繪出在十九世紀後期的社會中，過了中年的單身男子想好好地吃頓飯有多麼困難，但是，在讀過十九世紀前半葉的風俗觀察誌後，會發現公共餐桌基本上似乎沒有什麼改變。

也就是說，場所是公寓的其中一間，價格從一次二十蘇到六十蘇，沒有單點料理，沒有其他選擇，客人大部分都是從鄉下來的人，是一種兼營賭場的社交場所，客人中甚至還包括以餐後所進行的賭博活動為目標而固定前來的客人。在公共餐桌也可以看到女客的身影。

以德維勒（Derville）為筆名的路易．第諾爾（Louis Desnoyers），根據他筆下的描寫，當公共餐桌的價格「從三十蘇變成四十蘇之後，便升格成『小資產階級膳宿公寓（pension bourgeoise）』」。躍升成這個等級之後，兼營公寓的情況也比較多。《高老頭》的故事舞台——伏蓋未亡人的「伏蓋公寓：針對紳士淑女以及其他人而設的小資產階級膳宿公寓」便是其中的典型。

只不過，在日本人看來，雖然多半會認為小資產階級膳宿公寓是以「住宿」為主，「食物」只是附帶的服務，但事實卻是完全相反。也就是說，「膳宿公寓」（pension）只不過是將房間借給已經支付了「餐費預約金」的人（稱為寄膳生〔pensionnaire〕）。法語中「伙食費和房間」（pension et chambre）這句俗語便將這種關係做了相當清楚的說明。

記住這一點之後，再回頭閱讀《高老頭》中的描寫，就可以知道所謂「伏蓋公寓」完全是以「伙食餐廳」為主要業務，順帶經營寄宿公寓。而這件事情的證據就在於向「伏蓋公寓」租借房間的寄宿客人（pensionnaire internes）雖然只有七個人，但是用餐的包飯客人（pensionnaire externes）卻有十一人之多。

至於「伏蓋公寓」的餐點預約金，如果是後者，也就是包飯客人，光是晚餐一個月就要三十法郎，和一餐二十蘇（一法郎）左右的「福利扣多」級的廉價食堂幾乎是同樣價錢了。歐也納・拉斯蒂涅以寄宿客人的身分支付了包含早晚兩餐餐費的住宿費四十五法郎，雖然省下了早餐的錢，但是，他的生活水準跟支付了十五法郎的房租，並在「福利扣多」吃晚餐的《幻滅》中的呂西安・律邦浦雷卻沒有太大的差別。

因此我們可以知道，歐也納・拉斯蒂涅之所以選擇小資產階級膳宿公寓並非是基於經濟上的理由，而是因為出生於質樸貴族家庭的性格比較適合小資產階級膳宿公寓。也就是說，小資產階級膳宿公寓瀰漫著家庭氣氛，因為用餐的時間都是固定的，沒辦法自由選擇，而且每天都必須和其他一

◆「公共餐桌」以賭博為目的？

◆伏蓋公寓的用餐情況

起用餐的人碰面，相當麻煩，怎麼說都比較適合性格嚴謹的人。而拉斯蒂涅在進入社交界、過起自甘墮落的生活之前，還算是個勤於上學的法律系學生。又如《情感教育》中，夢想派的弗雷德利克．莫羅就住在簡易旅館、在廉價食堂用餐；而認真派的秀才馬爾吉諾則住在聖傑克街的小資產階級膳宿公寓裡。總歸一句話，擁有詩人性格的青年選擇「簡易旅館＋廉價食堂」，腳踏實地派則偏向小資產階級膳宿公寓，所謂超越時代的公式也就此成立。

但是，因為《人間喜劇》原本就是一個虛構的故事，我們不能忘記拉斯蒂涅和呂西安．律邦浦雷的選擇都是出於巴爾札克的意圖。也就是說，如果呂西安不在「福利扣多」用餐，應該就不會遇上盧斯托和達提茲；如果拉斯蒂涅不是住在「伏蓋公寓」，應該也就不會認識高里奧（亦即高老頭）和沃特蘭。特別是拉斯蒂涅和「伏蓋公寓」更是一個絕妙的組合，因為如果住在簡易旅館，應該就完全沒有機會和退休商人與不知道從哪裡來的四十歲男子變得如此熟稔。如果沒有在小資產階級膳宿公寓一起吃著伏蓋夫人所端出的料理，應該就不會發展出這層關係。

讀過《高老頭》開頭的冗長描述的人或許都會覺得「伏蓋公寓」是巴黎最底層的人所聚集的地方，但這完全是個誤會。就像路易．歐瓦利耶（Louis

Chevalier）所指出的，原則上，在巴爾札克的腦子裡並沒有出現下層階級的人。投宿在「伏蓋公寓」的寄宿客人盡是寡婦、卸任官員、老小姐、退休商人、學生這些小資產階級，就算是逃獄的囚犯沃特蘭，從外表上看起來也像是小資產階級。的確，「伏蓋公寓」或許是陰沉潦倒的小資產階級膳宿公寓，不過「小資產階級」這個形容詞卻也不盡然是個謊言。現在，巴爾札克自己應該也會這麼說吧。

以她所索取的價格，這些可憐的人們應該可以在巴黎的某個地方找到提供健康又夠分量的餐點，雖然沒辦法如他們所想像的那般美麗舒適，但至少也稱得上是乾淨又清潔的公寓吧？

——《高老頭》

◆今日的圖涅佛路

根據P·G·凱斯特（Pierre-Georges Castex）的調查，「伏蓋公寓」所在的新聖吉納薇弗路（Rue Neuve-Sainte-Geneviève，今天的圖涅佛路〔Rue Tournefort〕）還殘留著幾家小資產階級膳宿公寓。從拉斯蒂涅的接班人——醫學系學生畢昂訓希望入住「伏蓋公寓」就可以知道，這裡並不比其他的小資產階級膳宿公寓來得差。

在此我說句題外話，這條圖涅佛路上，門牌號碼和伏蓋公寓不一樣，就有間日本人的法語教師熟識的名為"Parisiana"的小資產階級膳宿公寓。

第8章

# 盧森堡公園和杜樂麗花園

想要成為花花公子！

他一邊在附近來回踱步，一邊仔細觀察著散步者的模樣。美麗的女子挽著瀟灑愛人的手，在路過時彼此交換眼神，就這樣一對接著一對。（……）呂西安在杜樂麗花園所度過的兩個小時是非常痛苦的兩小時，因為他突然回顧了自己所走過的路，想起了自己的樣子。

——《幻滅》

決定好投宿地點，三餐也有著落的主角們，在開始上課之前當然想要稍微走逛一下巴黎的街道。

剛開始的時候，因為不知道做什麼好，他便在巷道、廣場和公園之間閒逛。他到杜樂麗花園和盧森堡公園，坐在長椅上，看著小孩們玩耍，望著天鵝在水池中輕快地滑水。

——福樓拜，《情感教育初稿》

雖然同樣是由福樓拜所寫的《情感教育》，或許因為是《初稿》的關係，所以文章較欠缺深度，但相對地，它卻也將當時一般學生的巴黎初體驗如實地傳達給大家。以下，就讓我們隨著《情感教育初稿》中安里的腳步來見識一下許多主角都前往遊覽的名勝古蹟。

首先是杜樂麗花園（Jardin des Tuileries）和盧森堡公園（Jardin du Luxembourg），這兩個公園在十九世紀前半葉和今天分別代表著截然不同的意義。因為在當時，職場和居所通常都非常接近，巴黎居民

◆屬於奶媽和兒童的盧森堡公園

的分布範圍感覺上十分狹小，公園當然也有著非常強烈的地域性。

比方說，比起現在，盧森堡公園更像是一個學生、老人和小孩專屬的公園。保羅・德・柯庫在《大都會：新巴黎風景》中便寫著，盧森堡公園既整齊又美觀，然而不知為何，感覺上卻相當冷清，同時，書中也做出了「這和來到這個公園的鄰近居民的職業和身分有關」的結論。也就是說，這樣的感覺是由當時占居民大多數的拉丁區學生和老師所醞釀出的嚴謹學術氣氛，以及圍繞著傷兵院和格哈斯（Val-de-Grace）陸軍醫院的受傷軍人所營造出來的寂寞印象。當然，和學生約會的針線女工、奧狄翁劇院的未來女明星以及由奶媽帶著到這裡玩耍的少女們，都為這個地區增添了些許明亮的色彩。不過，儘管如此，它似乎依舊不如杜樂麗花園那般五彩繽紛。

如果根據保羅・德・柯庫的觀點來思考主角們在盧森堡公園的行動（特別是巴爾札克的主角們），這個公園的確都是出現在與戀情無關的部分。因為，他們到盧森堡公園散步的時刻都僅限於如《高老頭》中的拉斯蒂涅在思考沃特蘭的惡魔般提議，或者《幻滅》中的呂西安・律邦浦雷在和達提茲或盧斯托等新朋友講話這樣的時刻，而且，完全不見女性的身影。

盧森堡公園被當作戀愛背景來使用的情況，多半都出現在繆塞的短篇作品，因為繆塞的主角們都是「和像咪咪・潘松這樣的針線女工陷入熱戀，相約在盧森堡公園的樹蔭大道，然後再一起前往名

◆裴比尼耶爾公園（Parc de la Pepiniere）中的珂賽特和尚萬強

為大茅舍的舞廳去跳舞」這種固定模式。而且，在雨果的《悲慘世界》中，也是以「因為在這個公園相遇而萌生愛苗」為開端。也就是說，《悲慘世界》中的馬留斯雖然習慣在每天的同一個時間到盧森堡公園的樹苗圃這個沒有人煙的場所唸書，同時一邊沉溺於冥想之中，然而他卻也在那個時候邂逅了被尚萬強帶來這裡散步的珂賽特，對她一見鍾情。

總之，這個公園可說是主角們和同年齡的女孩談著所謂「便服式」戀愛的舞台。

相對來說，杜樂麗花園便出現在主角們經常與年長女性談戀愛的巴爾札克或福樓拜的小說中，不過，他們並非直接在這個公園中萌生愛苗。因為杜樂麗花園十分靠近有著許多貴族大宅邸的聖日耳曼大道（Boulevard Saint-Germain）和住著許多富有資產階級的安汀路（Chaussée d'Antin）與聖奧諾雷舊城路，所以上流社會的貴婦人們每天都會到這裡散步，而她們的愛人，也就是社交界的花花公子們也會像和她們約好了一般來到這裡。若南❶（Jules Janin）在《巴黎的冬天》中，便對杜樂麗花園的情形做了如下的描述。

> 兩點左右，麗佛里街突然變得美麗而吵雜。巴黎的豪華馬車登場了，然而，在這裡下車的並不是男人（因為男人們還在工作），而是女人。（……）女子們優雅地坐上藤椅，彼此聊著有

◆屬於學生、老師和老人的盧森堡公園

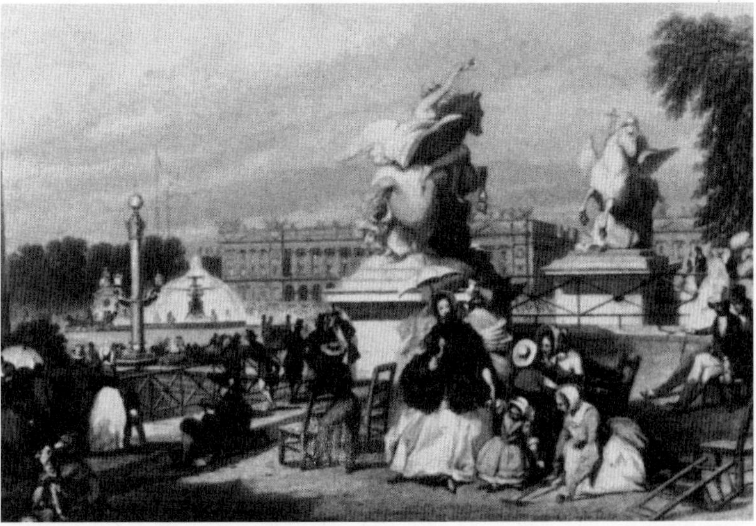

◆戀愛的戰場——杜樂麗花園

關時尚和戲劇的話題。（……）就在這同時，年輕的男子也不斷地對她們點頭示意，向她們靠近。雖說那真的只是一瞬間的事，但這個招呼卻擁有了足以與拜訪相匹敵的意義。

如果要從巴爾札克作品中的人物舉出一位經常到杜樂麗花園的樹蔭大道和斐揚平台大道（Terrasse des Feuillants）散步的花花公子，那應該就是《人間喜劇》中唯一的美男子安利．馬爾歇了。「他就好像一隻知道自己有多少實力，不慌不忙地向周圍進攻的野獸一般，在杜樂麗寬廣的樹蔭大道上漫不經心地走著。」當安利．馬爾歇和另一位花花公子保羅．馬內維爾站著交談時，和「金色眼睛的姑娘」擦肩而過，激起了他前所未有的強烈征服欲。

◆來到杜樂麗花園的上流社會夫人

當然，出現在杜樂麗花園的並不光是上流社會的夫人和一流的花花公子，在當時，這裡呈現出一副誰都可以自由參加的時裝秀場的模樣。而且，實際上，流行就是在這裡誕生的。因為流行從這裡往法國各地，不，往歐洲延伸，所以，自認為是流行起源的男女，不分貴賤，全部都聚集到杜樂麗花園的斐揚平台大道，那裡就像是一個用盡了所有的色彩和布料所裁剪出的流行漩渦。不過《杜樂麗宮殿的生理學》的匿名作者卻指出，如果以銳利觀察者的眼光來看，在這片混亂中，已經可以劃分成好幾種不同的階級。

首先是擁有出眾的高尚品味和優雅舉止的聖日耳曼大道的貴族階級，其次是憑著產業和商業的力量往上爬升，以豪華和奢侈為特徵的安汀路的大資產家，然後是堪稱為前者的預備軍的聖奧諾雷舊城路的新興資產階級，但據說最後一個階級的氣派外表與其內衣褲的寒傖顯得毫不相稱。除此之外，還有將卑劣的企圖與自我表現欲做連結的無恥之徒，比方說，不但有像巴爾札克《官員的生理學》（*Physiologie de l'Employe*）中的維努一般，一邊過著有一頓沒一頓的生活，一邊將所有的錢都用來打扮自己，以吸引富有女子為目標的冒牌花花公子。也有完全與之相反，如《貝姨》（*La Cousine Bette*）中的妖婦瓦雷莉一般，如果沒有獵物上網，就撒網捕捉的女子。簡而言之，相異於盧森堡公園，杜樂麗花園是被欲望和企圖所擄獲的男女綻放出熱烈視線火花的戀愛戰場。但是，來到杜樂麗花園中的人並不光是這種以衣裝自豪的人，那些從真正的花花公子身上盜取流行元素的花花公子候選人也聚集到這裡來了。《幻滅》中的呂西安．律邦浦雷便是其中之一，到達巴黎之後，他馬上就進入了花花公子候選人的陣營。

◆杜樂麗花園的時髦情侶

註①——若南（Jules Janin, 1804-1874），法國作家及劇評家。

他一邊在附近來回踱步，一邊仔細觀察著散步者的模樣。美麗的女子挽著瀟灑愛人的手，在路過時彼此交換眼神，就這樣一對接著一對。（……）呂西安在杜樂麗花園所度過的兩個小時是非常痛苦的兩小時，因為他突然回顧了自己所走過的路，想起了自己的樣子。首先，在路過的瀟灑青年們中，完全沒有看到任何一個人穿著燕尾服。（……）「我看起來多麼像藥房的兒子，多麼像是一個道道地地的店員！」他突然在心中發出這樣的低語，呂西安看著聖日耳曼大道上打扮優雅的時髦青年從身邊經過，所有人在精緻的輪廓、高雅的態度和相貌上都展現出同樣的獨特風采，而且，為了讓自己可以更加醒目，每個人所選擇的舞台角落也都不一樣。（……）呂西安深刻感受到自己和這個奢華世界之間隔著一道深淵。他問自己，怎麼樣才能跨越這道深淵呢？自己也想變得像那些細緻優雅的巴黎青年一樣。

這是一段多麼露骨的告白啊！但這也應該就是從鄉下來到巴黎，首度前往杜樂麗花園的主角們最真實的感想。如果在現今的日本，應該就是來到青山或六本木的鄉下年輕人的心態。事實上，藉著模仿最新的流行，「將自己同化成上流階級這個願望具體化」這件事並非那麼久遠。過去在舊體制之下，因為身分的差異，所穿的衣服也不一樣，上流階級的人們應該不常在其他階級的人們面前炫耀流行服飾。不，縱使有這樣的事，看到這種情形的人肯定也不會想要變得跟他們一樣。也就是說，模仿願望的成立必須要有一定的條件。

◆在杜樂麗花園看熱鬧的民眾

北山晴一先生在《時尚和權力》中，便提出了以下的三個條件：一、穿著生活的自由必須得到制度性的保障。二、在廣大的社會成員中，接觸流行時尚的物質性可能必須得到確保。三、社會上必須存在著向上發展的能量。而呂西安那種「自己也想變得像那些細緻優雅的巴黎青年一樣」的心情，就是因為王朝復辟的社會滿足了這些條件而產生出的願望。也就是說，首先因為大革命，服裝上的自由得到了保障，再加上在舊體制時只有星期天可以進入的杜樂麗花園，現在也成為除了乞丐、穿著工作服的勞工、穿著圍裙的女子和街頭藝人之外，誰都可以進入的地方。也就是說，即使是不屬於上流階級的鄉下青年，接觸最新時尚的自由也得到了保障。當然，他們也擁有藉以追求時尚的物質基礎，換句話說，他們擁有可換取某種程度自由的金錢。

「不，絕對不能以這副模樣出現在埃斯巴夫人的面前！」呂西安以小鹿般的速度奔回加賽爾波爾旅館，走進房間拿出一百埃居，為了要從頭到腳打理全身的裝扮，他再度前往皇家宮殿（Palais Royal），因為他剛剛已經在那裡看到鞋店、襯衣店、背心訂做店和理髮店了。

就像這樣，「只要能夠籌到錢，即使是剛剛進城的鄉下人也可以在瞬間變身為花花公子的可能性」，以及「剛好可以當上到杜樂麗花園散步的上流貴婦的愛人，抓住飛黃騰達機會的希望」，正是激發巴爾札克的主角們「向上的能量」的深層欲望，如果再繼續下去，便會發展成迷惑住所有來到巴黎的主角們的執著信念。

「聽著，我拜託那個老人把我介紹給旦布爾茲家，沒有什麼比和有錢人來往更有用的了，我特地準備了燕尾服和白手套，至少也要利用一下。如果不進入那些人的世界裡，什麼也無法開始，將來我也要讓你帶我去。仔細想想，他可是擁有百萬財富的人呢！我必須順著他的心意，順便也要討好一下他的夫人，成為他夫人的愛人！」別開玩笑了，弗雷德利克抗議著。「為什麼呢？我只是想告訴你一般的社會價值觀而已。你忘了《人間喜劇》中的拉斯蒂涅嗎？沒問題，會成功的！」

——《情感教育》

戴羅利耶所說的這些話讓我們知道巴爾札克的主角們所創造出的法國式夢想為七月王政下的青年

◆花花公子群像（1）

◆青年們的好友·裁縫店

們帶來了相當大的鼓勵，《高老頭》或《幻滅》也的的確確成為他們的指南。而且，在他們看來，幫他們實現這些夢想的魔杖就是花花公子們所穿戴的「燕尾服和白手套」。

看到脫拉依先生的時候，歐也納感受到裁縫店對青年們的人生的影響力。（……）歐也納在他的縫紉店中了解到這個職業的父親性任務，他發現了將自己視為連接青年們的現在和未來的連字符的男子。因此，心懷感激的拉斯蒂涅後來在自己發跡之後，說出了那句話，讓這個男子發了一筆財。「我知道那個男人做的長褲談成了兩樁年收兩萬法郎的婚事。」

——《高老頭》

但是，因為在十九世紀前期基本上並沒有成衣，所以，如果要穿得體面一點，就必須花上一大筆錢，更何況到花花公子們所偏愛的裁縫店去訂做，對住在拉丁區簡易旅館的主角們來說，更是需要狠狠地痛下決心。如果以今天的價值觀來說，不只是住在雅房的學生卻身穿ＤＣ的名

◆花花公子群像（2）

◆花花公子群像（3）

牌衣服，而是一筆接近購買外國進口車的花費。順帶一提，拉斯蒂涅為了讓自己徹底變身為花花公子，向故鄉的窮親戚索取了一千五百法郎，比他一年分的生活費一千兩百法郎多了許多，不過，為了要進入巴黎的社交界，不，就光是為了在杜樂麗花園散步，這便是絕對必要的經費。但是，《幻滅》中的呂西安・律邦浦雷對這一點的了解便還不是這麼透徹，他以為用他手中所握有的一百埃居（三百法郎）就可以徹底變身成花花公子。

這個美麗的身影到處逛了「皇家宮殿」的十多家商店。他走進的服飾店讓他試過每一件想試穿的衣服，並告訴他這些都是最新流行的貨色。結果，呂西安在買了綠色的燕尾服、白色的長褲以及毛色相當特別的背心後走出店裡，買這些東西他花了兩百法郎。不久，他又買了一雙相當時髦合腳的鞋子。最後，在買了所有必備的東西之後，他將理髮師請到宿舍中。在宿舍裡，商人們還幫他把每件商品的包裝拆開。

請大家注意一下「呂西安並非在裁縫店裡訂做」這件事。剛剛我們雖然說原則上這個時代並沒有成衣，但是，唯有皇家宮殿例外，在這裡有好幾家賣著成衣和可以在短時間內完成的「便利訂製」的服飾店。這些商店以從鄉下來到巴黎的客人或是到巴黎參觀的外國人、在時間上不是那麼充裕的人為對象展開販售，而呂西安所走進的便是這些商店的其中一家。然而，成衣畢竟是成衣，無法像訂做的衣服一樣。穿著新買衣服的呂西安，前往和巴日東夫人相約碰面的歌劇院時，成了聚集在那裡的花花公子們的笑柄。

馬爾歇往蒙特里歐蹲下身子，用著夏德雷也聽得到的音量，在他耳邊這樣說著，「這個長得像服飾店門口人形模特兒的古怪青年到底是誰啊？你給我去問問男爵。」

他非常不快地承認：我想我的背心看起來有點土，沒錯，我發現自己的服裝樣式太過俗氣，這也是千真萬確，我得到手藝更好的服飾店去訂做。

愛慕虛榮的巴日東夫人對呂西安的愛戀從此徹底改變，但是呂西安卻完全不知情。隔天，他前往一流的裁縫店「斯朵芙」、襯衣店和鞋店，重新訂做所有的衣服，藉著這番功夫，當他在杜樂麗花園繞過一圈之後，「這次總算可以為那天報仇了。他不但服裝筆挺、姿態優雅，而且因為他本來就是個美男子，所以許多女人都目不轉睛地盯著他看。甚至有兩、三個女人，因為驚訝於他的美貌而三番兩次地回頭。」然而，在這個時候，呂西安已經被巴日東夫人拋棄了，而他帶到巴黎來的兩千法郎也只剩下三百六十法郎了。

因此，在巴爾札克時代的杜樂麗花園，光是散步就要花上許多錢！之後，在短時間內，呂西安就和許多主角們一樣，過著只能在盧森堡公園散步的貧窮詩人生活。

第9章

# 〔皇家宮殿〕

## （之一）時尚的殿堂

呂西安為了從頭到腳打理全身的裝扮，再度前往皇家宮殿。因為他剛剛已經在那裡看到鞋店、襯衣店、背心訂做店和理髮店了。

——《幻滅》

現在就讓我們繼續追溯《情感教育初稿》主角安里的腳步。

他去參觀植物園，也餵食了名為馬丁的熊。在皇家宮殿散步時，他在正午的時候聽到大砲所發出的「砰！」一聲。他望著雜貨店和版畫店的展示櫥窗，頻頻稱讚瓦斯燈和海報。

——福樓拜，《情感教育初稿》

為了描寫青年們無從發洩的滿腔熱情，福樓拜讓安里去了沒有人煙的植物園，而在《情感教育》的定稿中，他也讓弗雷德利克．莫羅在植物園裡沉溺於無盡的夢想之中。

如果到植物園去，一看到椰子樹便會想起遙遠的國度。兩個人一起旅行——在駱駝的背上、在大象背上的陽傘下、在穿梭於翠綠島嶼之間的遊艇船艙中，或者是兩頭驢子並排著……。

當然，對懷抱著強烈上進心的主角們而言，植物園並不是一個那麼值得留戀的地方。但是，既然它特別出現在故事裡，我們就在這一章順便來聊一聊吧。

一七九三年，自從原本位於凡爾賽的動物園遷移過來之後，在路易十四時期建立的皇家藥草園的植物園便兼具動物園的功能。出現在文章開頭引文中的「名為馬丁的熊」指的便是第一代被放入熊洞中的熊，在那之後，每一代植物園的熊都被稱為「馬丁」，相當受到巴黎人的喜愛。當時，這隻熊似乎有著和貓熊一般的高人氣，只要一談到「生理學」，就一定會提到它。

如果我們試著查閱《十九世紀拉魯斯百科事典》，就會發現馬丁熊的圖像也和聖人與政治家的馬丁先生們一起出現，但是，所提到的情節卻充滿了歐洲熊的猙獰形象。也就是某天晚上，巡邏中的夜警在洞穴中睡覺的馬丁熊腋下發現一枚金幣，當他偷偷走進洞穴想把金幣撿起來的時候，馬丁突然醒了過來，將他一口吃進肚子裡。這個植物園從十九世紀開始幾乎就沒有什麼變化，特別是動物的柵欄和洞穴，都和當時一樣。當然，「馬丁熊」的洞穴也沒有改變，不知道現在的熊是否也被取名為「馬丁」。

後來安里所前往散步的皇家宮殿，是巴黎最熱鬧、最繁華的娛樂場所，一直到七月王政，它的地位被林蔭大道奪走為止。誠如華特·班雅明（Walter Benjamin）❶所言，如果說巴黎是十九世紀的首

---

註①——華特·班雅明（Walter Benjamin, 1892-1940），二十世紀初德國馬克斯主義文學評論家、哲學家。

◆植物園

◆馬丁熊

都，在當時，皇家宮殿就是巴黎中的巴黎，是巴黎的首都。正因為如此，對以王朝復辟時期為主要舞台的巴爾札克的作品來說，皇家宮殿在《幻滅》等作品中便占據了相當重要的位置。不過，在談到十九世紀前半葉皇家宮殿的興盛之前，我們必須先來認識一下它的歷史。

皇家宮殿的原型是路易十三世的宰相黎塞留（cardinal et duc de Richelieu）為了當作自家城堡所搭建的樞機主教宮（Palais-Cardinal，完成於一六二九年）。這座建築物在他去世時（一六四二年）被轉讓給皇室，之後，便被稱為皇家宮殿。路易十四雖然在幼年時於此接受來自馬薩林❷的君主教育，但是，因為他無法忘記叛徒趁著投石黨（La Fronde）之亂❸闖入寢室的經驗，所以，決定要將首都遷往凡爾賽。路易十四離開巴黎之後，皇家宮殿便由他的弟弟奧爾良公爵（Philippe I, Duc d'Orléans）來繼承，一直到一八四八年的二月革命，路易．菲利浦（Louis Philippe III）逃亡到英國為止。透過每一代的奧爾良家主人之手，皇家宮殿被建造成現今的模樣，也因此，皇家宮殿的歷史強烈地反應著奧爾良家各代主人的人格特質❹。

首先，在皇家宮殿的歷史上留下明顯痕跡的便是路易十四的侄子，也就是在太陽王❺死後的八年間擔任路易十五的攝政王的第二代主人菲利浦・奧爾良（Philippe II, Duc d'Orléans）。因為這個人是個完全沒有道德觀念的快樂主義者，所以在後世留下了擾亂時代風俗的「淫蕩攝政時代」的稱號，而作為菲利浦・奧爾良徹夜放蕩的舞台當然就是皇家宮殿。路易十四去世之後，從凡爾賽遷移至皇家宮殿的宮廷也和攝政王一樣，盡情地放縱自己的慾望，沉溺於性慾、美食、時尚和賭博當中。這樣的傳統在為龐大負債所苦的第五代主人路易・菲利浦・奧爾良（Louis Philippe II, Duc d'Orléans，之後稱為「平等的路易」）於一七八四年將皇家宮殿轉變為購物中心時，原

註②——馬薩林（Jules Mazarin, 1602-1661）在黎塞留的推薦下成為樞機主教及路易十四世的宰相，是路易十四幼年時期法國的實際統治者。

註③——投石黨之亂（La Fronde）分為兩次，都是為了反對宰相馬薩林而起，第一次投石黨之亂（1648-1649）時皇宮受到攻擊，路易十四與母親安娜皇后避走郊區。

註④——「奧爾良公爵」是法國自一三四四年開始使用的貴族爵位，自路易十四將皇家宮殿賜給其弟奧爾良公爵後，歷代奧爾良公爵便成為皇家宮殿的主人：1.奧爾良公爵（Philippe I, 1661-1701）。2.菲利浦・奧爾良（Philippe II, 1701-1723）。3.路易四世（Louis IV, 1723-1752）。4.路易・菲利浦一世（Louis-Philippe I, 1752-1785）。5.路易・菲利浦・奧爾良（Louis-Philippe II, 1785-1793）。6.路易・菲利浦（Louis-Philippe III, 1793-1830）。（此處年代為擁有頭銜期間）

註⑤——路易十四自稱為太陽王（le Roi Soleil）。

◆改建前的皇家宮殿

封不動地繼承下來。

到一七八〇年為止的皇家宮殿單單就只有法蘭西喜劇院（Comédie-Française）的南側建築物以及位在它北側的靜謐庭園，庭園的三邊還被各種不同高度的民家圍牆包圍著。狄德羅（Denis Diderot）在《哈莫之姪》（*Le Neveu de Rameau*）一開頭所描述的雖然是這個時代的皇家宮殿庭園，但是出現在那個場景的麗晶咖啡（Café de la Régence）與在當時便相當有名的伏瓦咖啡（Café de Foy），事實上都不是將店開在這個庭園，這些店的正門分別在聖奧諾雷路和黎塞留路（Rue de Richelieu），只要有人點餐，就會把餐點送到庭園。路易・菲利浦・奧爾良為了一口氣償還所有債務，一七八〇年，他申請將圍繞在這個庭園三邊的民宅統一改建成正面朝向庭園的商店街，結果，因為無法取得居民的同意，他的計劃險些中輟。後來，他左思右想後，決定在庭園內打造出一個小型的ㄇ字型建築，把中庭的一樓建造成有拱廊的商店街，並將上面的樓層蓋成公寓，連帶拱廊，以五萬里弗爾的價格分開出售，希望藉以還清所有的債務。

這個計畫不但因為「皇族在巴黎的中心地帶建造分租大樓」這個話

題性，以及「不管是什麼樣的天氣都可以上街購物的第一座有屋頂的商店街」這個特色而得到極大的成功，皇家宮殿也在一夜之間成了巴黎首屈一指的娛樂場所。在一八二〇年所發行的《針對外國人的新巴黎導覽》中便寫著「這裡聚集了所有為滿足人類的奢侈和快樂而產生的極端豪華且優雅的物品」。來這裡分租的都是高級訂製店、寶石店、裝飾品店、鐘錶店、版畫店、書店、咖啡店、餐廳、高級食品店和賭場等，這些商店在亮眼的油燈和瓦斯燈的照射下，一直營業到深夜兩點。

其中，在歷史舞台上扮演著重要角色的就是咖啡店。因為在舊體制時，和路易十八交惡的路易．菲利浦．奧爾良禁止警官們出入皇家宮殿，咖啡店便扮演「治外法權的討論場所」這樣的角色，成了革命前夕過激派聚集的地方。不久，在一七八九年七月十二日，卡密爾．德慕蘭（Camille Desmoulins）在「伏瓦咖啡」舉行煽動演說，並拔取店門口的樹葉作為「巴士底戰役」的標記。對十九世紀前半葉的革命派年輕人而言，這段革命情節和皇家宮殿的形象似乎有著密不可分的連結。《情感教育》中的弗雷德利克．莫羅和老朋友戴羅利耶在「維富」一起吃午飯的時候，貧窮的野心家戴羅利耶一邊看著曝曬在夏日陽光下的皇家宮殿中庭，一邊喃喃說道：

啊！那是一個多麼美好的年代啊！德慕蘭剛好就在那裡，站在桌上，引導著所有的民眾奔向巴士底監獄的年代！（……）你看著，未來一定會有一場風暴。

◆改建後的皇家宮殿

戴羅利耶的預言在一八四八年的二月革命中實現了，皇家宮殿遭到暴徒闖入。福樓拜起鬨般地跟隨著暴徒的腳步來到國王的起居室，當時的經驗都被應用在小說當中。

然而，儘管同為十九世紀，在年輕人都把注意力放在非政治性事物的王朝復辟時期，他們對皇家宮殿所抱持的心態也不一樣。比方說，和《幻滅》中的呂西安．律邦浦雷一樣出身於鄉下的野心青年之所以在到了巴黎之後便火速趕往皇家宮殿，一如上一章所述，絕對是因為所有可以讓剛剛抵達都市的鄉下人在短時間內變身為花花公子的時尚精品店都聚集在那裡的緣故。

呂西安為了從頭到腳打理全身的裝扮，再度前往皇家宮殿，因為他剛剛已經在那裡看到鞋店、襯衣店、背心訂做店和理髮店了。這個美麗的身影逛了十幾間店，他走進的服飾店讓他試過每一件想試穿的衣服，並告訴他這些都是最新流行的貨色。

——《幻滅》

◆卡密爾·德慕蘭

巴爾札克的這段文章完全說明了皇家宮殿的時尚精品店之所以會受到高度歡迎的原因。也就是說，第一、皇家宮殿把到當時為止分散在巴黎各個娛樂場所中的各種與流行有關的行業都集中在同一個地方，而且，是在可以遮風擋雨的建築物一樓。第二、皇家宮殿擁有可以讓如呂西安一般的鄉下人和外國旅行者當場購買的高級成衣、或便利訂製的商店。第三、每一家店都號稱自己擁有最新流行的商品，而客人們也都深信不疑。就是這三個原因開拓了新興消費人口。其中，尤以最後一個原因最為重要，「在那裡，他們將最新流行的商品賣給客人，而客人也只願意在那裡購買。」就像《幻滅》和巴爾札克所指出的，「在皇家宮殿購買的」這一點提升了商品的附加價值。

雖然在名為「石之迴廊」（Galerie de Pierre）的ㄇ字型建築的一樓中，也有一些時尚精品店，但是大部分的店其實都集中在堪稱皇家宮殿中的皇家宮殿的「木之迴廊」（Galerie de Bois）。這是在一七八四年分租大樓完成時，因為穿過庭園的迴廊工程進度落後，而臨時用木頭和玻璃所搭建出有如臨時木板屋般的拱廊。雖然它看起來相當破舊（說不定就是因為這個原因），但卻十分受到巴黎人們的歡迎。一直

◆奧爾良迴廊

◆木之迴廊的時裝精品店

到一八二九年，在由方坦（Fontaine）所設計的以石塊、鐵塊和玻璃建造出潔淨的「奧爾良迴廊」（Galerie d'Orléans）完成之前，這裡每天都像祭典一樣熱鬧。

在當時，木之迴廊成了最有名的巴黎特產之一，在這裡描寫這條稍嫌髒亂的商店街並非毫無益處。（……）這裡堪稱是沒有花朵的溫室，現今冰冷寬闊的奧爾良迴廊，過去曾搭建了幾座臨時木板屋，正確說來應該是有粗糙屋頂和用小木板搭建的鯉魚式木造小屋。（……）排列成三排的商店在那裡形成兩座約四公尺高的迴廊。（……）夾在兩座迴廊之間的商店剛好如鄉下市鎮的木板屋一般被柱子支撐著，因為不管前後都完全敞開著，所以越過商品和玻璃門可以望穿兩邊的迴廊。

巴爾札克的描寫雖然延續了好幾頁，不過，他所強調的是：雖然「木之迴廊」相當簡陋骯髒，但巴黎人卻不分階層高低全湧到這裡來了，就算是平常絕不浪費的人在必須花上一筆大錢買個什麼東西的時候，也一

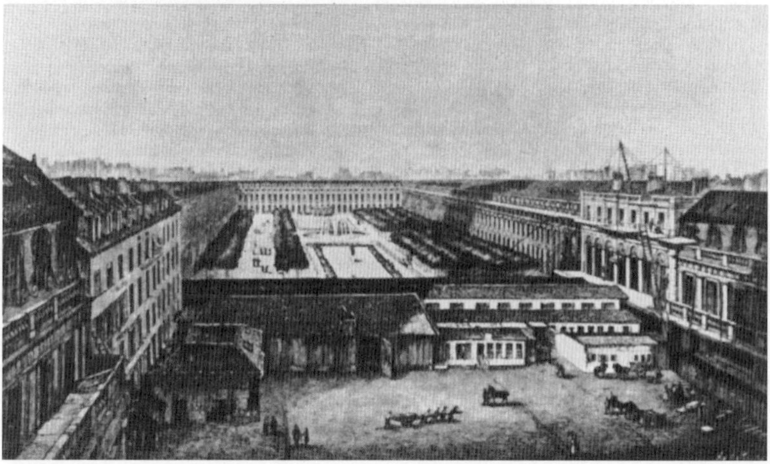

◆木之迴廊的外觀（上）與內部（下）

◆木之迴廊的仕女配件商店

定會到這裡。比方說，在《高老頭》裡，暗中盤算、想成為高老頭繼承人的公寓主人伏蓋夫人，在必須重新訂做帽子或女帽時，或者要購買藉以向高老頭進攻的武器時，都會到「木之迴廊」。如果以往昔的東京來說，感覺就像是一般老百姓的妻子到三越百貨公司購買和服飾品一樣。

它受歡迎的原因之一是：在以玻璃為屋頂的空間中，排列著許多門面相當狹窄的店鋪，也就是說「木之迴廊」比「石之迴廊」擁有更多堪稱為「封閉空間的開放性」的要素。因為這樣的建築構造，就算顧客沒有明確的購買目標，也可以像在跳蚤市場內一樣，只看不買地逛上一圈。另一方面，商人們也準備了適合這些只看不買客人的商品。也就是說，位在「木之迴廊」入口的「維特雷迴廊」（Galerie Vitré）陳列著各種以老百姓和鄉下人為對象的商店、物品，包括可以看到世界著名景點的眼鏡、皮影戲、布偶戲、下象棋的自動娃娃、建造倫敦蠟像館的杜莎夫人的叔父古魯提尤斯所建造的元祖蠟像館、女巨人和世界最胖的男人，神所不見之物（也就是映照在鏡子中的自己）的表演秀、有名的腹語術師費滋．傑姆、可以分辨超級美女的小狗等等。

◆表演秀場

另外，為了喜歡讀書的知識份子，販賣新書的書店也在此開設了店鋪。

群眾開始聚集之後，很快地，那些渴求文學滋潤卻身無分文的青年們便開始站在書店裡看書，在店頭看管書籍的店員也知道他們的苦衷，因此並沒有加以驅趕。

——《幻滅》

在這種新書書店當中，也有幾家像拉德沃卡（Ladvocat）一樣，因出版了在本書中引用的《巴黎或一百零一之書》，而成為眾人所熟知的兼營出版業的書店。呂西安・律邦浦雷被盧斯托帶往的便是位在這家拉德沃卡書店對面的多利亞書店。巴爾札克在《木之迴廊的書店風景》裡堪稱最精采的章節中，便以相當令人驚嘆的筆觸描寫出「文學和政治的鉅作就像尋求蜜的蜜蜂一樣，往多利亞這位出版界的帝王聚集過來，一一跪拜」。他極力主張「木之迴廊」所販賣的不只是各類商品，它同時也是一個思想的市場。不過，那也只是因為他想以皇家

◆木之迴廊的書店

宮殿這個象徵性的場所來展現「不管是文學或政治，他們唯一追求的都是利潤。」一如呂西安所領悟到的「錢！是解開所有謎題的答案」。呂西安和許多文學青年一樣，雖然在不久之後便進入新聞界，將靈魂賣給了惡魔，但是，皇家宮殿，特別是「木之迴廊」這個當時的罪惡之地（如同其名稱在當時文字的意義一般）卻在歐洲聲名大噪。在下一章，我們就來看看皇家宮殿的另一面。

第10章

# 皇家宮殿

## （之二）賣春和美食的殿堂

入夜之後，受到這些女人的吸引而聚集到木之迴廊的人群相當多，就像在隊伍或化裝舞會中一般，所有的人都必須緩步慢行。

——《幻滅》

當時的皇家宮殿除了是商品和思想的拍賣市場，同時也是人肉市場。不知是因為進出這裡的人潮相當多，所以妓女才聚集過來，還是因為妓女們聚集於此，所以才引來了人潮。總之，皇家宮殿和妓女之間有著密不可分的關係。

這駭人的市場詩篇隨著太陽的沉落而展開。（……）來自巴黎各地的妓女們如「流到巴黎般地」向這裡聚集。即使同在皇家宮殿，石之迴廊屬握有特權的妓院所有，這家妓院從這邊的拱廊到那邊的拱廊，圍起像庭園的地方，將打扮得像公主一樣的女人暴露在行人的目光下的權利買了下來。然而木之迴廊卻像是青春的公共廣場，也就是說，木之迴廊就等於是「皇家宮殿」，而說到「皇家宮殿」，便意味著青春的殿堂。女人們會到那裡去，和獵物們一同外出，將對方帶到自己喜歡的地方去。因此，入夜之後，受到這些女人的吸引而聚集到木之迴廊的人群相當多，就像在隊伍或化裝舞會中一般，所有的人都必須緩步慢行。

——《幻滅》

◆皇家宮殿的妓女們

雖然現在徘徊於聖丹尼舊城路（Rue du Faubourg-Saint-Denis）和布洛涅森林的妓女們也是如此，但在當時，因為這些流鶯們穿著接近一絲不掛的衣服，企圖吸引男人們的注意，「肩膀和胸部上亮眼的潔白皮膚在多半皆為黑色調的男性服裝間閃耀著，醞釀出一種完美的對比。」（《幻滅》）站在這種強烈的誘惑之前，不管是多麼勇猛的拿破崙軍隊士兵，勝負在一開始便已知曉，再加上因為在妓女之間，有著如《煙花女榮辱記》中的艾斯蒂爾般的絕世美女，所以像《夏伯特上校》（*Le Colonel Chabert*）的同名主角一樣，打從心底迷戀上在皇家宮殿所邂逅的妓女，並娶她為妻，也並非那麼不可思議。就連拿破崙也是在一七八七年的十一月，在這裡和年輕貌美的妓女完成他的第一次性經驗。

這些妓女多半住在皇家宮殿樓上的公寓，一到八點，她們就會下樓到拱廊商店街和木之迴廊。因為妓女人數實在太多了，真正的客人都不敢靠近，所以皇家宮殿的商店只好拜託當局來取締。由於在王朝復辟末期進行了大規模的妓女掃蕩，皇家宮殿變得連一個妓女都沒有。但是，就在那同時，到這裡來的客人也減少了，皇家宮殿開始步上沒落之途。

然而，促使皇家宮殿衰敗的關鍵點其實是七月革命時，成為「法國人之王」的第六代主人路易・菲利浦在一八三六年末所提出的驅逐賭場政策。從分租大樓完工之後開始，賭場便成為最受客人歡迎的地方，聚集了相當高的人氣，鼎盛時期還曾經有多達三十二家的賭場。想在這些賭場上放手一搏，但卻未能得到好結果，像《驢皮記》中的拉法埃爾一樣想直接跳進塞納河的人相當多。其中的例外就屬《高老頭》中的拉斯蒂涅，他帶著愛人德爾菲努託付給他的最後一百法郎到皇家宮殿的賭場去，以新手的優勢漂亮地獲勝退場。

歐也納收下漂亮的錢包，向二手衣店打聽出最近的賭場之後，便跑到九號屋宅。他踏進屋裡，依照對方的要求交出帽子。走進屋裡之後，他問俄羅斯輪盤在哪裡。（……）歐也那將一百法郎全賭在自己的年齡（21）上頭。當他還沒有回過神時便有人發出了驚呼，就在自己還搞不清楚狀況時，他贏了賭局。

歐也納將三千六百法郎撥到自己身邊，然後，依照老樣子，在對賭博一無所知的情況下將所有的錢放在紅色上頭。在一旁觀看的人看到他不斷地贏錢，都對他投以羨慕的眼神。俄羅斯輪盤開始轉動，他又贏了，然後，莊家再度丟了三千六百法郎給他。

因為第十二章引用了《幻滅》一書中呂西安和盧斯托因為手頭缺錢而前往弗拉斯卡第（位在連結皇家宮殿和林蔭大道的黎塞留路上的賭場）的情形，覺得這個故事以巴爾札克的水準來說太不夠看的讀者，請閱讀第十二章的內容，有過賭博經驗的人或許就可以了解兩個人的心情有多麼沉痛。

◆皇家宮殿的賭場（圖中所繪人物為拉法埃爾）

◆二手衣店

據說在滑鐵盧打敗拿破崙的普魯士將軍布呂歇爾（Blücher）在皇家宮殿的賭場中一再輸錢，若將那些錢和他部下士兵們在妓院中所花的錢加起來，法國光是利用皇家宮殿就可以將戰爭賠償金拿回來。這個情況正好就印證了「擁有高度文明的國家即使在戰爭中打了敗仗，最後也一定會讓對手屈服」這個坂口安吾在《墮落論》中所主張的法則。

在此我說句題外話，在前面的引文中，賭場附近之所以會有二手衣店是因為有些賭徒會一直賭到把自己的衣服賣掉為止（就像之前所再三強調的，在當時，衣服是最值錢的商品）。另外，把帽子寄放在入口的習慣我想大概是為了防範詐賭，在《驢皮記》中，巴爾札克自己雖然長期以來一直研究著箇中理由，但卻仍不知道事實究竟為何。

在妓女遭到驅逐，「木之迴廊」慘遭拆毀，賭場也完全消聲匿跡之後，可以一口氣滿足「飲酒、賭博、購物」這三個欲望的地上樂園——皇家宮殿很快地就開始沒落了，可以勉強殘留在「巴黎的首都」這個光環中的就只有「美食的殿堂」這個美譽。比方說，在一八五二年所發行的《巴黎的風景》中，愛德蒙．泰克希爾便感嘆著：除非下猛藥加以治療，否則皇家宮殿的客人是不會再回來的，「唯有餐廳和

◆「維利」

◆「維富」

咖啡店例外」。因為位於皇家宮殿的博玖來迴廊（Galerie de Beaujolais）的「維利」、「維富」（Véfour）、「普羅旺斯三兄弟」（Trois Frères Provencaux），這三家法國最棒的餐廳感覺上是以觀光客為主要對象，但他們卻依然相當努力上進。雖然本書不打算介紹太多美食相關的事物，但因這些餐廳和咖啡店都是和主角有著深厚關係的店家，所以在此就容我簡單地介紹一下。

首先，「維利」是讓呂西安・律邦浦雷以「快樂的巴黎入門者」的身分，在點了「一瓶波爾多的葡萄酒、奧斯坦德的牡蠣、魚、管狀義大利麵、水果」之後，因被索取了相當於一個月生活費的五十法郎（約五萬日圓）而大吃一驚，是足以代表王朝復辟時期的超高級餐廳。

而位在維利右邊的「維富」，也就是「大維富餐廳」（Le Grand Véfour），在七月王政之後地位往上提升，在《情感教育》的時代成了皇家宮殿最高級的餐廳。因繼承遺產而成為暴發戶的弗雷德利克到達巴黎之後，第一件事就是前往林蔭大道的「英格蘭咖啡」（Café Anglais）和這家「維富」，便忠實反映了這家餐廳在當時的評價。一八五九年，它合併了隔壁的「維利」，在今天依舊以四星級餐廳的姿態繼續營業著。

◆「舍維」

事實上，位在「維富」左鄰的「普羅旺斯三兄弟」並非三兄弟，而是三位女婿所共同開設的餐廳。它雖然是皇家宮殿中歷史最悠久的老店，從帝政時期一直到王朝復辟前半期達到了全盛時期，但是，在《情感教育》中，當弗雷德利克招待阿爾努和爾強拜耳時，或許是因為三兄弟已把店脫手賣出，水準下降，最後連和阿爾努一起來的熟客都離開了，它落到料理慘遭強烈批評的下場。

除此之外，皇家宮殿從三十法郎左右的中級餐廳，到簡單樸實卻又不是太過寒傖的四十蘇（兩法郎）的簡餐餐廳一應俱全，客人可以視自己的經濟狀況來點選菜色。呂西安在成為拉丁區的「福利扣多」的常客之前，都在四十蘇的簡餐餐廳中用餐。

另外，不能忘記的還有這家外送店，它雖然不是餐廳，但在美食通的歷史上卻留下了不可抹滅的痕跡。因為巴爾札克自己相當偏愛這家店，所以它的名字常常出現在《人間喜劇》中，故事中的人物在自己家裡舉辦宴會時，最奢華的料理必定都是向這裡訂購的。

塞沙讓妻子省去了在家準備這種精采慶祝儀式上所需要的豪華餐點的麻煩。有名的店家「舍維」（chevet）和皮羅多簽訂了契約，舍維可以將它的豪華銀器借給皮羅多，其收益就和租借土地一樣。另外還包括料理、酒類，並且請了看起來相當體面的管家來指揮，就連言行舉止都

◆皇家宮殿的妓女們

◆「普羅旺斯三兄弟」

◆「圓亭咖啡」

有保證的服務生也是由舍維來負責。舍維表示，希望對方將廚房和二樓的食堂全部承租下來，並把準備餐點的本部設置在那裡。六點的時候會端出晚餐給二十個客人，如果過了午夜之後，在深夜一點還要再做出簡單而氣派的料理，就必須再多加點錢。

——《塞沙．皮羅多興衰記》

另一方面，在皇家宮殿也有許多歷史名店。我們之前已經提過位於孟龐謝迴廊（Galerie de Montpensier）的「伏瓦咖啡」了，它是唯一有權在皇家宮殿的庭院內販賣飲料的店家。這裡的冰淇淋和冰沙非常有名，就連塞沙．皮羅多也是捨舍維、而向這裡訂購宴會用的冰淇淋。附帶一提，維爾內（Horace Vernet）為了遮掩店內天花板上的污漬而畫上的燕子畫現在已經不見了。

與位於博玖來迴廊「普羅旺斯三兄弟」為鄰的「卡沃咖啡」（Café du Caveau），以突出於店門口、稱為“rotonde”的半圓形陽台為最大特色。一直到一八八五年被拆毀之前，它都是大家相約碰面的地點，並以「圓亭咖啡」（Café de la Rotonde）這個名稱為眾人熟知。在《巴黎或一百零一之書》中，參加拿破崙戰爭的兩位戰友在分別前往西班牙和俄羅斯的戰場前對彼此發誓「如果可以活下來，就在圓亭前相會」。數年後，他們很巧妙地再次相聚，兩個人感動啜泣、相互擁抱，被傳為美談。

◆「千柱咖啡」

說到拿破崙軍隊的舊軍人，成了王朝復辟之下自由派的波拿巴主義者❶聚集場所的便是同樣位於博玖來迴廊的「朗布蘭咖啡」（Café Lamblin）。在這裡，有著如《攪水的女人》（*La Rabouilleuse*）中的菲利浦．普利多一樣，無法忘卻拿破崙時代的光輝，成天喝著酒詛咒波旁王朝、打撞球、賭博的遊手好閒之徒，拼命地放肆誑語、大放厥詞。

據說，在朗布蘭咖啡的地下室，還有一家以瞰孜．旺慈善醫院的盲人們擔任樂師做掩護，加入客人和妓女們的猥褻行為的「阿維格咖啡」（Café des Aveugle，又稱「盲人咖啡」）。

除此之外，比較奇怪的還包括沒有任何一位服務生，餐點全由位於餐廳正中央的電梯來運送的「機械咖啡」（Café Mécanique），以及有三十六根柱子，藉著鏡子的映照，因此看起來像是有著無數根柱子而得名的「千柱咖啡」（Café des Mille Colonne）等。「千柱咖啡」因為有著號稱王朝復辟時期最美麗的女主人在櫃檯坐鎮，因此十分出名，據說許多觀光客都是為了看她一眼而向這裡湧來。

總之，皇家宮殿在咖啡館和餐廳的歷史裡留下了不可欠缺的一頁。

路易．菲利浦．奧爾良所建造的這座ㄇ字型迴廊已有兩百年的歷史，然而，在這期間，皇家宮殿雖然在最初的五十年極為熱鬧繁華，但是，在之後的一百五十年，除了法蘭西劇院（Théâtre-Français）❷和皇宮劇院（Théâtre Palais Royal）之外，幾乎完全被歷史遺忘。

我坐在皇家宮殿的庭園長椅上，望著啄餌的鴿子和噴水池出神，與其說可以聽見從大革命到王朝復辟之間的繁華，倒不如說在那之後一五〇年間的寂靜帶著壓倒性的力量迎面襲來，讓人感到耳朵一股刺痛。庭院中，在奧爾良迴廊的草地上立著如石臼一般的柱子，雖然沒有任何人會注意到這些玩意兒，但仔細一看，上面放著如玩具大砲一般的東西。事實上，這是名為盧梭（似乎不是雅克．盧梭）❸的人所發明的時鐘，它的運作原理是：當太陽到達天頂之後，鏡片就會集中光束，點燃迷你大砲。《情感教育初稿》中的安里所聽到的「正午的『砰』一聲」便是這座大炮在正午時所發出的聲音。這個時鐘從一七八六年到一九一四年約一百三十年，不間斷地為皇家宮殿的人們報時。但是，

---

註①——拿破崙，即「拿破崙．波拿巴」（Napoléon Bonaparte）或稱「拿破崙一世」，他在法國創建了法蘭西第一帝國（1804-1814）和百日王朝（1815）。接著因波旁王朝復辟而中斷，但後來其侄拿破崙三世又建立法蘭西第二帝國（1852-1870）。拿破崙一世和拿破崙三世統治法國期間，稱為「波拿巴王朝」，而波拿巴家族的支持者則稱為「波拿巴主義者」（Bonapartist）。

註②——即法蘭西喜劇院。

註③——雅克．盧梭（Jean-Jacques Rousseau, 1712-1778），指啟蒙時代的法國思想、哲學家，著有《社會契約論》、《愛彌兒》的盧梭。

◆迷你大砲

就在第一次世界大戰開始的同時，砲聲也跟著中斷，到現在為止，已經持續沉默了七十五年❹。

至今依舊排列在迴廊中的商店也盡是一片淒涼沒落，迴廊中再也聽不到人們說話的聲音，如果是日本的商店街，應該會將日晷重新整建，讓皇家宮殿再現昔日光輝，然而這裡的商人們看起來卻似乎更喜歡皇家宮殿的沉默不語。每當穿越這裡的時候，我心中便會想起里爾克（Rainer Maria Rilke）針對奧狄翁劇院附近街道所寫的《馬爾特·勞里茲·布拉格手記》（*Die Aufzeichnungen des Malte Laurids Brigge*）其中一個章節。

我經常從賽納路等街道的小店前經過，在這些販賣著二手道具、二手書和銅版畫的店家中，商品滿滿地排在窗口，沒有任何人走向前去，仔細一看，似乎也沒有在營業的跡象。但是，當我突然往店裡頭一望，卻發現似乎有人待在那裡，一個沒見過的人坐在那裡看書，彷彿完全不擔心未來的事，也不急著要功成名就。小狗很舒服地在一旁睡著，不然，就是貓兒比店裡的寂靜無聲更加安靜地待在一旁。小貓緊貼著書架行走，說不定牠正在用牠的尾巴將作者的名

◆無盡落寞的現今的皇家宮殿

字從書背上擦掉。

竟然也有這樣的生活。我想偷偷買下那家店，帶著一隻狗，在那家店住上二十年——突然間，我有了這樣的念頭。

如果可以重新徒手打造新的人生，筆者也希望可以在皇家宮殿買下一棟房子，開家二手書店，和馬爾特一樣，和小狗或小貓一起「完全不擔心未來的事，也不急著要功成名就」、「住上二十年」。不知為何，對經過那裡的異鄉人而言，皇家宮殿的寂靜有股迫使大家重新思考人生的力量。

註④——本書所指的「現在」，係成書時之一九九〇年，後同。

# 第11章

# 〔林蔭大道〕

## （之一）鬧區的霸者

我們這兩個人，或許可說是一對百萬富翁，或者，也可說是以買空賣空的方式來維生的大膽投機者，旁若無人般地來到了「巴黎咖啡館」。

——《驢皮記》

我們之前已經談過一八三二年的妓女掃蕩是皇家宮殿沒落的起因，那麼，這些被驅趕的妓女們到底去了哪裡呢？

日落之後，他望著前往"Les" Boulevards的妓女們。剛開始的時候，觀看妓女們的身影是一件相當有趣的事，因為在他的故鄉並沒有所謂的妓女。

——《情感教育初稿》

若光從福樓拜的描述看來，被趕出皇家宮殿的妓女們從很早以前開始就已經在加上複數型定冠詞的"Les" Boulevards或者"Les" Grands Boulevards的環狀道路上定居下來。那也是很理所當然的，因為「大道」（Boulevards）從王朝復辟時期開始便以新興鬧區的姿態繁榮發跡，在福樓拜的《情感教育初稿》所設定的一八四〇年代，這裡便已凌駕皇家宮殿，名符其實地成為巴黎首屈一指的鬧區。不光是法國，它甚至吸引了全歐洲的觀光客，因此，在供需關係的必然因果之下，妓女們也聚集到「大

◆十八世紀的林蔭大道

道」來了。

但是，或許是因為「林蔭大道」無限延伸的直線街道與寬闊的步道正好屬於奧斯曼式風格，似乎也有許多人誤以為它是因為奧斯曼男爵的巴黎改造才誕生的街道。事實上，這條街道的歷史出乎意料地悠久，甚至可以回溯至路易十四的時代。也就是說，一六七〇年，路易十四在從凡爾賽回到巴黎的途中，看到查理五世到路易十三世期間所建造的圍繞巴黎市右岸的城牆業已荒廢頹圮，成為糞便集中場，因而感到相當心痛，於是當場便下令拆除城牆，建造充滿綠意的步道。幸好，因為接連不斷的戰爭確立了法國在軍事地位上的優勢，再也不需要過去圍繞著都市的城牆。就這樣，在一七〇五年，從現在的巴士底監獄廣場延伸到瑪德蓮廣場（Place de la Madeleine），可供四輛馬車並行的兩條車道以及兩旁種著行道樹的步道終告完成。

剛開始，林蔭大道只不過是天氣晴朗時外出散步野餐的人們休息的場所，但是，過了十八世紀中期之後，位在東邊聖殿大道（Boulevard du Temple）附近，由廟會雜要師父們所設立的雜要店，以及在西側的義大利大道（Bouleuard des Italiens）上由貴族和大資產家所建造的巨型宅邸，

◆中國浴池

都分別羅列在大街的兩側，漸漸地，這裡成了受到巴黎佬注目的場所。

其中，因身為大道中的大道，而被以"Le Boulevard"加上單數形定冠詞來稱呼的義大利大道（在王朝復辟時期也稱作根特大道〔Boulevard de Gand〕）成了居住在安汀路地區的有錢人家前往杜樂麗花園和布洛涅森林散步的回程中，豪華馬車停下稍事休息的場所，這裡變得相當時髦，許多可愛的咖啡店和餐廳也開始座落於此。

但是，不管是什麼樣的鬧區，為了成為足以代表所謂的時代精神的流行鬧區，就必須擁有劃時代的遊樂設施，以及足以感受到那些東西時髦與否之流行敏感度。如果以義大利大道來說，應該就是在舊體制末期，突然出現在林蔭大道南邊，且帶著些許郊外氛圍的「中國浴池」（Bain Chinois）。

這家「中國浴池」巧妙地運用了十八世紀末期時在法國宮廷也相當受歡迎的中國式溫水浴池，六角形的亭子兩邊有著如手腕般伸出的雙翼，五十間浴室面對中庭一字排開，為了要能享受蒸汽浴和葡萄酒浴等各式各樣的沐浴之樂而費盡功夫。或許是因為在當時的法國，從基督教的禁忌中得到解放的上流階級之間正好流行著溫水浴，再加上「中國浴池」在正面外觀上有著兩隻猴子（Deux Magots）❶和紙糊岩石所形成的異國情調，在督政府的年代之後，相當受到住在安汀路豪宅的時髦年輕人的熱烈歡迎。《安汀路的隱者》（*L'Ermite de la Chaussée d'Antin*）的作者安亭・德・茹伊（Étienne de Jouy）在續集的《直言居士紀優》（*Guillaume le Franc-Parleur*）中，針對「中國浴池」提到「風格特別的建築、絕佳的地理位置、體貼周到的服務，以及耳目一新的優點，在這種種因素的相互結合之下，這個設施搭上了流行的風潮。」如果以現代的日本來說，應該就是出現在海埔新生地的「MZA・有明」❷這種地方吧。巴爾札克在《巴黎大道的歷史和生理學》（*Histoire et Physiologie des Boulevards de Paris*）中也稱讚林蔭大道是「最大膽的商業企劃、百萬法郎的廣告、永遠的宣傳」，堪稱是巴黎的名產。

但是，就算「中國浴池」再怎麼新奇，對流行相當敏感的年輕人並不會為了它就跑到義大利大道，成為義大利大道的流行焦點的乃是風格與過去截然不同的眾家咖啡店和餐廳。

---

註①——“magot”法文原義為猴子，但後來也將陶瓷或石頭做的怪異人偶叫作“Magot”（M大寫），尤其是指中國的瓷偶。法國綜藝劇院在一八一三年上演的戲劇《兩個中國怪老叟》（*Les Deux Magots de la China*）之後，“Deux Magots”兩個像猴子般滑稽的中國怪老頭形象更深植人心。現在巴黎著名的「雙叟咖啡館」（Les Deux Magots）內，亦是以牆柱上的兩個清朝官吏裝扮的人偶為店內招牌。

註②——由MZA Group公司於一九八八年在東京臨海副都心的有明區所建立，係將舊有的倉庫與廠房內部重新改裝成迪斯可舞廳、餐廳、表演場地等，不但成為倉庫改裝建築的先驅，也開啟了一九八〇年代後半期的迪斯可熱潮。

◆巴黎咖啡館（正面）

首先登場的是在「中國浴池」對面，於一八二二年開幕的「巴黎咖啡館」。這間位於「賽馬會」的創立者汐莫埃之母哈德福特公爵夫人所擁有的豪宅一樓的餐廳，因為善加利用了以前的房客——俄羅斯富豪德米多夫（Demidov）所打造的極其奢華的貼鏡內裝，相異於皇家宮殿中塗滿金色顏料的餐廳，給人一種相當優雅的印象。因此相當受到崇拜英國文化的花花公子們的喜愛，三番兩次地前往惠顧。當然，它在味道上也不亞於皇家宮殿的一流店家，因此專門報導美食的刊物也給了相當高的評價。

正因為如此，在王朝復辟和七月王政時期，對被稱為「金色的少爺」和「獅子」這些熱愛新鮮事物的有錢年輕人而言，以一身全黑的英國風服裝作出完美搭配，然後前往「巴黎咖啡館」享用晚餐這件事，感覺上就像是將生活藝術化的花花公子們不可或缺的一部分。像《人間喜劇》中的馬克辛・脫拉依和保羅・馬內維爾這些身為貴族的花花公子們當然會對這裡多所偏愛，據說巴爾札克也和他自己所創造出的主角們一樣，都是靠著這家餐廳有名的燉小牛肉來恢復元氣。除此之外，大仲馬、繆塞等知名作家，吉拉丹（Emile de Girardin）、納斯特・洛克普藍（Nestor

◆中國浴池

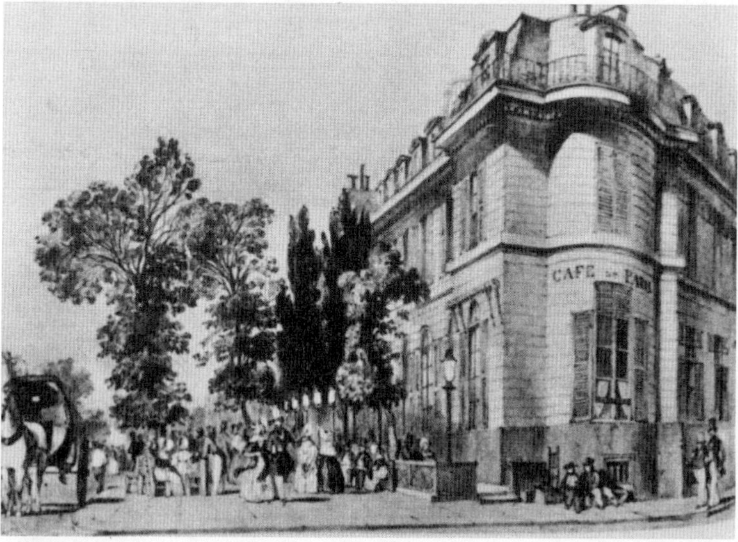


◆巴黎咖啡館

Roqueplan）、維隆博士等新聞界的大人物，也都跨越了政治和文學的黨派之別，在這裡進行聚餐。

從此之後，憧憬著絢爛巴黎生活的主角們便再也無法只是默默地咬著手指，為了一點點的虛榮心，就算花掉手邊僅有的一些錢，也要在這家店裡享用豪華美食、好好揮霍一下，此乃人之常情。但是，「想在這裡吃晚餐，非得是名人不可。在王朝復辟時期，當打從鄉下來的新加入者踏入這些場所時，就只能等著被嘲笑。」（保羅．達里斯提〔Paul d'Ariste〕，《林蔭大道的生活和人們》〔*La vie et le monde du Boulevard*〕）所以如果只是為了些微的好奇心和單純的虛榮，就算是進了餐廳，肯定也吃不下飯。不知道是幸還是不幸，因為《高老頭》中的拉斯蒂涅來到巴黎的時候是一八一九年，《幻滅》中的呂西安．律邦浦雷則是一八二一年，所以無法看到他們以新加入者之姿慌慌張張進入一八二二年開幕的「巴黎咖啡館」的模樣。不過在一八三〇年，拉斯蒂涅帶著拉法埃爾．瓦朗坦，挑戰性地以花花公子的身分在此用餐的情形則在《驢皮記》中被清楚描寫著。

拉斯蒂涅換上衣服，請人準備馬車。我們兩個人，或許可說是一對百萬富翁，或者，也可說是以買空賣空的方式來維生的大膽投機者，旁若無人般地來到了「巴黎咖啡館」。拉斯蒂涅穩重的舉止、不為其他事物所動搖的厚顏無恥，完全掩蓋住了我的氣勢。當我們兩個人吃完風味極佳、搭配也非常細膩的餐點，正在喝著咖啡的時候，拉斯蒂涅對著一群不管是風采、服裝都屬一流的青年們點頭打招呼。

◆拉法埃爾與拉斯蒂涅

對這些花花公子而言，「巴黎咖啡館」只有一個很大的缺點，就是這家店依照店主人哈德福特家族的意思，以晚上十點為打烊時間。因此，晚上十一點，當歌劇院散場之後，還沒有就寢的客人們只好前往與「巴黎咖啡館」隔著戴普街（Rue de Taitbout）對望的「杜昂咖啡」（Café Tortoni）。

相較於「巴黎咖啡館」，「杜昂咖啡」早在一七九八年就開始營業了，但是它開始受到大家歡迎則是在經營者從維洛尼變成杜昂的一八〇四年。一開始，在優雅的上流貴婦之間，它的冰淇淋和冰沙得到了相當高的評價，婦人們到布洛涅森林散步的回程路上，都會將豪華的卡拉施馬車或蘭道馬車（landau）停在義大利大道上，自己不下馬車，而差使傭人去買冰淇淋。另一方面，花花公子們則坐在「杜昂咖啡」的「外層樓梯」陽台藤椅上，對婦人們加以品頭論足。還有一點，這家店的著名餐點是「叉食午餐」（déjeuner à la fourchette），也就是現今的自助餐式午餐（這對睡得很晚的上流人士而言應該是早餐），客人可以從排放著冷牛肉、肉凍、鮭魚肉片等食物的長桌上自由地選取、享用。不只是花花公子，這種午餐（早餐）在附近證券交易所的營業員之間也十分受歡迎，每到接近十二點時，「杜昂咖啡」就會變得擁擠不堪。繆塞在《兩個愛人》（*Les deux maitresses*）被刪除的序文裡，便對「杜昂咖啡」有著如下的生動描寫。

根特大道要到中午之後才會展現出它的活力，在這之前就來這裡吃早餐（午餐）的客人便會受到咖啡店服務生的嘲弄。到了正午，花花公子們來到這裡，因為他們知道陽台都被野蠻人，也就是股票投資客所占據了，所以他們從杜昂咖啡的後頭進入餐廳。鬍子梳得相當體面，頭髮也整理得光潔細膩的花花公子們一邊大聲吵鬧，一邊悠閒地吃著早餐（午餐），一直到下午兩點。之後，他們便穿著擦得亮晶晶的靴子走出店裡。

◆杜昂咖啡的入口

關於「杜昂咖啡」成為股票投資客的聚集場所這件事，巴爾札克在《巴黎大道的歷史和生理學》中便留下了「『杜昂咖啡』是證券交易所的序曲，同時也是結尾」這樣的文字。但是，一到下午兩點，當股票投資客和花花公子們都離開之後，這裡的客層也為之一變。到林蔭大道購物或散步的資產階級以及他們的家人，再加上在導覽書中讀到了「杜昂咖啡」的評價而想來體驗一下氣氛的外國旅客等，都在陽台上吃著冰淇淋並稍作休息。然後，四點時，從證券交易所回來的股票投資客們熱絡討論著投資理財的相關話題。到了太陽下山時，想在去歌劇院和義大利歌劇院（Théâtre des Italiens）看戲前先吃過飯的戲迷、以及福樓拜在開頭所描述的畫著濃妝的妓女們便出現了。當然，這個時間，在「杜昂咖啡」也並非完全沒有氣質出眾的女性，但是，這樣的女孩子都像繆塞的《咪咪．潘松》中所出現的咪咪和魯傑特，是任性的針線女工。

這個時候，歐也納和馬爾塞爾從「杜昂咖啡」的前面經過。仔細一看，兩個在窗邊吃著冰淇淋的年輕女孩的身影在支形吊燈的照耀下浮現出來。其中一個人揮了揮手帕後，對方則放聲大笑。

◆杜昂咖啡與金屋

深夜，劇場和歌劇院散場之後，因為花花公子而精神奕奕地熬夜的記者們全都聚集中到「杜昂咖啡」，一邊吃著冰淇淋一邊盡情地高談闊論。不過這些記者們喜歡的晚餐地點並不是「杜昂咖啡」，而是與「杜昂咖啡」交惡、位在隔壁的「哈帝咖啡」（Café Hardy），也就是之後的「金屋」（La Maison Dorée）。

從第一帝政時期開始營業的「哈帝咖啡」採取在烤肉室內烘烤客人所

◆林蔭大道的常客

◆林蔭大道之王納斯特·洛克普藍

點的肉類，供他們自由享用的經營型態，也就是說早在「杜昂咖啡」前、這間店便以「叉食午餐」之元祖而為眾人所熟知。在一八三六年，它被轉移到皇家宮殿「維富」餐廳的哈默（Hamel）兄弟手中，在一八四〇年又被維地爾（Verdier）買下，以「金屋」的名稱重新出發。這家因為在建築正面塗了金色顏料而聞名的高級餐廳，除了擁有豪華亮眼的內部裝潢，就料理來說也是義大利大道上數一數二的店家，造訪法國的威爾斯王子、俄羅斯皇太子等各國皇族們都曾在這裡享用晚餐。根據當時一位美食專家傑克·阿拉果的說法，這家餐廳在一八四二年的巴黎是流行的領導者。但是，真正讓這家店聲名大噪的卻是每到傍晚之後，突然坐到入口正面的座位上，大口享受高級料理和葡萄酒，一直到午夜之前都拼命地發出警告之語，讓與會者陷入一陣迷濛煙霧當中的「記者之王」納斯特·洛克普藍。洛克普藍曾和布泰·德·蒙韋爾說明他選擇那個位子的原因。

在做記者工作時，我必須去擁抱許多敵人，所以，必須要做到不管什麼時候都不會被突襲，不管什麼時候都可從正面監視著對

◆義大利大道的熱鬧景象

◆金屋

方，並且可以從自己的座位上站起來。

納斯特．洛克普藍喜歡「金屋」的理由之一是這家店的打烊時間比「巴黎咖啡館」晚，不過，關於深夜營業這一點，不管如何都比不上位在貝提爾路（Rue Berthier）和林蔭大道交叉口的餐廳「麗榭咖啡」（Café Riche）。據說害怕在晚上睡覺，為了尋求清醒的夥伴，在半夜裡跑遍義大利大道的咖啡店和餐廳的納斯特．洛克普藍、羅傑．德．波瓦（Roger de Beauvoir）、穆爾格（Henri Murger）等人，在所有的咖啡店和餐廳都關門休息之後，最後都會將玩樂陣地轉移到這家店，一直待到打烊前一分鐘。到第二帝政初期為止，「麗榭咖啡」怎麼說都是一家平淡無奇的店，但是，自從知名主廚畢農（Bignon）❸掌握經營權之後，它突然成了林蔭大道上屬一屬二的名店，就像巴爾札克在《帥公子》（*Bel-Ami*）中的描述一般，它成了貪圖享樂的男女經常前往惠顧的場所。

以上這些咖啡店和餐廳名店不知為何都集中在林蔭大道的北邊，在南邊孤軍奮戰的只有「英格蘭咖啡」。在一八一五年，為了讓英國軍隊的將官士兵們有聚集的場所而取名為「英格蘭咖啡」的這家餐廳，在王朝復辟時期已經成為引導巴黎流行的店家，成為花花公子們的地盤。在將故事的舞台設定於一八一九年的《高老頭》中，有段情節便是：高老頭的女兒德爾菲努．紐泌根為了在父親借給她的阿魯多瓦街的公寓中和拉斯蒂涅共進晚餐，而向這家餐廳點菜，請對方外送。另外，在《幻滅》中，一八二二年，呂西安．律邦浦雷為了要講被米歇爾．克雷仙出賣而決鬥的事，和拉斯蒂涅

◆英格蘭咖啡

◆英格蘭咖啡的花花公子

與安利・馬爾歇一起出門吃晚餐。

但是，「英格蘭咖啡」超越「巴黎咖啡館」和「金屋」，成為林蔭大道的霸主，變成不管是誰、只要賺了錢都會想要先來這裡吃頓飯的超級名店，卻是發生在之後的七月王政到第二帝政這段時間的事，在《情感教育》中便寫道「說到林蔭大道的餐廳，感覺上就只有這一家」。就好比說，當弗雷德利克・莫羅繼承了伯父的遺產，回到巴黎之後，第一件事便是拜訪阿爾努夫人，並在「英格蘭咖啡」享用豪華的餐點。另外，在莫泊桑的《寶石》一書中，也描寫了「在不知道亡妻所留下的紀念寶石（事實上是妻子情人送的貴重禮物）是真寶石的情況下，把寶石拿去換錢，結果意外得到大筆金錢的小官僚，把辭呈丟給政府之後，馬上就飛奔到『英格蘭咖啡』享用晚餐」這段情景。

但是「英格蘭咖啡」之所以可以成為走在流行尖端的店家並不只是因為它出色的料理品質。事實上，「英格蘭咖啡」受歡迎的秘密在於它的包廂，也就是說，就「英格蘭咖啡」的建築構造而言，一

註③——畢農兄弟，原本弟弟是老闆，後來將經營權移轉到當主廚的哥哥手上。

樓是咖啡店和廚房，二樓則是用餐專用的二十二個包廂，然而這些包廂都被用來追求戀情或接待客人，剛好和日本的高級料亭扮演著相同的角色。那時正好是像《茶花女》中的瑪格麗特・戈蒂耶（Marguerite Gautier）這樣的交際花（Demi Mondaine）❹在社交界相當受到歡迎，是林蔭大道的超級明星的時代，就算她們有個可以和包養者或情人半公開幽會的場所也不是那麼不可思議。

◆金屋的包廂

《情感教育》中，在巴黎社交界共聚一堂在戰神廣場（Champ de Mars）賽馬的那一幕，交際花羅薩內德（馬雷夏爾）在賽馬結束之後，便理所當然地邀請弗雷德利克一起到「英格蘭咖啡」用餐。

> 他在「英格蘭咖啡」的入口打發馬車回去。當還在付錢給馬車伕的時候，羅薩內德就先進屋子去了。
>
> 弗雷德利克進門之後，看到她在上樓途中和一個男人交談，走向走廊之後，她又被其他男人叫住。「沒關係，你先走吧」她說。「我永遠都屬於你！」
>
> 於是，他一個人來到包廂。包廂中有兩扇打開的窗子，從對面建築物的窗戶可以看到人們的身影。（……）弗雷德利克癱坐在鏡子下的紅色長椅。

◆英格蘭咖啡的狂歡作樂

馬雷夏爾回來了，在他的額頭上親了一下。

「你有煩惱嗎？我的小乖乖。」

「可能有喔。」弗雷德利克回答。

馬雷夏爾馬上把一片花瓣放在雙唇之間，對著他的嘴，獻上她的唇。（……）

「因為妳太冷淡了。」他說，弗雷德利克將馬雷夏爾往他的膝上一抱。

她隨他擺佈，當她將手繞過他的身體之後，絲絹禮服所發出的劈啪響聲燃起了他的慾望。

很可惜在這之後，阻礙接二連三地到來，結果，弗雷德利克並無法擁有馬雷夏爾，她突然被花花公子希紀奪走。姑且先撇開弗雷德利克的舉止不談，讀了書中的細部描寫，很清楚地就可以知道「英格蘭咖啡」的包廂用

註④——被上流社會有錢男士包養的女子，為出身低但社交手段高明的交際花，引申有高級妓女之意。

途。

除了這樣的包廂之外，「英格蘭咖啡」的二樓還有個名為「大塞納」（Grand Seine）的大宴會廳，另外，在地下室還有將葡萄酒酒窖直接拿來當餐廳使用的美食家專用房。據說，在以「來吧，享樂吧！」為口號的第二帝政時期，社交界和半社交界的人們總是相互糾纏不清，連夜狂歡作樂。

然而，因為奧斯曼的巴黎改造，歌劇院大道在一八六二年開通，新歌劇院也於一八七五年完成，被巴爾札克稱為「當代巴黎的心臟」的義大利大道阻擋了從馬德蓮大道和和平路（Rue de la Paix）而來的潮流，從皇家宮殿手中奪下霸權後所保有的「巴黎首屈一指的鬧區」寶座也在世紀末的時候開始動搖。最後，終於在第一次世界大戰爆發的同時走向決定性的衰退。之後，這些知名的咖啡店和餐廳，暫且不論早在一八五六年就關門的「巴黎咖啡館」，「杜昂咖啡」在一八九三年停業，「金屋」在一九〇二年、「英格蘭咖啡」在一九一三年，至於最後一家「麗榭咖啡」，也在一九一六年時吹了熄燈號，就好像與十九世紀的腳步合而為一一般，這些名店分別在世紀末到第一次世界大戰之間，陸續結束了這段延續了將近一個世紀的光輝歷史。

# 第12章

# 〔林蔭大道〕

## （之二）歌劇院的化裝舞會和全景立體畫

有個地方更讓所有首度造訪的人都感到無比驚奇。雖然是人造的，但看起來就宛如上天打造的一般，這份奇特，堪稱「文明的精華」，這個地方就是名為「全景」的油畫展覽會場。

——《歐美遊覽實錄》

儘管同樣位於林蔭大道北側，如果我們將在被安汀路和貝爾提耶街（Rue le Peletier）所劃分出的區域，也就是從「巴黎咖啡館」到「麗榭咖啡」一帶視為「美食的巴黎」，那麼，從貝爾提耶街到古朗．巴特利耶街（Rue de la Grange Batelière）一帶則堪稱是「享樂的巴黎」。如果再加上位在義大利大道南側的馬沃街（Rue de Marivaux）和黎塞留路之間的區域，以及蒙馬特大道（Boulevard Montmartre）的兩側，幾乎就可以構成一條完美的「歡樂大道」。也就是說，這一帶因為在義大利大道北邊有歌劇院、南側有喜歌劇院（Opera Comique，一般稱為義大利歌劇院），在蒙馬特大道則有綜藝劇院（Théâtre des Variétés），形成了一條和聖殿大道的庶民劇場街截然不同的高級劇場街。

首先，雖說是歌劇院，但是和查爾斯．加尼葉（Charles Garnier）所設計的那座現代的豪華歌劇院不同，它的正面並非朝向義大利大道，而是貝爾提耶街。因為這個歌劇院是之前貝爾公爵（Duke de Berry）在盧瓦街（Rue de Louvois）的歌劇院慘遭殺害後，才在一八二一年迅速地以木頭和灰泥在十二個月內所搭建出的臨時建築。所以，不管是外觀或座位都相當簡陋。然而，很諷刺地，這個從一六六九年開始經過十三次轉手的歌劇院卻擁有最輝煌的歷史。也就是說，在一八六二年動工興建

◆「享樂的巴黎」

的加尼葉歌劇院因為地基滲水和巴黎公社（La Commune de Paris）❶的後遺症，延至一八七五年才興建完成。而貝爾提耶街的臨時歌劇院卻是到一八七三年在一場原因不名的大火中化為灰燼為止，風光了長達五十二年的時間，成為十九世紀的核心，並在巴爾札克、福樓拜以至左拉的十九世紀風俗小說中扮演著相當重要的角色。

如果要在主角們中選一個與這個歌劇院關係最密切的人，無疑就是《幻滅》和《煙花女榮辱記》中的呂西安・律邦浦雷。呂西安隨著巴日東夫人前往巴黎，首次出現在巴黎社交界時，因為剪裁滑稽的服裝打扮，而在歌劇院看台上被社交界的人們狠狠地嘲笑了一頓。

因為看台上到處都在針對巴日東夫人做出各種批評，呂西安知道

註①——法國在一八七〇年的普法戰爭戰敗，第三帝國崩解後成立第三共和，但是德（普魯士）軍仍持續進攻巴黎，共和政府離開巴黎逃至凡爾賽。巴黎便由因對抗普魯士而產生的「國民自衛軍」所掌控，並進而成立「巴黎公社」，在一八七一年三月十八日至五月二十八日的兩個月中短暫地統治巴黎。但共和政府隨即展開嚴厲的流血報復行動，任何曾支持公社的人都受到監禁或處決，據估計約有七千人被捕入獄，二萬人慘遭槍殺。

◆歌劇院座位的傳聞閒話

◆貝爾提耶街的歌劇院

自己成了大家好奇的目標。（……）馬爾歇也不管自己離這位新面孔只有兩步的距離，特地將帶有花紋的眼鏡拿在手上，一邊在呂西安和巴日東夫人之間來回瞄著，一邊表示這兩個人真是登對，但暗地裡卻是隱含著嘲笑的意味，讓這兩個被盯著瞧的人感到萬分痛苦。他根本就像是在看兩匹珍奇野獸一樣死盯著瞧，同時臉上還泛著淺淺的微笑。那個笑容對鄉下的偉人來說，感覺上就好像被用短刀刺傷一般。

在這之後，呂西安擅自假借早他一步加入花花公子行列的同鄉前輩拉斯蒂涅的貴族稱號的事蹟敗露，在最後還遭到覺得「和呂西安在一起實在很丟臉」的巴日東夫人的拋棄，把他一個人丟在看台上，但他本人卻絲毫沒有察覺，他一邊眺望著觀眾席，一邊在心中吶喊著「這個世界必須由我來統治！」

就在願望徹底被粉碎之後，在《幻滅》的續集《煙花女榮辱記》中，在卡爾羅斯．艾雷拉（事實上是逃獄犯伏脫冷）的帶領之下，呂西安再度出現在歌劇院。

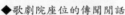

在一八二四年最後的歌劇院舞會上，許多假扮者都因某位青年的美貌而感到驚訝。

這種歌劇院的化裝舞會在一七一五年由蕭瓦利・德・拜雍（Chevalier de Brion）所創始，藉由假扮，貴族們可以偷偷混在一般民眾中玩耍嬉戲，因此相當受到歡迎。雖然舞會曾經因為大革命而暫時中斷，但在王朝復辟時卻再度熱鬧展開，從晚上十一點到早上五點，以燈光貫穿冬日巴黎的陰暗。當然，雖說是歌劇院的舞會，在一八三六年之前的舞會（也就是《煙花女榮辱記》的時代），與其說參加者的目的是享受跳舞的樂趣，倒不如說他們是來參加化裝餐飲派對。而且，根據由紀優・德・貝提耶・德・索維尼（Guillaume de Bertier de Sauvigny）所編纂的美國旅行者的信件，為了隱藏身分，女士們均穿著多米諾（domino）❷服裝，並用面具遮掩住臉的上半部，而穿燕尾服的男士們，除了部分很想隱藏身分的人之外，通常都不做任何裝扮，也不戴面具。聽了這樣的說法，我仔細一想，在《煙花女榮辱記》中，不但看不到參加舞會的人享受跳舞之樂的模樣，女人們因為呂西安的美貌而驚訝回頭的這些敘述，也正意味著呂西安確實是光著一張臉。相反地，就如巴爾札克所言，「如果除去那些偶爾會有的例外，在巴黎，男人幾乎都不做裝扮」。因此，實在不難想像在呂西安背後若隱若現的謎樣假扮人物（事實上是伏脫冷）會給人們留下什麼怪印象。

註②——參加化裝舞會時所穿附有頭巾與面罩的外衣。

◆歌劇院的座位

◆歌劇院的化裝舞會

然而，在一八三六年之後，歌劇院的舞會轉變成名符其實的化裝舞會，也就是說，新任的歌劇院負責人米拉（Joseph Mira-Brunet）雇用慕薩德（Philippe Musard）擔任管絃樂團的指揮，將之前裝模作樣的餐飲派對轉變為充滿活力的舞蹈宴會。捨棄優雅的華爾滋和鄉村舞（Contredanse）❸，慕薩德轉而常態性地演奏在城門附近的舞廳中相當流行的節奏激烈的方舞（Quadrille）❹，而這樣的舞蹈也相當受到渴望新鮮刺激的巴黎佬們的歡迎。精心做出各種裝扮的男男女女不斷聚集到歌劇院，瘋狂地舞蹈、旋轉。就這樣，歌劇院化裝舞會的名氣馬上就在巴黎散播開來。一八三六年以前的化裝舞會入場費是十法郎（日幣一萬圓），以當時的生活水準來說相當地高，因此參加舞會的人僅限於上流社會的人士。但因慕薩德的舞會更加自由奔放，自認為站在時代尖端的學生們也紛紛帶著他們當針線女工的女友前來。加瓦爾尼（Paul Gavarni）的版畫描繪著裝扮成船伕和搬運工的年輕男女，便將當時的氣氛做了相當精采的傳達。在主角們中，《情感教育》的弗雷德利克來到巴黎之後，因為太過無聊，於是便去了歌劇院的舞會。

---

註③——十七世紀在英國流行的舞蹈，常在社交場合演出，特色為男女共舞，舞者成雙成對隨著舞步行進，變化出不同的隊型。十七世紀末期傳入法國。

註④——十九世紀在法國流行的一種舞蹈，由四對或四對以上的男女表演，音樂為2/4或6/8拍子。

◆慕薩德的舞會

◆加瓦爾尼所繪，舞會中扮裝的男女

因為想出去玩，所以他到歌劇院的舞會去了。然而，一成不變的祭典般熱鬧氣氛讓他在入口便失去興致，而且，因為他認為如果假扮的女子和宵夜都還要付費，那就要花上一筆大錢，因害怕受到金錢上的屈辱，他心生膽怯。

像弗雷德利克一樣隻身前往歌劇院舞會的男人所抱持的目的當然不是假扮和跳舞，他們的目的其實就是女人。當然，因為這些女孩也知道這一點，所以她們會盡可能地做出足以掩人耳目的裝扮來到這裡，然後，找那些看對眼的男人，告訴他們自己的地址或是讓對方請吃宵夜。如果以現代來說，就像是週六晚上的舞廳情景。

隔著林蔭大道與歌劇院相望的喜歌劇院（義大利歌劇院）雖然屈於歌劇院的陰影之下，顯得相當不起眼，但它卻是真正喜歡歌劇的人常去的劇場，而且評價相當高。第一，因為「義大利大道」的名稱也是由於這個有許多義大利歌劇演員登台演出的劇場的通稱（Théâtre des Italiens）而得名，所以一直到一八二一年位於貝爾提耶街的歌劇院完工為止，這裡都是上流人士的社交中心。比方說，於一八一九年拉開

◆義大利歌劇院的內部

故事序幕的《高老頭》中，拉斯蒂涅透過鮑賽昂夫人的介紹進入社交界的地方，就是在這個劇場的看台而非歌劇院。

過了一會兒，他和鮑賽昂夫人一起搭著疾馳的廂型馬車前往在當時相當流行的劇場。然而，就在進入正面看台的時候，他感覺自己好像來到了童話王國，他和子爵夫人同時成為所有看歌劇用的望遠鏡所注視的目標。事實上，夫人的穿著相當華麗，他步入了令人陶醉的夢想世界。

在這裡，拉斯蒂涅透過鮑賽昂夫人的愛人達袞達．品托侯爵，被介紹給仰慕已久的紐沁根男爵夫人（高老頭的女兒德爾菲努）。不久，他變成了她的愛人，抓住了成功的契機。

因為雅緻的咖啡店和餐廳以及兩座歌劇院而在全歐洲聲名大噪的義大利大道，以從皇家宮殿北上所經之黎塞留路與其延伸的古朗．巴特利耶街為分界，改稱蒙馬特大道。一說到這條街道，首先就一定要提到位在黎塞留路角的高級賭場「弗拉斯卡第」。在前幾章的皇家宮殿

◆弗拉斯卡第

賭場的部分，我們看到了拉斯蒂涅漂亮的獲勝退場，在此就讓我們來看一看讓《幻滅》中的呂西安走向厄運的悲慘輸錢模樣。雖然引用的文章稍微長了一些，但是如果不寫下全文便不能表現出巴爾札克敏銳的觀察力，所以請讀者見諒。

「總之，把這些錢拿去可拉利那裡就是了。」

「你怎麼這麼笨！需要四千法郎的地方如果沒有拿四千法郎去是沒什麼用處的。就算是賠錢也要把喝酒的錢留下來，拿它來賭。」

「真是個好主意。」某個不認識的偉人說。

在離弗拉斯卡第賭場只有幾步距離的地方所說出的這些話就像磁鐵一般具有吸引力。這兩個朋友把搭乘的馬車打發回去之後進到賭場內。最初，他們贏了三千法郎，接著減少成五百法郎，然後又贏了三千七百法郎，接著又掉成一百蘇，然後又再次拿回兩千法郎。之後他一口氣把那些錢都賭在「偶數」上，而且賭的還是雙倍。在那之前，「偶數」已經有五次沒有出現了，於是他把所有的錢都賭在「偶數」上。結果，是「奇數」。在高漲的情緒中度過兩個小時之後，呂西安和盧斯托連滾帶爬地跑下這家著名賭場的樓梯。他們手上只剩下一百法郎而已。兩根圓柱從外側支撐著到目前為止已經被許多人用憧憬或絕望的眼神凝視過的錫製擋雨屋簷，在立著圓柱的小迴廊階梯上，盧斯托注意到呂西安燃燒般的眼神，他說：

「飯錢只要五十法郎就好。」

於是，這兩名記者又走上階梯。因為之前他們在一小時內就賺了三千法郎，他們並沒有記取上次輸錢的教訓，又把希望寄託在偶然上，將三千法郎全部賭在已經連續出現五次的「紅色」上頭。結果，是「黑色」，這個時候已經六點了。

「飯錢花二十五法郎就好。」呂西安說。

這個試驗延長了，他們在六次的比賽中輸掉二十五法郎。呂西安一氣之下將最後的二十五法郎全部賭在代表自己年齡的數字上，結果他贏了。當呂西安手上拿著要將從身邊一枚枚丟出去的銀幣全部拖回來的棒子時，他的手抖得相當厲害。他給了盧斯托十路易。

◆賭博的情景

「拿著那些錢快到維利餐廳去吧！」

盧斯托知道呂西安話中的意思，於是他出門採買晚餐。一個人留在賭場上的呂西安把三十路易都賭在「紅色」上頭，他贏了。因為賭徒偶爾會受到耳朵所聽到的心聲的鼓舞，他把所有的錢又賭在「紅色」上，他

◆大道上人潮擁擠的模樣

又贏了。之後，他感到肚子裡面熱了起來，這次，他沒有去傾聽自己內心的聲音，把一百二十路易都賭在「黑色」上頭，他輸了。之後他感到一種緊接在這恐怖的興奮之後的安心快感。這樣的感覺應該是賭客們在散盡賭金，離開這個可盡情享受短暫夢想的殿堂時的感覺吧。呂西安到維利餐廳中找到盧斯托。如果要借用方坦的形容方式，那就是藉著豐盛的酒菜消愁解悶。

規模或許小了許多，不過，今天日本的小老百姓們藉著小鋼珠、賽馬和自行車競賽應該也可以體會到和呂西安一樣的心情。

但是，即使如此，呂西安在歌劇院看台上首次進入社交界的慘狀也好、在賭場上輸個精光的情形也罷，在前輩拉斯蒂涅成功的地方他全都失敗了。或許，呂西安的脆弱對同性戀者伏脫冷而言感覺上比拉斯蒂涅要來得可憐。

靠近林蔭大道的賭場，除了弗拉斯卡第之外，在被當作黎塞留路的延續的古朗．巴特利耶街上，還有「外國人俱樂部」（Cercle des Étrangers）。但是，在一八三七年頒定賭博禁令之後，建築物就被分割得相當零碎，並轉變成為時尚精品店、高級理容店，或者高級訂製店（在巴爾札克的小說中，以絕佳的讚美換得將帳款一筆勾銷的布森〔Buisson〕便是其中的一家）和帽子店。這不但意味著隨著皇家宮殿的沒落，從黎塞留路或薇薇安街（Rue Vivienne）這些直向街道慢慢朝著林蔭大道向北遷移的高級商店終於到了林蔭大道，在這之後，隔著黎塞留路至古朗・巴特利耶街的義大利大道和蒙馬特大道，也因為追求高級商品的客人們而變得十分擁擠。

就算各位是靠思想維生的人，來這裡走上一遭，也要花上一整天的時間。那是黃金之夢、難以抑制的解悶之夢。版畫商的銅版畫和石版畫、白天的珍奇之物、咖啡店的香甜點心、在寶石商人眼中看來也相當五彩繽紛的寶石，所有的一切都將令大家陶醉且極端興奮。寶石、布料、版畫、書籍等，所有巴黎最高級精緻的商品都在這裡。（……）巴黎的這一帶扼殺了皇家宮殿，置身於此的每個人都會覺得自己是有錢人，而且，就在不斷地和才子們擦肩而過的同時，甚至會覺得連自己都很有才氣。因為經過的馬車實在太多了，所以偶爾還會忘記自己是在走路。

——巴爾札克，《巴黎大道的歷史和生理學》

巴爾札克寫這段文章的時間是在一八四五年，林蔭大道在十幾年內就擊敗皇家宮殿，成為眾人公認的鬧區王者。正好在這個時候，出現了一位在林蔭大道附近徘徊，找尋別人妻子的青年。不用說，那就是《情感教育》中的弗雷德利克。

弗雷德利克沿著林蔭大道步行回家。（……）

在蒙馬特大道的上坡之處，他漫不經心地看著擁擠的車流，就在對面，他看到了這幾個刻在大理石板上的字。

「強克．阿爾努」

為什麼我沒有早一點想起那個人呢，就因為戴羅利耶多管閒事。然而，他沒有進到裡面，只是等著「那個人」的現身。

在擦得晶亮的展示櫥窗的那頭，陳列著小型雕像、素描、版畫、目錄和幾期的《工藝美術》。在入口大門的正中央，以裝飾性文字寫著店主阿爾努的姓和名字的第一個字母，並重複寫著雜誌的訂閱費用。

◆高級版畫商

若根據福樓拜的描述，阿爾努的工藝美術社應該是位於蒙馬特大道和蒙馬特舊城路（Rue de Faubourg Montmartre）的交叉口。事實上，在這一帶就誠如巴爾札克在文章中所描述的，有著許多高級版畫店，只要看過其中一家我們就可以知道福樓拜所假設的狀況儘管充斥著虛構的內容，卻也有著真實的一面，就是這真實性和虛構性的完美結合讓人不禁要為它感動。

在弗雷德利克駐足的地方，有著蒙馬特大道上最受人注目的焦點，那就是全景拱廊街（Passage des Panoramas）和綜藝劇院。

所謂的拱廊街指的就是在連接兩條道路的通道上頭搭建玻璃屋頂所形成的商店街。在十九世紀前半葉，一如在皇家宮殿的木之迴廊所研究出的結果，「封閉空間的開放性」這個要素受到了「資產階級」這個新興購買階層的熱烈歡迎，在巴黎的各個角落都開始打造了這種建築。然而，在十九世紀中葉，百貨公司誕生之後，它們便開始荒廢，到了二十世紀初，已經成為大家懷念的對象。雖然它和皇家宮殿一樣，在持續存在了一百五十年之後便被置入遺忘的深淵，但不知為何，它卻堅韌地佇立著，在今天，依舊對大家傳遞著它昔日光采的殘影。

最近，或許是因為華特．班雅明的《拱廊街研究計畫》（*Passagenwerk*或*Arcades Project*）❺的影響，這裡終於受到了復古摩登潮流的關注，高堤耶（Jean-Paul Gaultier）和島田順子（Junko Shimada）❻紛紛進駐位於皇家宮殿附近的薇薇安拱廊街（Galerie Vivienne）。然而，大部分的拱廊街依然是一片寂寥，在左拉的《黛萊絲．拉甘》（*Therese Raquin*）的開頭，便有著關於陰鬱暗沉的新橋拱廊街（Passage de

---

註⑤——德國文化批評家、哲學家班雅明在一九二七至一九四〇年間所進行的研究計畫，大量蒐集十九世紀巴黎城市生活的文獻，尤其以巴黎的拱廊街為中心議題，使得拱廊街的魅力再度獲得大眾關注。雖然本書在班雅明死前仍未完成，卻成為其後城市研究者的泉源活水。

註⑥——兩者均為知名服裝品牌。高堤耶為法國人，一九七七年受日本服裝業巨擘樫山工業賞識，在日本推出系列服飾，獲得好評。一九八六年在薇薇安拱廊街開設第一間服裝店。島田順子則是自一九六〇年代開始定居於巴黎，為法國著名的設計師，她的作品融合日本與法國的優雅，兼具兩者之長。

◆全景拱廊街

◆茹浮華拱廊街

Pont Neuf，現已不復存在）的描述，基本上拱廊街的氣氛一直沒什麼改變。但是，不知為何，筆者一直無法抗拒這種被遺忘的氣氛，每次造訪巴黎時，總是會直接奔向蒙馬特大道的全景拱廊街和茹浮華拱廊街（Passage Jouffroy）。

讓我們將話題拉回全景拱廊街，這條於一七九九年首度在巴黎興建的拱廊街，到十九世紀中葉為止均羅列著和皇家宮殿一樣的咖啡店、巧克力店、高級精品店、香水店，成為在外國人之間也相當受歡迎的觀光勝地。其中，特別是名為「瑞士」（Swiss）的文具店，「這裡陳列出所有的商品來販賣，特別是和自己生意無關的商品。」大仲馬回想他把在這裡花了六百法郎所購買的歐仁·德拉克羅瓦（Eugène Delacroix）的《狂人之籠杜莎》，以一萬五千法郎轉賣給商人的驚奇事蹟。這家店同時也陳列、販賣漫畫家丹當（Dantan）所製作的名人漫畫娃娃，其中還包括拄著大拐杖的巴爾札克的人像。事實上，從很久以前筆者就非常渴望擁有這個巴爾札克的人像，之前造訪巴黎的時候，我問了因身為巴爾札克的書迷而廣為人知的巴黎二手書店老闆有沒有看過這個雕像，他回答我「那是件幾乎不可能找到的珍品，就算是巴爾札克紀念館也只有複製版」。

然而，不管怎麼說，拱廊街的人氣焦點絕對是將兩個湊成一對擺在入口處的「全景畫」（panorama）莫屬。由英國人約瑟夫·貝克（Joseph Barker）發明的全景畫是一種「在名為圓亭的圓形建築內壁上，環貼上好幾張大型的曲面畫，它讓經過地底到達圓亭中央的觀眾不知道自己究竟是置身於真實風景或是畫出來的景色當中，而感到瞬間錯覺的裝置。」（貝魯提耶·德·梭維尼〔Bertiers de Sauvigny〕，《巴黎之畫》〔*Tableau de Paris*〕）一七九九年，由蒸汽船的發明者富爾頓（Robert Fulton）引進法國的最早的全景畫中，有一幅是從杜樂麗宮眺望巴黎的全景，另外一幅則是描繪一七九三年英軍的土倫（Toulon）撤退，因為它引發了帝政時期巴黎佬的反英情感，所以匯聚了相當高的人氣。然而，到了王朝復辟時期，因為出現了達蓋爾（Daguerre）的“diorama”（透視畫），又陸續有“neorama”（建築內部全景圖）、“georama”（地球地理實景圖）、“cosmorama”（世界風俗照片展）等繼承者和模仿者，真正的全景畫迅速喪失人氣，終於在一八三一年遭到拆毀。「全景畫」大行其道的景況同時也反映在《高老頭》一書當中，投宿的學生們會「高老頭拉瑪、拉斯蒂涅拉瑪」地叫著，不管在任何東西後面都要開玩笑地加上「拉瑪」（rama）。如果要很多事地舉出一個錯誤，

◆全景畫館

◆巴爾札克的人像

那就是巴爾札克的這段敘述：「最近發明出了比『全景畫』更進一步地利用視覺錯覺的『透視畫』」。因為透視畫發明於一八二二年，而《高老頭》的時代設定於一八一九年，所以很明顯地有時代錯亂的問題。

全景畫在十九世紀後半期，巴黎舉辦萬國博覽會之後光彩地復活了，連香榭儷舍的空地也搭建出常設性的圓亭，在一八七二年，更有一群外國人因為參觀了這種全景畫而受到嚴重驚嚇。就筆者所知，不管是單純的驚嚇還是逼真的描繪，應該沒有任何有關參觀全景畫的敘述可以勝過以下這段文章。

> 我在市內四處走逛，巴黎這個城市值得欣賞的東西真的不勝枚舉，有個地方更讓所有首度造訪的人都感到無比驚奇。雖然是人造的，但看起來就宛如上天打造的一般，這份奇特，堪稱「文明的精華」，這個地方就是名為「全景」的油畫展覽會場。它位於香榭儷舍大道西側，凱旋門附近，在接連不斷的壯麗建築中，有一棟有著圓形屋頂、高度偏低的建

築，付一法郎的參觀費進入室內，似乎面向著「林蔭大道」，仔細一瞧，這是一個砲彈四處亂飛、士兵慌亂奔走、老人額頭上的傷口流出鮮血、婦人們因驚恐而哭泣、用車子載著家具財產拼死命逃離死神手掌的地方。當我知道這是描繪兩年前普魯士王國軍隊攻打此地時的油畫，不禁愕然。我轉個方向，走上階梯，爬了十五、六階後，便來到山丘頂端。上頭搭了「帳篷」，下方有著扶手，同時，還放了一個台子，作為休息之處。在這裡可以俯瞰巴黎這個城市的一切，遠方的山丘薄霧瀰漫，陽光映照出陰影和光線，普魯士軍隊的士兵們，在四周搭了軍營，砲火四竄，聽不見爆炸聲，只能看到火花。山丘之下，法國軍隊搭建了堡壘，朝著包圍他們的軍隊發射砲彈，敵軍的砲彈飛了過來，部分營地被破壞成四方形。這正是一八七〇年底的光景，所有觀看者都忍不住發出驚嘆聲。看完之後，步下樓梯，走出建築，我只是進入一棟低矮的建築，在那裡我遍覽巴黎這個城市，但事實上，我看的卻是四周牆上的畫作。

——特命全權大使，《歐美遊覽實錄》

# 第13章

# 〔林蔭大道〕

## （之三）犯罪大道

在中午以前，這裡所有的一切都是那麼地沉默而灰暗，毫無生氣，也缺乏活力，沒有任何特色可言。然而，一到傍晚，卻是一片驚人的熱鬧景象，八個劇場不斷地招攬著客人，五十家路邊小店賣著食物為民眾補給營養。

——《巴黎大道的歷史和生理學》

過了全景拱廊街和綜藝劇院之後，林蔭大道一改之前熱鬧喧嘩的氣氛，眼前盡是一片過時而平淡的街景。「到了這裡，過往行人不再優雅，美麗的禮服也顯得不合時宜，藝術家和花花公子們更是不會踏進一步。看起來宛如俗氣鄉下商人的群眾穿著髒兮兮的鞋子從聖德尼街、聖殿大道、聖馬丁街來到這裡。（……）這裡已經是另一個世界了！」（《巴黎大道的歷史和生理學》）

然而，從蒙馬特大道、經過波瓦梭尼耶爾大道（Boulevard Poissonnière）、邦努維爾大道（Boulevard de Bonne Nouvelle）、聖德尼街一直到聖馬丁街這一帶，卻座落著好幾家醞釀出「大道戲劇」的通俗劇劇場。

也就是說，單就十九世紀前半葉來說，在蒙馬特大道有綜藝劇院（完成於一八〇七年，現存）、在邦努維爾大道上有吉姆那斯劇院（Théâtre du Gymnase-Dramatique，完成於一八二〇年，現存）、在聖馬丁街上有聖馬丁門劇院（Théâtre de la Porte Saint-Martin，完成於一七八一年，現存），其他還包括大雜燴喜劇院（Théâtre de l'Ambigu-Comique，一八二六年自聖殿大道遷移至此，於一九六五年解

◆綜藝劇院

◆吉姆那斯劇院

體）、戲劇樂園劇院（Théâtre des Folies-Dramatique，一八六二年自聖殿大道遷移至此，現為電影院）等。這些劇場在表演節目上各具特色，和歷史上的著名演員也有頗深的淵源，但即使是講究細節的本書也沒有足夠的篇幅可以一一詳述它們的細部資料。總之，在此我們就以《幻滅》一書中，油條記者們瓜分劇場戰利品的狀況來記述林蔭大道劇場的興衰史。

「好，就讓我們來把亞歷山大的帝國給瓜分了吧。弗雷德利克，你想要法蘭西劇院和奧狄翁劇院嗎？」

「如果大家沒有意見的話。」

大家點了點頭。但是，呂西安的眼裡透露出些許羨慕的眼神。

「我就像之前一樣，負責掌管歌劇院、義大利歌劇院和喜歌劇院。」維爾努說。

「那麼，輕歌舞劇（vaudeville）的戲棚就給艾克多爾吧。」盧斯托說。

「那我呢？你不讓我碰戲劇嗎？」有一位呂西安不認識的記者大聲叫道。

「我讓艾克多爾把綜藝劇院讓出來，叫呂西安把聖馬丁門劇院讓出來吧！」盧斯托說。

「你就把聖馬丁門劇院讓出來吧，因為那個男的迷上了法尼波普雷了，我可以把奧林匹克馬戲院（Cirque-Olympique）給你作為補償。至於我的話，就拿波比諾（Bobino）、走索人劇院（Théâtre du Funambule）和薩奇夫人（Madame Saqui）的戲棚。」

出現在這場對話的劇場，包括奧林匹克馬戲院、走索人劇院、薩奇夫人的戲棚，都位於林蔭大道東邊的聖殿大道。

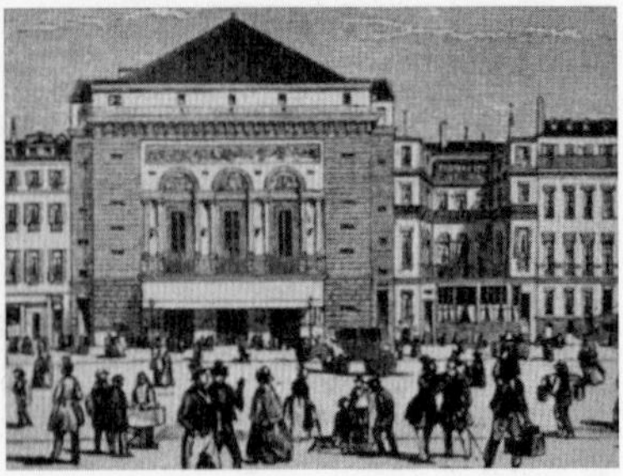

◆聖馬丁門劇院

聖殿大道成為老百姓尋歡作樂的地方並開始迅速發展這件事，開始於尼可雷（Nicolet）從某位巴黎市長手上取得上演許可，將一七五九年時所興建的戲棚於一七九二年更名為快活劇院（Le Théâtre de la Gaîté）之後。也就是說從這個時期開始，這裡出現了許多劇場、馬戲團、人偶戲、蠟像館、咖啡館、餐廳、舞廳、音樂廳等，縱使在政治上波瀾不斷，依然吸引了為數相當多的民眾。

在中午以前，這裡所有的一切都是那麼地沉默而灰暗，毫無生氣，也缺乏活力，沒有任何特色可言。然而，一到傍晚，卻是一片驚人的熱鬧景象，八個劇場不斷地招攬著客人，五十家

◆「犯罪大道」上的共和廣場

路邊攤販販賣食物為民眾補給營養，民眾則是肚皮上投資兩蘇，並在眼睛上投資二十蘇以作為回報。這裡是巴黎中唯一可以聽到小販叫賣的聲音，也是唯一可以看見民眾相互推擠的地方，這些穿著破舊的人群嚇壞了畫家們，他們的眼神讓有錢人們受到了相當大的驚嚇。

——巴爾札克，《巴黎大道的歷史和生理學》

聖殿大道在王朝復辟到七月王朝這段期間達到巔峰，在由馬歇爾卡內（Marcel Carné）導演，斐列維爾（Jacques Prévert）編劇的《天堂的小孩》（*Les Enfants du Paradis*）❶的第一部「犯罪大道」，開頭便對這個時代的氣氛有著精采的描述，看過這部電影的讀者應該可以想像出巴爾札克所描寫

註①——法國導演馬歇爾卡內在一九四五年所拍，片長一百九十分鐘之鉅作，內容描述路易・菲利浦時代劇院舞台上下的故事，分為第一部「犯罪大道」和第二部「白衣男子」。在巴黎的犯罪大道上，男主角默劇演員尚・巴提斯特・德畢侯，救了差點被當作扒手的女主角脫衣舞孃葛朗斯（Garance），兩人互相愛慕，卻因故分離，數年後在舞台上重逢，巴提斯特已婚，兩人情感糾葛依然，但最後仍無法結合。

的畫面。雖然在俗稱為「犯罪大道」的聖殿大道，到處都是上演著充滿殺人、拷問情節的哥德式戲劇（Gothic Roman，即通俗劇〔melodrama〕）的歌劇院。但是，即使因《天堂的小孩》而大受感動的人們，為了享受巴黎文學（電影）散步而來到現在的聖殿大道，也完全無法感受到「犯罪大道」曾經存在於此的痕跡。因為聖殿大道這一帶因奧斯曼的巴黎大改造在一八六二年消聲匿跡，轉而變身為散文般的共和廣場。因此，如果要感受「犯罪大道」，就只能透過當時的版畫，幸好在《畫報》（*L'Illustration*）這份附有插畫的報紙中刊載著聖殿大道的全景畫，透過它便可以重現已經完全消逝的「犯罪大道」。

「犯罪大道」從聖殿大道的北邊（也就是偶數號這邊）門牌因為共和廣場而中斷的這一帶開始，一直延伸到廣場中央的噴水池附近。在這裡為了方便說明，我們採取與之前相反的方法，由東向西來觀看林蔭大道。

首先，現在的三十六號是皇家宮殿的庫爾提斯（Curtius）蠟像館的分館。相對於在皇家宮殿總館裡排列著許多歷史上的名人，這裡的分館反映了地緣關係，有的盡是凶惡的殺人犯。不知道是否是因為這個原因，在一八三五年，發生了潛藏在隔壁建築閣樓中的菲斯切以二十四枝獵槍一齊發射的方式襲擊了路易．菲利浦一行人的事件。當然，不久之後，這位菲斯切（全名為居塞佩．馬可．菲斯切〔Giuseppe Marco Fieschi〕）也成了蠟像館中的一員。

在左邊的是默劇街頭藝人拉扎利（Lazzari）所建造的綜藝趣味劇院（Théâtre des Variétés-Amusantes）。

◆德畢侯的默劇

◆走索人劇院的屋頂看台

這個劇場的前身是歌劇院實習生藉以作為公演之用的歌劇實習生劇院（Élève de l'Opera），在被拉札利買下之後的第六年，也就是一七九八年，在火災中付之一炬，拉扎利也因為太過絕望而舉槍自盡。不久，在這裡便蓋起了專供低水準歌舞雜耍上演的小拉札利劇院（Théâtre du Petit-Lazzari）。

說到街頭藝人就一定得提到靠著走鋼索的技藝而讓拿破崙稱讚不已的薩奇夫人。在前身為聯合劇院（Théâtre des Associés）、愛國劇院（Théâtre Patriotique）、樸實劇院（Théâtre Sans-Prétention）、阿波羅咖啡（Café d'Apollon）的空地上，她所建造的薩奇夫人劇院（Le Théâtre de Madame Saqui）是最能夠傳達舊市集氣氛的劇場。薩奇夫人退休之後，這個劇場在一八四一年轉變成擅長表演諷刺通俗劇（revue）和情慾戲劇的娛樂喜劇院（Théâtre des Délassements-Comiques）。

這一帶的「犯罪大道」，與其說是歌劇院街，倒不如說它是雜耍戲班的市集要來得合適。自從一八一九年，天才默劇演員尚．巴提斯特．德畢侯（Jean-Baptiste Deburau）在薩奇夫人劇院的隔壁登場之後，雜耍便一躍成為藝術。走索人劇院一如它的名稱一般，是以走鋼索藝人（funambule）的表演節目為主的劇場。但是，因為尚．巴提斯特．德畢侯將足以讓下層民眾產生移情作用的自然豐富的肢體語言和表情加諸於即興喜劇（Commedia dell'arte）的類型丑角中，展現出以高尚的模樣來詮釋低俗主題的奇蹟。所以，不只是民眾，連文學家和藝術家們也紛紛湧向走索人劇院。首先發表評論的諾迪耶（Charles Nodier）便在刊登於《拉．潘朵爾》的報導中讚美道：「所有的巴黎人都應該前往走索人劇院。」但真正負責在巴黎宣傳他們的聲名的卻是《辯論報》（*Le Journal des Débats*）的文藝專

◆犯罪大道（1）
由右至左分別是蠟像館、菲斯切事件之家、小拉札利劇院、娛樂喜劇院、走索人劇院

欄負責人若南。

今天，劇場藝術在聖殿大道吃炸薯條、在劇場的入口縫補破了洞的鞋子、在酒店中買醉。過去，他們在臉上塗著白粉，但現在他們卻灑上麵粉。以前，劇場藝術被稱為莫雷或塔爾瑪❷，但現在他們只稱自己是德畢侯。

此外，一如戈蒂耶（Pierre Jules Théophile Gautier）、喬治桑（George Sand）、波特萊爾等浪漫主義時代的文學家也都十分讚賞德畢侯的演技，覺得在其中看到了自己對藝術的理想。將若南視為蛇蠍一般，對他極其厭惡的巴爾札克，對德畢侯卻似乎也和若南抱持相同意見。他在《新聞博物誌》中針對報紙的政治報導提出嚴苛批評後，說道「像這樣的把戲還比不上走索人劇院所醞釀出的卡桑德爾（Cassandre）及

註②——莫雷（François-René Molé, 1734–1802）與塔爾瑪（François-Joseph Talma, 1763–1826），為法國著名演員，劇場表演的改革者。

◆摒氣凝神觀看愛情劇的快活劇院觀眾

◆犯罪大道（2）
由右至左分別是快活劇院與戲劇樂園劇院

德畢侯來得有趣。」

而位在走索人劇院隔壁的便是「犯罪大道」上歷史最悠久的快活劇院。這個從模仿人的猴子雜耍起家的劇場，在不久之後雖然改為國王的大舞蹈家劇院（Théâtre des Grands Danseurs du Roi）這個誇張的名稱，但當創立者尼可雷在革命時去世之後，這裡便改名為快活劇院。不過，在這個劇場裡上演的多半是在中世紀的古城和監牢這種恐怖的背景中，可憐的女主角慘遭驚人迫害，這類與劇場名稱相反、由迪爾雅丹（Dujardin-Edouard）或皮賽雷古（Pixerecourt）所撰寫帶有黑暗小說風格的愛情劇，可以說是和「犯罪大道」十分相稱的表演節目。從《高老頭》中，「公寓女主人伏蓋夫人便是這種劇場的常客」這件事，我們便可以知道劇場的客層與其說是以年輕的情侶為主，倒不如說是中年男女較多，即使在杜米埃的畫作中也沒有出現年輕女性。

就「歷史名店」這個角度來說並不亞於快活劇院的就是大雜燴喜劇院。這個劇場從尼可雷的對手奧迪諾（Nicolas-Médard Audinot）所建造的人偶戲棚開始發展，在一七八九年改名為大雜燴喜劇院之後，便成了「犯罪大道」上犯下最多起「犯罪事件」的愛情劇專門劇場。但是，讓這個劇場名留後世的卻是擅自將《阿德雷旅館》（*L'Auberge des Adrets*）這種三流愛情劇改編成模仿滑稽作品，創造出「羅伯特・馬蓋爾」（Robert Macaire）這種典型無賴角色的名演員弗雷德烈克・勒梅特（Frédérick Lemaître）。關於羅伯特・馬蓋爾誕生的情節，在《天堂的小孩》中有著十分詳細的描述，應該有許多人都還記得。自從大雜燴喜劇院於一八二七年毀於火災（如前所述，遷移至聖馬丁街），一八三一年戲劇樂園劇院於原址興建完成之後，弗雷德烈克・勒梅特依舊繼續演出他的招牌戲碼「羅伯特・馬蓋爾」，並創造出普遍類型。從《人間喜劇》和《情感教育》的登場人物在開玩笑時便會馬上模仿羅伯特・馬蓋爾做出誇張的表情和動作，便可以知道當時的巴黎佬們有多麼喜歡這位羅伯特・馬蓋爾。

◆羅伯特・馬蓋爾

「將在萬神殿前的廣場上看著警官和勞工發生衝突的鬧事學生們痛罵一頓之後」，尤索內宛如飾演羅伯特・馬蓋爾的弗雷德烈克・勒梅特，以誇張動作張開雙手。「青學連❸啊，請接受我們的祝福吧。」

——《情感教育》

不過，說到愛情劇，快活劇院和大雜燴喜劇院雖然將「犯罪大

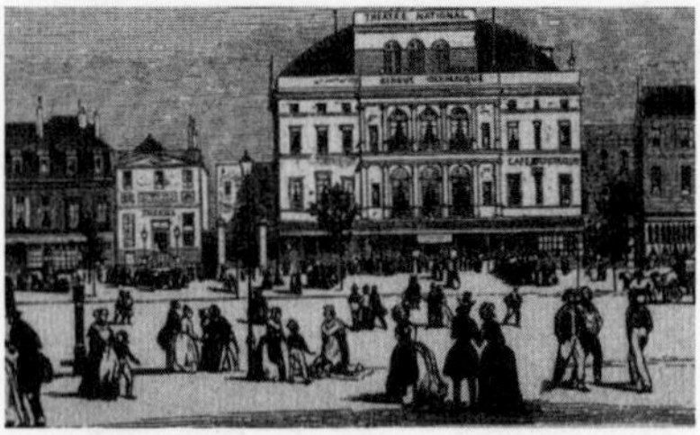

◆奧林匹克馬戲院

道」的觀眾一分為二，回到聖殿大道東邊，剛剛的小拉札利劇院右側卻蓋著一間長久以來便擅長愛情劇的名為「全景戲劇院」（Théâtre du Panorama-Dramatique）的小劇場。在《幻滅》中，呂西安・律邦浦雷在經過盧斯托所施予的嚴苛的新聞記者洗禮之後，抓住以劇評家的身分出道的機會，開始撰寫報導便是在這間劇場。

> 全景戲劇院過了今天便會消失，之後這裡將蓋起一棟房子。（……）全景戲劇院必須和大雜燴喜劇院、快活劇院、聖馬丁門劇院等劇場以及輕歌舞劇的專門劇場競爭，它完全無法應付對方的策略與加諸於自己所擁有的特權之限制，也欠缺好的劇本。
>
> ——《幻滅》

全景戲劇院僅存在於一八二一到一八二三年的短短兩年之間，這兩年和呂西安前往巴黎的時間完全重疊，呂西安便是和在這家全景戲劇院演出的女演員柯拉莉認識、進而相戀。

比聖殿大道的全景畫更引人注意的大型圓頂建築，便是擅長在舞台上派出真實馬匹和五、六百人的臨時演員，重現拿破崙會戰這種壯觀場面的奧林匹克馬戲院。當然，這裡就如它的名稱一樣，上演著馬戲團團長和他女兒的馬戲雜技。但是，它的軍事豪華場面的名聲卻更是響亮，特別是《楓丹白露之別》和《奧斯特利茲戰役》，都是這裡的拿手戲。

在這個大型劇場的隔壁，有著一個名為侏儒劇院（Théâtre des Pygmées）的超迷你劇場，對這個劇場來說，在門口招呼客人的小丑搭檔——波貝許（Bobêche）和伽利馬弗勒（Galimafré）的對口相聲比起它的表演節目還要來得出名。這對搭檔不久之後便轉移陣地到娛樂喜劇院。

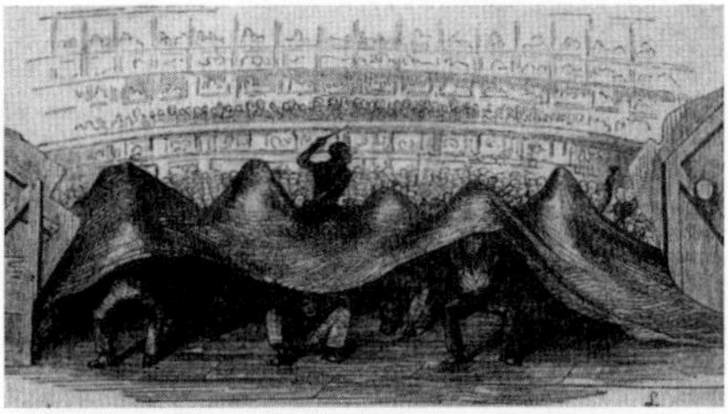

◆奧林匹克馬戲院的後台

聖殿大道結束於林蔭大道和聖殿大道的交界處，而在這個角落有一間一八四六年由大仲馬所建造的擁有獨特正面的歷史劇院（Théâtre-Historique）。《瑪歌皇后》（*La Reine Margot*）在這個劇場進行首次公演時，觀眾排了整整兩天的隊，情況十分熱烈。因為一八四八年的二月革命，大仲馬賣掉劇場，而後，這裡改名為抒情劇院（Théâtre-Lyrique），以演奏新作曲家的歌劇為主。古諾（Charles François Gounod）的《浮士德》（*Faust*）便是在這裡舉行初次公演。

以上就是被稱為「犯罪大道」的聖殿大道的北側街景。在它對面，也就是奇數號這邊，很不可思

註③——共產黨的學生團體。

◆歷史劇院

◆黛傑謝劇院的所在位置

議地，竟然只有一家劇場，而且這家劇場還是在一八四二年之後才開始建造的，在經歷邁爾樂園（Folies-Mayer）、演奏樂園（Folies-Concertantes）、新聞樂園（Folies-Nouvelles）等幾度改名之後，它成了著名女演員黛傑謝所擁有的黛傑謝劇院（Théâtre Déjazet）。這個劇場在「犯罪大道」消失之後依然存在，現在則成了販賣廉價服飾的超級市場「大地」❹。

除了黛傑謝劇院，在奇數號這邊也有幾家著名的咖啡店和餐廳，特別是在帝政時期到王朝復辟這段期間，聖殿大道更是和皇家宮殿並列為美食聖地，不只是庶民階級，就連上流社會人士也經常到這裡來。不過，基本上這裡以居住在瑪黑區的資產階級為主要客層，而他們最喜歡的餐廳就是「藍鐘面」（Cadran Bleu）。比方說，在巴爾札克的《費拉裘斯》（*Ferragus*）中，便有著「費拉裘斯的戀人的母親在裘爾．狄馬蕾的誘導詢問之下道出女兒的生活狀況」這樣的情節，而這位戀人在前往大雜燴喜劇院和快活劇院的同時，也常常到「藍鐘面」。

> 嗯，那孩子自己到處玩耍遊蕩，卻從來沒有買過一張大雜燴喜劇院或快活劇院的門票給我。（……）她自己到「藍鐘面」去吃一個人五十法

◆土耳其花園

郎的料理，像公主一樣搭著馬車到處閒逛，完全沒有把媽媽放在眼裡。

這位費拉裘斯的愛人所過的生活，似乎就是當時平民姑娘們在心中所描繪出的夢幻生活，在《高老頭》中，當沃特蘭煽動拉斯蒂涅和意外繼承到一筆財產的貧窮小姐結婚時所傳授給他的「就算是賣掉舊衣服也要弄一點錢來追求女孩子」的約會行程便和它一模一樣。

我所謂的自我犧牲，也就是用賣掉舊衣服所換來的錢到「藍鐘面」，一起吃著洋菇酥皮塔，到了晚上再去大雜燴喜劇院。

王朝復辟時期的聖殿大道感覺就像二次大戰前日本的淺草，如果以現代來說，則是像澀谷的的公園街，是最適合追求流行的年輕人隨意漫步的鬧區，不過，由班斯朗所經營的這家「藍鐘面」是家風格別緻的餐廳，戀人們只有在手頭寬裕的時候才得以前往。

隔著夏爾洛街和「藍鐘面」相望的是瑪黑區居民所深以為傲的「土耳其花園」。這家由埃梅里

註④——現在已恢復為黛傑謝劇院。

家族建造的土耳其風咖啡館是處除了有西洋骨牌和西洋棋等遊樂設施，還有涼亭式的「土耳其風商店」和「土耳其展示館」的庭園，對東部地區的居民來說，扮演著和杜樂麗花園一樣的角色。

> 這裡是瑪黑區上流社會的聚會場所。在庭院中排著兩排或三排的椅子，每天晚上七點到十點，三皮斯托爾街的年輕太太和歐塞露路的時髦人士來這裡展示自己的服飾和妝彩，他們彼此認識之後，便聊起新的愛情劇了。
>
> ——保羅．德．柯庫，《土耳其花園》

除此之外，在聖殿大道和聖殿街交會的角落，也就是先前提到的黛傑謝劇院的隔壁，是呈現希臘式神殿風格的圓形建築帕福斯（Paphos）。這裡是兼具咖啡店、賭場和舞廳等功能的娛樂場所，客人在入口購買飲料費和跳舞費成套販售的優惠券後便可入場，堪稱是現代舞廳的先鋒。

一八五八年，奧斯曼男爵為了用水堡廣場把伏爾泰大道和馬真塔大道（Boulevard de Magenta）連接起來，決定將聖殿大道的北側截去一半，並在一八六二年付諸實行，至此，「犯罪大道」完全消失。快活劇院、娛樂喜劇院、戲劇樂園劇院分別移至工藝博物館廣場、普羅旺斯路和邦迪路，奧林匹克馬戲院則和抒情劇院在夏特雷廣場重新定位出發。然而，最足以表現出「犯罪大道」氣氛的兩個劇場，小拉札利劇院和走索人劇院，在得到補償金、宣告解散之後，便再也不曾復活。

# 第14章

# 金錢的單位和物價

## 小說的經濟學解讀方法

首先，他交給伏蓋夫人一百四十法郎。「有句話說，錢在人情在。伯母，這是到除夕為止的房租，不好意思，這一百蘇可不可以幫我換成零錢。」他對寡婦說。

「這裡是二十蘇。」拉斯蒂涅一邊對戴著假髮的史芬克斯遞出一枚硬幣，一邊說道。

——《高老頭》

到此為止，我們都用著像「廉價食堂的簡餐十六蘇」或者「便宜旅店的月租金十五法郎」這些相當瑣碎的數字來描述故事，但是，如果不了解貨幣單位和物價水準，這些數字頂多只會讓人感到相當繁瑣而加以忽略。因此，在這一章中，就讓我們透過數字來思考貨幣單位和貨幣價值，好好地實際感受一下當時的生活。

只要讀過十九世紀的法國小說，不論是誰都會深有同感的便是「貨幣單位極端複雜」這件事。原則上，以法郎作為公定貨幣，並以生丁作為輔助貨幣的這種制度，雖然從一八〇三年到今天都沒有什麼改變❶，不過，因為在十九世紀依然還殘存著舊體制所慣用的貨幣制度，因此造成混亂。比方說，在本書已出現過好幾次的「蘇」（Sou），若追本溯源，它是舊體制的正式貨幣——里弗爾（Livre）的輔助貨幣，以一里弗爾＝二十蘇這樣的換算匯率來流通，在十八世紀以前，它也被稱為「索爾」（Sol）。而這種名為「蘇」的單位彷彿也深刻融入人民的生活當中，即使因為一八〇三年的貨幣改革，法郎取代里弗爾，成為正式貨幣，它依舊打敗公定的輔助貨幣「生丁」而殘留下來，

◆十九世紀的五法郎（一百蘇）銀幣

只是換算的對象從里弗爾變成法郎，一直到第一次世界大戰左右都以一法郎＝二十蘇、一蘇＝五生丁這樣的兌換方式為民眾所使用。這件事從「一法郎、二法郎、五法郎的銀幣分別被稱為二十蘇銀幣、四十蘇銀幣和一百蘇銀幣」很容易就可以想像得到。

「請等一下！」拉斯蒂涅對沃特蘭說。（……）「我要還你錢。」他一邊說，一邊解開囊袋。首先，他交給伏蓋夫人一百四十法郎。「有句話說，錢在人情在。伯母，這是到除夕為止的房租，不好意思，這一百蘇可不可以幫我換成零錢。」他對寡婦說。

「這裡是二十蘇。」拉斯蒂涅一邊對戴著假髮的史芬克斯遞出一枚硬幣，一邊說道。」

——《高老頭》（傍線為作者所標示）

這是收到父母寄來生活費的拉斯蒂涅把伏蓋夫人幫他代墊的郵差小費

註①——本書完成於一九九〇年，而法國在一九九九年採用歐元後，法郎和生丁便走入歷史。

還給她的情節。拉斯蒂涅將三個月分的住宿費一百三十五法郎（一個月四十五法郎）付給伏蓋夫人，並請她將所找的五法郎（一百蘇）銀幣換成零錢，然後將一法郎（二十蘇）銀幣還給沃特蘭。在具體的金錢往來的描寫中，幾乎都是像這樣以蘇來稱呼銀幣。在《悲慘世界》中，一枚四十蘇的銀幣完全左右了尚萬強的命運。

◆尚萬強與薩瓦地區的少年

少年沒有注意到尚萬強，在草叢旁停下腳步，並將一把零錢往上丟。過去他都可以漂亮地用手掌接住所有的零錢，但這次，卻掉了一枚四十蘇的硬幣，硬幣滾向草叢，滾到尚萬強的腳邊，尚萬強用腳踩住那枚硬幣。

若將時代再向前推移，即使到了第三共和時期，硬幣的名稱也依然沒有改變。

喬爾吉．迪洛瓦將一百蘇的銀幣拿給櫃檯的女人，接下所找的零錢之後，便走出了餐廳。

——莫泊桑，《帥公子》

但是，「蘇」的前身——名為「里弗爾」的單位卻也常常出現在十九世紀的小說當中。

他將信連續看了三次。沒錯！伯父的所有財產！年金二萬七千里弗爾。

（《情感教育》中，弗雷德利克繼承伯父的財產時）

因為主教只拿了一千里弗爾作為私用，就算加上巴狄斯丁姑娘的養老金，一年也只有一千五百里弗爾，兩個老婦和這個老人就要用這一千五百里弗爾來生活。

（《悲慘世界》中，讓尚萬強重生的米利埃主教的生活費）

里弗爾和法郎的貨幣價值雖然完全相同，但是，不知為何，傳統的年金和公債卻多用里弗爾來計算，我曾聽過長期旅居法國的人說這一點到現在依然沒有改變。

和里弗爾一樣經常出現在小說中的便是埃居和路易。

「說不定你們需要一千埃居，怎麼樣，要嗎？」像惡魔一樣的男人從口袋中拿出皮夾，抽出三張一千法郎的紙鈔在學生們的眼前甩著。歐也納陷入了艱難的困境，因為當時他正因和達裘達侯爵和脫拉依侯爵做了口頭上的打賭而欠了一百路易。

（《高老頭》中，沃特蘭誘惑拉斯蒂涅時）

在很多法日字典中，都寫著一埃居（Ecu）＝五法郎，但從這段引文中我們可以知道，巴爾札克一直都以一埃居＝三法郎來換算，這是因為在巴爾札克的時代，舊體制所發行的名為埃居的三里弗爾銀幣還在市面上流通的原因。而在另一方面，法日字典中所寫的「一埃居＝五法郎」這個換算法，乃是來自在十九世紀後半，三里弗爾的埃居銀幣變少之後，新發行的五法郎銀幣被類推稱為「埃居」這個緣故。不過，在閱讀福樓拜的作品時，還是應該想成一埃居＝三法郎。

◆埃居銀幣

那些應該是在天亮前起床的人們吧，因為在自己的手所遮出的陰影下刮鬍子，有的人在鼻下有道斜斜的割傷，也有人在下巴邊緣弄出一個三法郎埃居銀幣大小的擦傷。

（《包法利夫人》，針對參加夏爾和艾瑪的結婚典禮之客人所做的描寫）

路易，偶爾也指舊體制時期所製作的相當於二十四里弗爾的金幣，但在巴爾札克和福樓拜的小說中，將一路易想成二十法郎的拿破崙金幣也沒關係。這種金幣（對十九世紀的人們來說，指的便是「黃金」或「財產」）成為《小氣財奴葛蘭岱》（*Eugenie Grandet*）中，吝嗇的葛蘭岱所崇拜的對象，扮演著真實的主角。

小氣財奴將路易金幣排在桌上之後，便如剛剛學會因為某件東西而一直呆望的小嬰兒一般，他的眼睛怎麼樣也離不開那路易金幣，就這樣呆看了好幾個小時。然後，就像小嬰兒一樣，露出了半哭半笑的表情。

「謝謝你，暖和多了。」說出這句話時，他的臉上浮現出有如人在天堂一般的表情。（臨終的葛蘭岱）

◆葛蘭岱先生

除此之外，路易出現的時候偶爾也會以皮斯托爾（pistole）為單位。

某天早晨，馬留斯從學校返家後，發現伯母的信以及已經封起的箱子裡裝著的六十皮斯托爾，也就是金幣六百法郎。馬留斯將那封重要的信附在三十路易裡送了回去。」

——《悲慘世界》

從引文中，我們可以很清楚地知道貨幣單位的換算匯率是一皮斯托

◆拿破崙的路易金幣

◆到二十世紀初期為止所發行的路易金幣（背面）

爾＝十法郎，但這並不是說在十九世紀時真的有這種貨幣價值的金幣，它不過就只是「十法郎」的另外一種說法。雨果之所以故意在這裡使用「皮斯托爾」這個單位，就像在原文中，「皮斯托爾」這個字會變成了斜體字一般，主要是為了展現不屑遵循革命政府貨幣體系的吉爾諾曼家族激烈的王黨派姿態。

以上大概就是十九世紀所使用的貨幣單位，不過，有一個比蘇還小的單位也常常出現。

> 請把我的上衣拿給我，然後趕快把飯菜準備好，把剩下的羊肉配上洋芋，再拿出一個二里亞的烤梨。
>
> ——《高老頭》

因為一里亞（Liard）等於四分之一蘇，伏蓋夫人拿給投宿的房客吃的烤梨是二分之一蘇，也就是二・五生丁的烤梨，與馬留斯所去的廉價食堂「盧梭」要價三蘇的甜點相比，這邊顯然是便宜許多。更何況，伏蓋夫人還在其他的時候讓拉斯蒂涅吃一個只要一里亞的烤梨。這種附帶餐食的住宿，就算是一個月只便宜地收取四十五法郎，伏蓋夫人也絕對不會吃虧。

筆者一直對舊體制的貨幣系統為何得以延續將近一個世紀抱著很大的疑問，然而，不管再怎麼鑽研文獻，還是無法找到適當的答案。因此，姑且在此提出我自己的解答，不過，請大家記住這只不過是我推測出來的假設。

首先，最具有說服力的理由是，就像之前曾經稍微提到的，十九世紀時，日常生活花費的往來多半都是透過硬幣來進行，而非紙幣。也就是說，民眾（特別是在鄉下）偏向以從舊時就用慣了的路易金幣和埃居銀幣的硬幣數量來計算金額。

「要存到一百萬法郎，應該要花很長的時間吧！」「那還用說，你應該知道拿破崙金幣吧，聽好囉，如果要存到一百萬法郎，可是需要五萬枚的拿破崙金幣唷。」

——《小氣財奴葛蘭岱》

◆贏了賭局的拉斯蒂涅

雖說如此，用路易和埃居來計算的似乎也只有容易換算成金幣或銀幣的完整金額而已。在之前所引用的《高老頭》的某個章節中，伏蓋夫人以一千埃居來稱呼三千法郎。另外，在《悲慘世界》中，雨果用三十路易來稱呼六百法郎都是很好的例子。因此，也可以說，像十七埃居或三百六十五路易這樣的零星金額便沒有必要用埃居和路易來表示。第二個理由乃是從第一個理由所衍生出來的，也就是說，在某些特定場所習慣用常用的硬幣來表示金額。比方說，在賭場，大家都用路易作為籌碼，因此也用路易來結算賭金。

在客人們的注視之下，歐也納不怕丟臉地問賭金放的位置。

「如果將一路易押在這三十六個數字中的其中一個上頭，當結果出現這個數字時，我就可以得到三十六路易了，對吧？」他對一位白髮紳士說。

——《高老頭》

相對於此，因為在拉丁區的咖啡店或餐廳，不管吃得多麼豐盛，最多都只要五法郎，所以，結帳的時候都是以蘇來計算。不只如此，對貧窮學生來說，路易金幣是完全不會跟自己發生任何關係的貨幣，就連因為喜歡拉丁區的學生生活而加以描寫的謬塞，也在《咪咪・潘松》中斬釘截鐵地說道：「路易金幣並不是學生們居住的聖傑克街所使用的貨幣。」

不管如何，在十九世紀，小額硬幣（價值和口袋中的零用錢差不多）並沒有一一被換算成法郎，而是以它原本的名稱來稱呼。但是，在第一次世界大戰後的通貨膨脹來臨之後，這些名稱也和硬幣一起消失在社會生活中。

看過以上的說明，大家應該可以對貨幣單位有一個大致的了解，不過，就算可以在腦中將貨幣單位統一，若不知道當時的貨幣價值，當然也無法理解小說中的數字所代表的意義。只是，這種貨幣價值的對照十分困難，經濟學家使用各式各樣的指數，創造出複雜的計算方法，不過，有個單純且又具有某種程度的準確度、而從以前就廣受好評的方法，就是以麵包的價錢為基準的方法。首先，先讓我們看看以下這個表格。

| 年 | 體力勞動者平均時薪 | 每公斤麵包的價格 |
|---|---|---|
| 一七八八年 | 二蘇 | 五蘇 |
| 一八〇〇年 | 三蘇 | 七蘇 |
| 一八四〇年 | 四蘇 | 約八蘇 |
| 一八九〇年 | 五蘇 | 約八蘇 |
| 一九〇五年 | 六蘇 | 約七蘇 |

（Fr. & J・佛拉斯提，《身為民眾證言者的作家》）

從這個表格，我們大致可得到兩個訊息。第一，在整個十九世紀，麵包的價格絕對不是太便宜。當然，因為勞動者的工資隨著時代的推移而增加，麵包的價格也相對變得比較便宜，但是，即使如此，每公斤麵包的價格依舊比平均時薪還要高。因為現今在法國所販賣的一條法國麵包重量是

◆偷麵包的尚萬強

◆尚萬強挨餓的家人們

二百五十公克（此乃根據法律的規定），所以，一公斤的麵包就相當於四條法國麵包。在一七八八年，必須工作兩個半小時才能購買這四條法國麵包，即使到了一八四〇年，也必須工作兩個小時才可以。在現今看來，一公斤的麵包，也就是四條法國麵包，如果以一天一個人的消耗量來說，感覺上好像多了一點，但是，根據尚・保羅・阿隆（Jean-Paul Aron）所著《十九世紀巴黎食之感性相關研究》（*Essai sur la sensibilité alimentaire à Paris au XIXe siècle*），因為十九世紀的體力勞動者幾乎不吃肉，一天就吃這一公斤的麵包，所以，麵包的的確確是每天的主要糧食，失業也就等於馬上餓死，這其中最好的例子便是《悲慘世界》中的尚萬強，他在一七九五年因為偷了一條麵包而被判了五年的徒刑，結果服刑十九年，但如果以他為了維持家中兩個大人和七個小孩的生活，從事剪樹枝的工作而得到的一天二十四蘇的收入，就算不買任何東西，把所有的錢都花在吃飯上頭，所能買到的麵包也只有區區四公斤而已。總而言之，以偷一條麵包的動機強度來說，尚萬強的時代和現今相比可說是天差地遠。

二二一頁的表格所顯示的第二個事實就是：在十九世紀期間，麵包的價格幾乎沒有改變。也就是說，雖然在時代上有王朝復辟、七月王朝、第二帝政、第三共和等的轉變，但物價的差異卻不在大家考慮的範圍之內。這對我們來說實在是相當方便，因為，只要我們記住過去與現今麵包價格的對比，就可以將各個時代主角們的生活水準做單純的比較和檢討。現在，就讓我們來試著算出這個貨幣價值的對比指數。

首先，因為主角們活躍的年代是從一八一九年到一八五〇年，如果我們把一八四〇年當做起始點：麵包一公斤是八蘇、一條是二蘇。根據尚．保羅．阿隆的同一本著作，在十九世紀中葉，都市資產階級的麵包消耗量是一天五百公克，但因在十九世紀一天吃兩餐的情況相當普遍，所以我們可以用一餐吃一條法國麵包來計算。而在一九九〇年的現在，巴黎的麵包店所販賣的法國麵包便宜的要三法郎十生丁，貴的則需要三法郎五十生丁，若我們取其中間值三法郎三十生丁，便可以得到了以下的公式：

二蘇（十九世紀）：三．三法郎（二十世紀）＝一法郎（十九世紀）：三十三法郎（二十世紀）

也就是說，將十九世紀的物價乘以三十三倍就成了今天法國的物價。比方說，在十九世紀，像「福利扣多」這樣的廉價餐廳一餐需要二十二蘇（一法郎十生丁），再正式一點的地方則需要四十蘇（二法郎），如果將它們乘以三十三倍，在低等餐廳要三十六法郎三十生丁、中等餐廳則需要六十六法郎。因為最近巴黎餐廳的用餐價格上漲得相當厲害，在一九九〇年的現在，要找到這種價位的餐廳或許很不容易，但是，五年前，筆者待在巴黎時的餐廳簡餐價格則和這個價錢相當接近。即使是現在，如果是速食店，應該可以用這個價錢吃到漢堡、薯條和可樂的套餐。

在房租方面又是如何呢？因為呂西安所住的便宜旅店的十五法郎月租金似乎是有點太過便宜，如將當時學生宿舍的平均房租以每月三十法郎來計算，便會出現「三十法郎×三十三＝九九〇法郎」這樣的結果。老實說，在現在的巴黎市中心，要以這樣的房租找到被稱為"Studio"的「一房」居處實在是相當困難。但是，五年前，筆者所認識的日本人卻曾在拉丁區以每月八百法郎的價格租過飯店的房間，就算是現在，如果對地區和樓層不是那麼挑剔，也並非絕無可能。事實上，在前幾天所播放的電視紀錄片中，便出現了為了學習法國料理而以觀光護照賴在巴黎不走的日本青年們群居在拉丁區的便宜旅店的景象，據說那些旅店的費用也的確是每個月六百法郎。

我們雖然知道在「食」和「住」方面，以麵包的價格為基準的物價計算法具有某種程度的準確性，但是關於「衣」方面，一如先前所提，因為社會環境差異太大，單純的比較是沒有意義的，希望以後可以有機會再針對這一點重新進行仔細的研究。

但是，就算將十九世紀和一九九〇年的巴黎物價做對照，應該還是會有很多讀者要說：如果沒有告訴我那相當於多少日幣，我就完全無法實際體會出金額的大小。所以就讓我們來試著算一算十九世紀的一法郎相當於現在的多少日圓。如果我們將先前所得到的三十三倍這個指數乘上現今的法郎

／日圓的兌換匯率，很容易就可以得到答案。因為現在日幣貶值得相當厲害，以日本的匯款匯率來說，一法郎是二十七日圓，但在法國銀行的兌換率則是一法郎等於三十三日圓，所以我們取其中間值一法郎＝三十日圓，結果就會變成：

三十日圓×三十三＝九九〇日圓≒一千日圓

也就是說，如果以十九世紀的一法郎等於一千日圓，一蘇等於五十日圓，一埃居等於三千日圓、一路易等於兩萬日圓這樣的匯率來換算，應該就可以了解其中的貨幣價值。

以前，筆者曾在大學出過這樣一個報告題目：將出現在十九世紀的法國小說中的金額換算成日圓，以經濟學的角度來讀小說，結果，意外獲得好評，很多人都說他們發現到許多意想不到的事。

於是，在此我們也以《高老頭》為例來試著做一下這份作業吧。

在「連馬車經過的聲音都會引起騷動」般陰沉的新聖吉納薇弗路上，在「擁有以一蘇（五十日圓）一蘇存起來的四萬法郎（四千萬日圓）財產」的寡婦伏蓋夫人所經營的破舊旅店伏蓋公寓中，有七名住宿的房客，其中一人，也就是被大家稱為高老頭的六十九歲老人，「完全不將多了或少了五路易（十萬日圓）當一回事，一開始就付了一年一千二百法郎（一百二十萬

◆伏蓋夫人

◆高老頭

日圓）的房租」，租下了位在二樓的最高級房間。他擁有可以得到「大約八千法郎（八百萬日圓）到一萬法郎（一千萬日圓）的年收入」的國債證書。不過，在第二年結束之時，「他搬到三樓，要求房租以一年九百法郎（九十萬日圓）來計算」，「在第三年結束之時，他又再度縮減預算，搬到四樓，成了一個月付四十五法郎（四萬五千日圓）房租的人」。也就是說，如果以月租金來計算，高老頭從十萬日圓，到七萬五千日圓，再到四萬五千日圓，逐漸縮減他的租屋預算。「如果隨身攜帶的衣服穿破了，他就買一歐努❷十四蘇（七百日圓）的便宜棉布衫來取代之前所穿的漂亮內衣褲。許多鑽石、黃金打造的菸盒、菸盒的鎖以及寶石也都一件件地消失了。（……）他日漸消瘦，連小腿肚上的肉都不見了，因滿足於如小鎮居民般幸福而鼓起的臉頰，變得滿是皺紋。」

趁著大革命的混亂而攢下龐大財產的製麵業者高老頭之所以會落魄到這個程度，原因就在於他所寵愛的兩個女兒。他「讓兩個女兒與出色的對象結婚，過著幸福的生活，同時還分別給她們五十萬法郎（五億日圓）和六十萬法郎（六億日圓）的嫁妝」，然後從商場

◆照顧高老頭的拉斯蒂涅

◆「現在，就看我倆大顯身手啦！」

上退休，隱身於伏蓋公寓。然而，因為他的女兒們即使在結婚之後，一旦用完了要進獻給愛人的金錢，還是會來到父親的住處，一點一點地榨取，以致最後他在連喪葬費都籌不出來的淒慘困境中嚥下最後一口氣。

和這位高老頭住在同一層樓，同樣繳付含餐點一個月四十五法郎（四萬五千日圓）的住宿費的法律系學生拉斯蒂涅，以遠房親戚鮑賽昂夫人為後盾，在社交界中嶄露頭角，企圖抓住飛黃騰達的機會。但是，因為他必須先弄到還算稱頭的衣裝，所以，他寫信給從區區三千法郎（三百萬日圓）的年收入中、寄給他一千二百法郎（一百二十萬日圓）生活費的家人，希望家人可以再給他一千二百法郎（一百二十萬日圓），他的母親費盡心血地籌出了這筆錢，妹妹們也為了哥哥添上自己所存下的三百五十法郎（三十五萬日圓）把錢寄了過來。拉斯蒂涅一邊暗自說著「不管如何，我一定要出人頭地！像這樣如山高海深的恩情我實在無以為報」，一邊叫來了裁

註②——aune，法國舊時長度單位，約合一・二公尺。

縫師傅，將自己變身成想像中的花花公子。然後，因為他用了在皇家宮殿的賭場中所賺到的七千法郎（七百萬日圓）拯救了在義大利歌劇院所認識的高老頭的女兒德爾菲努・紐沁根的金錢危機，因而成為她的愛人。也進而在高老頭的出資下，購買了位在阿特瓦街上的漂亮公寓。但是，這樣的他卻被連父親的七十法郎（七萬日圓）祈禱費都不想支付、甚至也不出席喪禮的兩個女兒所厭惡。最後，他從中看見了巴黎社交界的冷酷規則，從拉雪茲神父公墓望著上流社會，撂下這樣的大話「現在，就看我倆大顯身手啦！」

以上雖然省去了瑣碎的描述，只做出粗略整理，但是如果像這樣試著將具體數字換算成現代金額來歸納內容，就算是只有這些文字，《高老頭》中的世界應該也會突然變成一個真切的現實展現在我們眼前。如果我們以一樣的方法來進行《紅與黑》或《情感教育》的金錢換算，必定可以實際感受到主角們所懷抱的憧憬和現實之間的差距，請大家不妨一試。

第15章

# 生活水準和生活費

## 主角們的現實與夢想

我用一個兩蘇的麵包和一蘇的牛奶來解決早餐，晚餐則在面對索邦廣場的福利扣多餐廳中，以二十二蘇的價錢享用風味絕佳的美食。

——《幻滅》

一如前章所述，因為整個十九世紀的物價都相當穩定，「學生們一年收到一千二百法郎到一千五百法郎的生活費」，這段愛德蒙．泰克希爾所寫的文字敘述（參照第六章）大致可以適用於十九世紀的任何一個時期。那麼，這份從一千二百法郎到一千五百法郎的學生全年生活費在當時又是隸屬於哪一個社會階層呢？

在北山晴一先生所著的《美食與革命》中，引用了十九世紀的經濟學者弗雷德烈克．勒．普雷（Frédéric Le Play）的國民生活實態調查，根據這份調查，十九世紀中葉法國人的全年所得大致如下：自營商店為三千八百三十法郎、承包的裁縫店是三千二百七十一法郎、低等官吏是一千二百法郎、體力勞動者是八百三十法郎、拾荒者是六百五十一法郎，因此，學生位在小資產階級與下層階級之間的階層，也就是說和低等官吏屬於同一個等級。如果我們使用一法郎＝一千日圓的匯率，將當時的生活費兌換成現今的日圓幣值，便成了：

一千二百法郎～一千五百法郎＝一百二十萬日圓～一百五十萬日圓

◆學生風俗（1）

這和現今日本大學通學學生的生活費金額頗為接近。不管如何，儘管時代和國家有所不同，社會上的大學生生活水準基本上似乎沒有太大的差異。

然而，這樣的數字終究只是個平均值。同樣身為主角，大家在生活水準上卻有著天壤之別，有的極為寬裕，有的卻低於體力勞動者。

一、朱利安・索勒爾（《紅與黑》）：二千法郎（一個月一百六十六法郎）
　　弗雷德利克・莫羅（《情感教育》）：二千法郎（一個月一百六十六法郎）
二、歐也納・拉斯蒂涅（《高老頭》）：一千二百法郎（一個月一百法郎）
三、呂西安・律邦浦雷（《幻滅》）：七百二十法郎（一個月六十法郎）
四、馬留斯・彭梅西（《悲慘世界》）：六百五十法郎（一個月五十四法郎）
五、雅克・凡德拉斯（《中學畢業生》）：四百八十法郎（一個月四十法郎）
六、拉法埃爾・瓦朗坦（《驢皮記》）三百六十五法郎（一個月三十法郎）

其中，因為朱利安・索勒爾採取在莫爾侯爵宅邸居住並搭伙的方式，所以另當別論。其他，手頭上較為寬裕的是弗雷德利克・莫羅；接近平均值的是歐也納・拉斯蒂涅；馬留斯・彭梅西和雅克・凡德拉斯極為貧窮；拉法埃爾・瓦朗坦則是只有「悲慘」兩字可以形容。這裡的順位忠實反映出在

◆學生風俗（2）

◆閣樓房間裡的呂西安

「飲食生活」的章節中所排出的順位，實在相當有趣。

關於第三位的呂西安·律邦浦雷可能需要一些說明，因為，他一個月的生活費六十法郎，完全只是「預定」而已，並非實際的生活情形。

> 我住在這家庫留尼旅館五樓附帶家具的房間裡，儘管十分骯髒簡陋，一個月還是要花上十五法郎。我用一個二蘇的麵包和一蘇的牛奶來解決早餐，晚餐則在面對索邦廣場的福利扣多餐廳中，以二十二蘇的價錢享用風味絕佳的美食，到冬天為止，全部加起來一個月還不到六十法郎。嗯，希望可以符合這個數字。

然而，若依呂西安這樣的生活規劃，實在是相當困難，首先，如果一天的餐飲是二十五蘇（一法郎二十五生丁），一個月就需要三十七法郎五十生丁，因為房租是十五法郎，兩者加起來就要五十二法郎五十生丁。在服裝費方面，為了變身為花花公子，一到巴黎之後，他很快地就訂做好了一套衣服，所以眼前暫且沒有這個需要，但是水電費、洗衣費以及教育娛樂費則全部尚未列入計算，一如先前所描述的，因為他的生活水準和拉斯蒂涅屬於同一個等級，所以，隨便算一算，一個月也要超支四十法郎。不，因為拉斯蒂涅在伏蓋公寓的含早晚兩餐餐費在內的住宿費只要四十五法郎，所以這裡還出現了七法郎五十生丁的差額。果然，不久之後，呂西安便在劇場傳單的引誘之下，將四個月分的生活費二百四十法郎都用光了。

相較於呂西安，生活費更少的三個人，他們的費用支出雖然更捉襟見肘，但卻顯得較為平衡。在節錄出小說中所記載的數字做成表格之後，我們得到了以下的結果。（金額全為一年分）

| | 馬留斯 | 凡德拉斯 | 拉法埃爾 |
|---|---|---|---|
| 餐費 | 三百六十五法郎 | 二百五十二法郎 | 一百四十六法郎 |
| 房租 | 三十法郎 | 七十二法郎 | 五四・七五法郎 |
| 清潔費 | 三十六法郎 | ○ | ○ |
| 治裝費 | 一百五十法郎 | ○ | ○ |
| 洗衣費 | 五十法郎 | 十二法郎 | 三六・五法郎 |
| 水電費 | ○ | 十八法郎 | 九一・二五法郎 |
| 維持費 | ○ | 三・六法郎 | ○ |
| 備用金 | 十九法郎 | 十四・四法郎 | 三六・五法郎 |
| 教育費 | ○ | 五十四法郎 | ○ |
| 合計 | 六百五十法郎 | 四百八十法郎 | 三百六十五法郎 |

◆高爾博公寓

因為餐飲費在「飲食生活」的部分已經討論過了，在此我們只針對「馬留斯在外用餐，凡德拉斯和拉法埃爾則都是自己做飯」這一點來再次進行確認。

三個人的房間租金都非常便宜，雖然「所有人都住在相當簡陋的旅館」這件事就如「尋找住宿之地」的章節所描寫的一般，但是，馬留斯一年三十法郎的租金是一般的十二分之一，不管怎麼說都太便宜了。其實，這是因為馬留斯所住的房屋是位在巴黎郊區，名為「高爾博公寓」的一棟像鬼屋一樣的建築物，這間高爾博公寓是雨果為了讓像尚萬強、德那魯帝耶以及卡瓦羅秀這種社會中的「悲慘世界」共聚一堂所設定的「舞台」，在某種意義上也可說是作品的整體象徵。

接著，我們再看看服裝費，凡德拉斯和拉法埃爾之所以沒有花半毛錢，並非是因為他們兩個人赤身裸體過日子，他們沒有購買新衣物乃因尚有存貨的緣故。也就是說，凡德拉斯離開鄉下的時候，有著母親幫他裝得滿滿的一整箱衣料，至於拉法埃爾則是因為他「擁有三年分的在過去還是很有錢時所買下的衣服、內衣褲以及鞋子，而且除了參加公開授課或上圖書館，他都不換衣服」。因為馬留斯的服裝費細目是兩套黑色燕尾服和長褲一百法郎、襯衫三件五十法郎，相較於其他項目的花費顯得非常高。但是，從雨果撰寫的筆觸來看，卻完全看不出馬留斯像拉斯蒂涅和呂西安一樣想成為花花公子。反過來說，在十九世紀前半葉，衣料相當昂貴，關於這些「服裝」社會史，有北山晴一先生所寫的《流行與權力》以及菲利浦・佩羅（Philippe Perrot）的《服裝考古學》等出色的研究書籍，希望大家可以多加參考。在「需要衣服的時候，就只能向裁縫店訂做，不然就是上二手衣店購買」這種成衣尚未登場的社會中，明顯存在著一些已經習慣成衣的我們所無法想像的現象。不管如何，在當時，衣服是最容易換到金錢的商品，它們透過以今日的情況完全無法與之相比的眾多人手來進行流通，當主角們缺錢的時候，也幾乎都會抱著衣服到二手店去。

「我有熟識的二手衣店，我想他們應該會買下你的大禮服和長褲吧。」「那實在太好了。」（……）找來二手衣店之後，對方用二十法郎買下了舊衣服。

——《悲慘世界》

回禮的部分我想弄得漂亮一點。新訂做的衣服以共計八十法郎的價錢賣給二手衣店，再加上手邊的一百法郎，到阿爾努的店去邀請她。因為爾強拜耳也在場，所以就三人一起去了「普羅旺斯三兄弟」。

◆二手衣店

◆聖殿市場

——《情感教育》

賣舊衣服的時候，可以像電影《天堂的小孩》一樣，把在城中來回遊走的二手衣店叫來，也可以自己把衣服拿到聖殿地區的二手衣市場。在聖殿地區的二手衣市場當然也可以買到二手衣，或者應該說，沒有餘力訂做衣服的民眾除了在聖殿市場購買衣物之外，別無他法。

在法國，現在似乎依舊殘存著「貧窮民眾購買二手衣」的這個傳統，不是為了尋找骨董，也並非為了流行的因素，單單就只是為了「便宜」這個理由而前往克里昂固的跳蚤市場購買二手衣的阿拉伯人和黑人的數量多得讓人驚訝。在巴黎，如果從貧民街走到富裕區，便可以針對時尚的變遷做時代性的確認，實在相當有趣。比方說，在今天，大部分的阿拉伯人和黑人男性雖然在不久之前穿著窄肩的西裝，但是再過四、五年後，應該是穿著具有"Comme des Garçons"❶風格的鬆垮西裝。

在今日的我們看來，還有一點無法理解的便是洗衣費這個項目。不管是馬留斯的五十法郎，還是拉法埃爾的三十六．五法郎，相較於其他項目，預算的分配比例感覺上好像高了一些，這不禁要讓人覺得，如果真的那麼

◆洗衣船

窮，不要拿去洗衣店，自己動手洗不是比較好嗎？完全不花一毛錢！但是，在當時的社會，特別是在巴黎，即使想自己洗衣服，因為房間裡面沒有水管，而且，就算從外面將水運回來，也沒有可以排掉污水的下水道，所以，不管如何，都必須將洗衣一事交給洗衣店。凡德拉斯是因為大件的髒衣服可以拜託熟識的「王國運輸」的車掌，請他免費送到住在南特的雙親，所以需要花到洗衣費的只有可以拆下的衣領。艾密爾・德・拉・倍多利耶爾（Emile de La Bedollierre）在《工匠圖鑑》中便寫著「若是在鄉下小鎮，只要用巴黎人花在洗衣費上的錢就可以生活」。但是，對巴黎人來說，洗衣費和衣、食、住等費用一樣，是不可或缺的經費。

接著，讓我們來看看水電費，相當不可思議的是，三個人當中最窮的拉法埃爾所花的水電費竟然是最高的，多達九十一・二五法郎。而解開這個謎題的關鍵便在於，以馬留斯來說，水電費包含在餐飲費中，凡德拉斯則是包含在教育費裡。也就是說，若是像拉法埃爾一樣成天都關在房間裡，蠟燭費和冬天的柴火等水電花費便相當高，但若反其道而行，花費應該可以減至零。首先，關於馬留斯的零水電費，在一八六七年舉行巴黎萬國博覽會時所出版的《巴黎導覽》（*Paris Guide*）中，夏

註①——日本知名設計師川久保玲於一九七三年成立的服裝品牌。

爾・裘利葉（Charles Juliet）便用以下的話語做了說明。

咖啡館，對像我一樣沒有家人也沒有家庭的人而言，絕對是不可或缺的奢侈品，同時，也可藉以省下大筆金錢。（……）比方說，如果在房間中吃完晚餐後沒有外出，首先就需要蠟燭的費用，如果是冬天的話，還必須燃燒柴火。但是，如果待在咖啡館，只要支付晚餐費，接著就可以免費享受光和熱，而且還可以看報紙和雜誌，另外也可以使用鋼筆和墨水。

因為馬留斯採取外食，一直到回房間睡覺之前，只要賴在咖啡館或餐廳裡就可以了。即使是現在，因為巴黎的便宜旅館的暖氣相當簡陋，電燈也因採間接照明而顯得太過陰暗，所以，事實上筆者所認識的幾個日本人便是以這種方法在使用咖啡館。

◆讀書室

另一方面，凡德拉斯傍晚時都在被稱為「讀書室」（Le Cabinet de lecture），同時也作為「閱報室」的像租書店一樣的地方度過。這種名為「讀書室」的地方是在報紙的訂閱費和書本價格都比現今高上許多的十九世紀前半社會，可以以低廉價格閱讀報紙和書本的私營機構，只要繳付登錄費，就可以閱讀報紙、借閱書籍，就像現在的錄影帶出租店一樣。然而，因為在十九世紀後期發生了出版革命，人們開始可以用相當便宜的價格來購買書籍，這樣的設施便從巴黎的街頭消失了。因為凡德拉斯在鄉下時相當渴望書本，所以將教養費的三十六法郎用於讀書室的登錄費列入計算，水電費的十八法郎則是用於為了把在那裡所借的書籍帶回家閱讀的蠟燭費。當然，如果可以像呂西安．律邦浦雷一樣賴在讀書室中讀書的話，連蠟燭費也都可以省了。

當他在福利扣多用餐完畢之後，便出發前往貿易拱廊街，在布洛斯的讀書室中閱讀各種現代文學作品、報紙、雜誌和詩集，以了解知識界的動向。藉此，柴火和蠟燭的錢都可以省下來，然後在深夜時，回到破爛的旅館房間。

——《幻滅》

布洛斯的讀書室在三十年後似乎還依舊存在於相同的廊街中，為凡德拉斯所用。

那麼，支持著這些在拉丁區的閣樓房間中，身上裹著磨破的大禮服，啃著兩蘇的麵包來充飢的主角們的夢想究竟是什麼呢？在忍受著這樣的貧困生活時，他們究竟夢想著什麼樣的未來呢？

一般來說，在德國派的教養小說中，故事的重點完全放在主角們精神層面的成長上，而「主角們

◆馬車與青年

在社交界或上流社會中得到世俗性成功」這個部分則被當成次要的問題。當然，即使是十九世紀的法國小說也有像這樣懷抱著禁慾主義的主角，比方說，也有人像巴爾札克小說《路易・藍勃特》（*Louis Lambert*）的同名主角一般，追求絕對的思想，一味過著禁慾生活的人。但是，對拉斯蒂涅等十九世紀法國小說的主角們來說，當前的人生目標沒有什麼比物質性的成功（亦即可以過著富裕的生活）更重要的了。這對生活於緊接在大革命、拿破崙帝政等動盪時代之後的王朝復辟、七月王朝這些完全沒有政治味的年代（換個角度來說，便是資產階級的發展期）的野心青年而言，在某種意義上是必然的人生選擇，而非因為他們比一般人更重視物欲，或者，應該說是時代讓他們描繪出資產階級的成功故事。因此，主角們所憧憬的十九世紀的高級生活成了他們的刻板夢想。相對地，這對本書「刻劃出生活在十九世紀上半葉的野心青年的典型」這個目的來說，實在相當方便。

比方說，對一邊住在伏蓋公寓，一邊夢想著可以在社交界出人頭地的拉斯蒂涅而言，沃特蘭所呈現出的高級生活樣貌便精采地描繪著往後將巴爾札克的小說奉為聖經，夢想著世俗的成功而前往巴黎的主角們的願望。

「如果想在巴黎大展鴻圖，就需要三匹馬以及白天搭乘的兩人座二輪馬車與晚上搭乘的廂型四輪馬車，光是交通工具的部分加起來就要九千法郎（九百萬日圓）。而且，如果省下了裁縫店的三千法郎（三百萬日圓）、香水店的六百法郎（六十萬日圓）、鞋店的三百法郎（三十萬日圓）、帽店的三百法郎（三十萬日圓），那將會玷汙你自己的地位。洗衣店可能要花上一千法郎（一百萬日圓），如果是站在流行前端的年輕人，內衣褲就必須相當講究，因為最常被注視的地方不就是內衣褲嗎？戀愛和教堂一樣，在祭壇上都需要漂亮的布料，這些就要一萬四千法郎（一千四百萬日圓）了。更不用說你在下棋、賭博和禮物上所浪費掉的錢，另外，還必須留下作為零用錢的二千法郎（二百萬日圓）。因為我也經歷過那樣的生活，所以完全了解需要多少錢。像這些基本的必要經費，再加上六千法郎（六百萬日圓）的餐飲費、一千法郎（一百萬日圓）的租屋費，如何，光是這些，一年就必須從荷包中掏出兩萬五千法郎（二千五百萬日圓），否則你就會陷入泥沼，成為眾人的笑柄，你的將來、成功以及愛人們都將成為泡影。對了，我還忘了算上隨從和馬伕！你的情書應該寄到克利斯多福了吧？那情書是寫在你現在所使用的紙張上嗎？如果是這樣的話，那根本就是自殺，你實在應該聽聽我這個經驗豐富的老人所說的話。」隨著逐漸變大的巴士聲響，他說道：「如果不這樣的話，就隱身在清高的閣樓房間苦讀，然後結婚，不然就要選擇其他的道路。」

◆布洛涅森林

◆安汀路的晚宴

話雖如此，主角們的生活費竟是如此不同。因為拉斯蒂涅一年的生活費是一千二百法郎（一百二十萬日圓），一如沃特蘭所言，為了「在巴黎大展鴻圖」，最少也需要二十倍的金錢。所以，如果主角們因為虛榮心作祟，想實際體驗一下真正的花花公子的生活，那應該會馬上破產，一個月分的生活費在一天之內就全部消失無蹤。但是，竟然還是有這樣荒唐的主角。繆塞的《兩個愛人》中的華蘭丹便是典型的「一日花花公子」。

某天，夫人打算去和他碰面，然後，夫人一定會覺得他是帝政時期的時尚人士。（……）但是，隔天碰面之後，卻沒有看到他將書夾在腋下散步的謙恭模樣。今天他搭著豪華的四輪馬車四處遊逛，一想到要把錢丟向窗外，明天就去吃四十蘇的晚餐。（……）完全想不到明天的事。然而，明天終究只是沒有任何改變的明天，必須再度回到一名銀行員的身分。但是，不管如何，只要可以滿足我的想像力，怎麼樣都無所謂，一個月分的月薪就這樣飛走了。

一般來說，繆塞的短篇作品的主角多半都是像華蘭丹這樣，明明不是有錢人，卻和有錢的玩家往來，以致身敗名裂的毀滅型人物。但是，看了據說是最接近繆塞本身的《弗雷德烈克與貝涅瑞特》（*Frédéric et Bernerette*）中弗雷德烈克的生活情形之後，就會知道這種有名無實的花花公子的弱點在哪裡。

他原本都是委託長年以來一直和他家有所往來的柏桑松老裁縫店來製作，但是這回他卻寄出信件，告訴對方已經不需要他做衣服了，並轉而委託流行的服裝店。沒多久，他連去法院的時間都沒有了。他為什麼這麼閒呢？因為他都和忙於玩樂、連看報的時間都沒有的年輕人來往，而這就是他一直在林蔭大道實習的結果。在咖啡店用餐，前往布洛涅森林，穿著流行的服裝，口袋裡也不缺零用錢。如果再加上馬匹和情婦，就是一個名符其實的花花公子了。

事實上，擁有馬匹和情婦卻不是那麼容易的一件事。

沒錯，擁有馬匹（亦即馬車），這件事，對主角們來說不但是最大的障礙，同時也是最大的夢想。

第16章

# 〔想要買馬車〕

## （之一）沒有馬車的花花公子的悲哀

◆王朝復辟時的隆夏散步

他一邊感受到確信可以在未來展現勝利者驕傲的男子冷淡的憤怒，一邊承受下人們輕蔑的眼神，因為下人們沒有聽到正門的馬車聲響，卻看著他徒步從中庭穿過。

——《高老頭》

很不可思議地，不管是哪一本小說，讓主角們燃起渴望出人頭地的野心的情景幾乎都一樣。也就是說，當在香榭儷舍大道上看到豪華馬車的車隊時，主角突然興起了對上流生活的憧憬。

剛開始的時候，他們只對晴天時在香榭儷舍緩步遊行的馬車發出感嘆，沒多久，便開始忌妒他們。

——《高老頭》

美麗的馬車接連不斷地朝著香榭儷舍前進。（……）那是在晴朗週日聚集在這個地方，臨時起意要到隆夏宮（Palais de Longchamp）去散步的馬車車隊。當來到工程中斷的凱旋門前又打算折返的時候，他看到

◆七月王政時的「隆夏」

繫著美麗馬匹的無蓋四輪馬車從對面跑了過來，當他在其中看到埃斯巴夫人和巴日東夫人的身影時，呂西安該是多麼驚訝。」（……）他來到看得見那兩個女人的地方行了一個禮。巴日東夫人看都不看他一眼，而侯爵夫人則是用斜眼瞄了他一下，完全無視他的招呼。

——《幻滅》

天氣好的時候，她們會從杜樂麗花園一直散步到香榭儷舍大道。載運著姿態輕鬆優美，讓面紗隨風飄揚的婦人們，收起車篷的無蓋四輪馬車相繼行過路邊。（……）弗雷德利克感到自己彷彿完全不識路般地在遙遠的國家中迷路了，他的眼睛在女人的臉上徘徊著，女人的臉上隱藏著神似阿爾努夫人的面貌。

——《情感教育》

雖然幾乎所有的情節都一模一樣，但事實上，這些馬車們並非自然而然地群聚到香榭儷舍來，而是遵循著當時的習慣到林蔭道路上散步。也就是說，「在晴朗的週日，豪華馬車聚集到香榭儷舍大道，貴族和大資本家為了炫耀和賣弄財富」這種習慣原本乃發源於隆夏宮的聖佳蘭會修道院（Monastery of St. Clare）所進行的聖週❶彌撒上，上流階級人士搭著豪華馬車群聚而來的隊伍，也可以說是有如將時裝秀和車展兩者合併的展現財富的絕佳機會。進入十九世紀，聖佳蘭會修道院解散之後，馬車隊不再遠行至隆夏宮，而是在凱旋門就掉頭往回走，不過遊行依舊被稱為「隆夏散步」。也因此，所謂「舉行隆夏」的意思，並非是「賽馬」，而是「香榭儷舍的遊行」。從王朝復辟到七月王政時期，不只聖週期間，在天氣晴朗的週日，每週都會舉行遊行。所以，來到巴黎的主角們不管願不願意，都會親眼看到和自己的生活差距甚遠的上流社會高級生活。

但是，光是親眼看到上流社會的豪華生活景象，也無法激起他們強烈的羨慕和野心。換句話說，「羨慕和野心」需要強烈感受到對方和自己的貧富差距時才會覺醒，而主角們也的確是將自己在香榭儷舍步道上「徒步」閒逛的模樣和「馬車」裡的上流階級做了比較之後，才不得不強烈意識到對方和自己的巨大差別。在這裡我想請大家回想一下「前往香榭儷舍之前，主角們身在何處」，答案就是杜樂麗花園。就像在「盧森堡公園和杜樂麗花園」的章節中所看到的一樣，這個公園是只要穿著最新流行的服裝，擺出最高雅的姿勢，不管是誰都可以自由參加的時裝秀會場。然而，需要特別注意的是，在杜樂麗花園存在著「所有人都採取步行」這種移動方式上的平等，只要在服裝上花點錢，像呂西安一樣剛剛從鄉下來到都市的年輕人也可以擺出一副花花公子的模樣。但是，只要踏出杜樂麗花園一步，那層偽裝的外衣便會剝落。因為，在十九世紀，「沒有馬車的花花公子」是不存

◆巴黎的泥巴

◆巴黎的泥巴

在的。

因為擁有那樣的家世，所以他可以和財產數量遠遠多過他的年輕友人對等往來。他們變成了好朋友，但他會如何模仿他們呢？華蘭丹的雙親住在鄉下，所以他以研讀法律為藉口，每天都到杜樂麗花園或林蔭大道散步過日，這裡是他的天下。然而，只要朋友們騎著馬兒出門之後，他就被單獨留下，因為心情相當沮喪，他沒精打采地走著。雖然服裝店讓他使用信用貸款，但是，不管穿上多麼高級的衣服，如果口袋空空也是沒有用。

——繆塞，《兩個愛人》

馬車和馬對花花公子來說絕對是不可或缺的地位象徵，但事實上，那不只是個象徵，就實用層面來說，花花公子也十分需要它們。也就是

註①——指天主教禮儀年曆裡的四旬期（復活節前四十天）的最後一週，是天主教禮儀生活的高峰。

說，在奧斯曼改造前的巴黎，被隨意丟棄在街道上的廚餘因被馬車輾碎而變成黑色的塵土，厚厚地堆積在鋪路石上，所以只要在路上稍微一走，花花公子們的服裝就全毀了。

歐也納為了不讓鞋子弄髒，小心翼翼地走著。（……）但結果卻讓泥巴濺了上來，逼不得已他只好在皇家宮殿請人擦鞋，並請人用刷子刷洗長褲。「如果不是那麼缺錢」，他一邊找開為了以備不時之需所帶來的三十蘇銀幣，一邊輕聲說道：「我就可以搭車前往，然後在車上慢慢地想我自己的事。」

——《高老頭》

不能搭馬車的遺憾，以及為了反制這樣的遺憾而搭著馬車到處遊走的快感，所有的主角都感受到了這兩種心情。特別是在《人間喜劇》中，更是生動描寫出「沒有馬車的花花公子」的屈辱感，巴爾札克應該是深刻感受過這件事所帶來的淒慘經驗，才不由得悲從中來，其中最讓人感到哀傷的便是以下的這個場面。

終於到了艾爾德爾街了，他要求與雷斯多夫人見面。他一邊感受到確信可以在未來展現勝利者驕傲的男子冷淡的憤怒，一邊承受下人們輕蔑的眼神，因為下人們沒有聽到正門的馬車聲響，卻看著他徒步從中庭穿過。

——《高老頭》

這種屈辱感對主角們而言是最難以忍受的，更何況當會面結束到外頭去時，還常常發生下雨卻沒有帶傘這樣的事，如果淋了雨，花掉僅有的一點錢所買下的唯一一件好衣服和帽子都會泡湯，這樣一來，也相當於進入上流社會的願望被徹底地回絕了。

一回想起來，我就要永遠絕食。我已經連一毛錢都沒有了，更不幸的是淋到雨的帽子還完全歪掉，連可以見人的帽子也沒辦法戴，從現在開始要如何對溫婉美麗的人開口說話呢？可以進出沙龍嗎？（……）設法不讓泥巴濺上來地經過巴黎的各條街道、為了躲雨而急速奔跑、然後穿著不輸給包圍在她四周的笨蛋們的漂亮服裝到她那裡去。啊，對不知不覺想談戀愛的詩人來說，實在有太多的苦難。我的幸福、我的戀情、全毀在那最好的一件白背心上的一點泥巴。

——《驢皮記》

如果有人懷疑這樣的虛榮是否只是巴爾札克的主角們的共通點，那麼，請讀一讀以下的文章，你就會知道完全稱不上是花花公子的馬留斯（也就是雨果）也為同樣的事情所苦。

◆雨水是大敵

在那裡有音樂和舞會。在那樣的夜晚，馬留斯穿著新衣服前往。但是，只有在連石頭都會裂開的寒冷日子才可以前往參加那樣的晚會和舞會，因為，他不但沒錢搭馬車，如果不是穿著如鏡子一般閃閃發亮的長靴到達那裡就會很不開心。

——《悲慘世界》

馬車和徒步的確是有著天壤之別，但是，讓人不禁更強烈地感受到這種差異的其實是在所造訪的貴夫人的宅邸中庭裡，望見早一步抵達的客人的豪華馬車的那一刻。

在安汀路，雷斯多夫人家的中庭裡，停著一輛由二十六歲男子所駕駛的由一匹馬所拉的豪華二輪馬車（卡布利歐雷）。而聖日耳曼地區大貴族的豪華馬車，是花了三萬法郎（三千萬日圓）也買不到的馬車正在等著。（……）「這是廂型馬車的那個男的！」他低聲說道。「如果是這樣的話，可以讓巴黎的女人回過頭來的果然還是得要朝氣蓬勃的駿馬、下人的工作服和多不勝數的黃金？」奢侈之魔啃噬了他的心臟，他陷入急欲賺錢的渴望當中，對黃金的饑渴讓他的喉嚨乾澀無比。他每三個月只有一百三十法郎（十三萬日圓）的生活費，而他的父母、弟弟們、妹妹們，以及叔母，所有人加起來一個月也只用二百法郎（二十萬日圓）。

——《高老頭》

花上三千萬日圓也買不到的馬車和三個月的生活費十三萬。基本上，我們可以說拉斯蒂涅等主角們的故事就是他們為了填補對方和自己之間的差距，簡而言之，也就是為了滿足「想要買馬車」的欲望，而和上流社會或自己的自尊心格鬥的戲碼。如果以現代來說，或許就等於是憧憬著眼前的高級進口車的貧窮青年的心理。然而，十九世紀的馬車和現代的高級進口車，那種遙不可及的程度和憧憬的強度是不一樣的，但是，不管對馬車的渴望有多麼強烈，暫時之間，主角們也只能用街頭攬客馬車來將就。

相當於日文中「辻馬車」❷的類似計程車一樣的馬車，有稱為「費亞庫爾」（Fiacre）的四輪有蓋馬車和名為「卡布利歐雷」的二輪無蓋馬車兩種。費亞庫爾的名稱由來就一如書後「馬車記號學」的描述：在一六四一年，一個名為尼可拉·索維吉（Nicolas Sauvage）的男子展開街頭攬客馬車生意的

註②——辻馬車（つじばしゃ），收費的載客馬車。

◆費亞庫爾馬車（四人座）

場所是位於聖馬丁街的聖費亞庫爾旅館（Hôtel Saint-Fiacre），兩位或三位乘客面向前方坐著的庫普廂型馬車是基本型，不過也有四位或六位乘客面對面坐著的貝爾利努大型馬車。比方說，在《情感教育》中，弗雷德利克和朋友一起前往位在安汀路的野外舞會場地「阿罕布拉」時所使用的馬車就屬於費亞庫爾馬車裡的後者。

結果，一輛街頭攬客馬車就讓尤索內、希紀再加上德薩魯帝耶及其同夥等五個人在「阿罕布拉」的入口下了車。

不管是哪一種類型的費亞庫爾馬車，都以駕駛座設在外頭，並用兩匹馬來拉車的類型為標準型。相對於此，卡布利歐雷馬車則是十八世紀末才出現的由一匹馬所拉的輕裝馬車（改良型的「卡布利歐雷．米羅爾」（Milord）則有四輪），駕駛旁的座位可坐上兩名乘客。雖然在下雨天有折疊式的遮雨篷可以保護乘客，但是並非如費亞庫爾馬車一般可以和外部完全隔絕。關於一八二九年時的搭乘費用，根據貝提耶．德．索維尼所言，費亞庫爾馬車搭一次是三十蘇（一千五百日圓），如果以時間來計算，每

◆費亞庫爾馬車

◆卡布利歐雷馬車

◆卡布利歐雷·米羅爾馬車

◆卡布利歐雷馬車，請注意行李的擺放位置

個小時四十五蘇（二千二百五十日圓），卡布利歐雷馬車搭一次是二十五蘇，一個小時的費用是三十蘇。在將時代背景設定於一八二九年的《驢皮記》中，便有著這樣的一段文字「就只因為連區區的三十蘇都沒有，連費盡心思所做的俊俏打扮也要失去！」。很明顯地，其中的三十蘇指的就是搭一次費亞庫爾馬車的費用，在這裡，我們也不得不再度對巴爾札克的數字準確性表達敬意。同樣地，在《驢皮記》的下一個章節中，如果不知道費亞庫爾馬車連等待的時間也必須計費的話，應該就無法推測出拉法埃爾痛苦的原因。

> 夫人半開玩笑地拒絕我。幸好兩個人經過盧森堡公園時天氣很好，但是，離開公園之後，突然間，我從剛才就開始擔心的大朵烏雲讓天空下起了豆大的雨點，於是我們招來並搭上街頭攬客馬車。來到林蔭大道之後，雨停了，天空再度轉為明亮。就在抵達博物館後，想讓馬車回去時，費多拉說「就讓馬車等著吧！」真是折磨人啊！

但是，在主角們之中，也有用以時間計費的方式來雇用卡布利歐雷馬車，連目的地也沒有告知就在拉丁區中漫遊的勇者，那就是因為和外祖父吉爾諾曼吵架而離家出走的馬留斯。

馬留斯沒有說要前往哪裡，就連他自己也不知要到哪裡去，他將三十法郎、手錶和兩、三件衣服塞進旅行背包後就出門了。他搭上街頭攬客馬車，以時間計費，漫無目的地往拉丁區的方向去了。

或許有人會以為因為馬留斯是個對金錢價值沒有概念的無知少爺，所以才做出這麼大膽的事，但事實上，他之所以搭乘卡布利歐雷馬車而非費亞庫爾馬車乃是雨果為了讓馬留斯接近「ABC之友」的學生們而埋下的伏筆，因為如果馬留斯的皮箱沒有擺在任憑風吹日曬的卡布利歐雷馬車的行李架上，在拉丁區咖啡店休息的老學生雷庫爾．莫也就不會在皮箱上看到前一天法律系上課時，自己在點名時代為應答的學生的姓名，也不會和他說話，而馬留斯應該就沒有機會認識「ABC之友」的學生們。

但是，對用盡僅有的一點點錢來進行變身的主角們而言，不管是費亞庫爾馬車還是卡布利歐雷馬車，只要搭上那麼一次，一頓晚餐的錢就會馬上泡湯，所以沒有道理老是這麼慷慨地搭著馬車到處跑。一般來說，就算在拜訪貴夫人或是前往歌劇院時，為了不讓鞋子沾上泥巴而雇用街頭攬客馬

◆租賃馬車（1）

車，回程也會採取步行的方式。

從義大利歌劇院到新聖吉納薇弗路的這一路上，學生們一邊沉浸在無比快樂的企圖中，一邊走路回家。

——《高老頭》

但是，因為沃特蘭很清楚拉斯蒂涅這種虛有其表的行為，所以當他聽說拉斯蒂涅得意地向高老頭描述義大利歌劇院的模樣時，便揭了拉斯蒂涅的瘡疤。

「你是怎麼回來的呢？」沃特蘭問。

「我走回來的啊。」歐也納回答。

「如果是我的話，」誘惑者說「才不要這種半調子的樂趣呢。如果是我的話，就會搭著自己的馬車前往，在自己的看台座位上觀賞，然後再舒舒服服地回來。缺一不可，要不就通通不要！這是我的原則。」

另一方面，《情感教育》的弗雷德利克上巴黎的時間比拉斯蒂涅和呂西安晚了二十年，大約是在一八四〇年，生活費的金額提高為二千法郎，街頭攬客馬車的費用應該也相對變得比較便宜。但是，他初次拜訪旦布爾茲時，卻和拉斯蒂涅一樣，去的時候搭乘街頭攬客馬車，然後再走路回家，藉以節省經費。

因為他想著旦布爾茲現在也不過就是一般的老百姓，才好不容易恢復平靜，氣宇軒昂地走下街頭攬客馬車，站在安茹街的步道上。（……）弗雷德利克沿著大街走回家。

主角們能夠利用的馬車，除了街頭攬客馬車之外，還有相當於現今的出租汽車的「租賃馬車」。它和租車一樣，有依時數、天數、月數，或是年數來計費的各種租借方式。一般來說，駕駛會隨同馬車一起出租，但也可以以自己的傭人或駕駛來取代。費用部分，根據貝提耶．德．索維尼的說法，含駕駛在內的話，一週需要花上一百二十六法郎，如果是按月計費，含駕駛在內則是五百四十法郎（五十四萬日圓）。租借輕裝二輪的卡布利歐雷，自己駕駛的話是一天十五法郎（一萬五千日圓）。拉斯蒂涅徒步前往拜訪雷斯多夫人的時候遭到下人鄙視，回家的時候他大為惱怒，儘管身上沒有帶錢，卻還是搭上了租賃馬車，前往鮑賽昂夫人的屋宅，當時他所搭的馬車便是租賃馬車而非街頭攬客馬車。

◆租賃馬車（2）

他來到面向著大街的門邊，應該是在送新婚夫婦回家的回程路上，想瞞著老闆偷偷接客賺外快的出租馬車駕駛看見歐也納雖然穿著燕尾服與白色背心，並搭配了黃色手套與閃閃發亮的長靴，但卻沒有帶傘，便向他招了招手。一腳踏入地獄的深淵後，就像是期待在地獄的最底處發現幸運的出口一般，歐也納愈加沉迷在那深淵裡頭，被那股致命的怒意控制著。他點了點頭，回應著駕駛的邀約。雖然口袋中只有二十二蘇，他還是搭上了馬車。（……）看著逐漸變大的雨勢，他稍微冷靜地找回了自信。他心裡想著：在剩下的幾枚珍貴的一百蘇金幣當中，就算用掉兩枚，那也是為了不要讓燕尾服、長靴和帽子弄髒所做的有效利用。

——《高老頭》

這個部分如果沒有仔細閱讀，便很容易發生誤解。這件事情的前提是：即使知道用手邊的錢沒有辦法支付費用，拉斯蒂涅還是搭上了馬車。所謂「剩下的幾枚珍貴的一百蘇金幣」指的並不是口袋裡的二十二蘇，而是在他住宿房間裡所剩下的全部財產，拉斯蒂涅決心在造訪鮑賽昂夫人家的那段期間，也讓馬車等著，然後直接搭回投宿的旅館，再補付兩枚一百蘇金幣（約十法郎）的費用。事實上，讀了之後的文章「抵達新聖吉納薇弗路後，他急忙走上自己的房間，在下樓將十法郎交給駕駛之後，走進那令人作嘔的飯廳。」便可以了解拉斯蒂涅所做的事就像是我們在末班電車收班之後搭計程車回家，等到家之後再補付車資一樣。但是，在這裡，筆者的疑問是：拉斯蒂涅雇用馬車的方式是以時數計費，還是不管時間多長，馬車的車資都以十法郎來計算。拉斯蒂涅雇用馬車的時間確實是從中午左右到下午五點為止，所以，若以一小時四十五蘇來計算的話，費用幾乎和以時數來計算是一樣的，但是，如果我們以「這輛馬車不是街頭攬客馬車，而是婚禮用的出租馬車」，以及「拉斯蒂涅在搭上馬車之後就馬上估計費用是兩枚一百蘇金幣（十法朗）」這兩點看來，便可得到這輛馬車是以天（或者應該說是半天）計費的結論。若非如此，應該沒有辦法在擔心等待費用的情形下，還可以在鮑賽昂夫人家慢慢聊天。

《情感教育》中的弗雷德利克在將好不容易弄到手的自家用馬車轉賣掉之後，便是利用這種租賃馬車把馬雷夏爾帶到戰神廣場去。

馬車是以時數計費的方式所租借的大型四輪馬車，由兩匹馬來拉車，並附有駕駛，他讓下人站在後面的台子上。馬雷夏爾似乎對這樣的體貼安排感到相當開心。

◆初期的公共馬車（歐尼巴士）

但是，以現今的角度來看，不管是街頭攬客馬車還是租賃馬車，光是連過日子都相當辛苦的主角們使用比現代的計程車或出租汽車還要昂貴的交通工具，感覺上好像有些奢侈。如果怕走路會把鞋子弄髒，那也可以利用相當於今天的巴士和地下鐵的公共馬車。但是，事實上，巴黎市內的公共馬車要一直到一八二八年歐尼氏（Omnes）所發明的歐尼巴士（omnibus）這種十二人座的大型馬車開始運行之後才宣告復活，就算是在一八一九年到一八二一年之間在巴黎度過青春歲月的拉斯蒂涅和呂西安想要搭乘，公共馬車也不存在。相對來說，在一八四〇年前往巴黎的弗雷德利克應該是有機會搭乘公共馬車的，但就因為他是貴族主義的弗雷德利克，除了前往沃特伊（Auteuil）拜訪阿爾努夫人之外，他完全不搭乘這種大眾交通工具，這個部分恐怕是反映著福樓拜的個人好惡。

真想知道柯利亞家的近況，已經好久沒碰面了，到那裡去要花好多時間，回來的交通也相當辛苦，得在鋪道走上兩哩半的路，一旦下雨，變得滿地泥濘，那更是叫人難以忍受。以我的財力並無法搭乘街頭攬客馬車，對公共馬車也不感興趣，只能走路前往，但那也必須是在天氣乾燥的時候。

——福樓拜，《書簡集》

◆公共馬車的車頂座位（安貝立爾）

除了歐尼巴士之外，經營共乘馬車的還有法沃利特（Les Favorites）、白衣姑娘（La Dame Blanche）等公司，不管哪一家，費用都是全區間五蘇的便宜價格，而且還能接著搭乘。一八五三年，名為「安貝立爾」的三蘇車頂座位也登場了，下層民眾也開始可以輕鬆地搭乘共乘馬車。

但是，很意外地，沒有人知道在主角之間有著對這種共乘馬車事業的發展性相當注意、投資十萬法郎並獲得三倍利益的人物。那就是《煙花女榮辱記》的呂西安．律邦浦雷、卡爾羅斯．艾雷拉和沃特蘭的組合。

「你們看，不錯吧！」他把四百張一千法郎的鈔票拿給呂西安看，並說道：「（……）我們要不要用這裡面的十萬法郎來賭一賭。最近出現了『公共馬車』這玩意兒，現在巴黎的人們都相當熱衷於這種新流行，我想只要三個月，我們就可以賺上三倍。我很清楚這種投資事業，把從資金中拿出來的錢做特別的分配，一定可以讓股票的價格大漲。」

在北部鐵道開通時，巴爾札克也學習沃特蘭的作法，投資了巨額的資金，但是和沃特蘭不同的是，他因為股票的暴跌而賠了一大筆錢。

第17章

# 〔想要買馬車〕

## （之二）以馬車為依據的階級識別法

豪華的蘭道馬車閃著由銅、鋼鐵製成的金屬零件所發出耀眼光亮通過兩人眼前，在羽絨外衣上縫著金色裝飾的兩名騎士駕馭著由四匹馬拉著，使用德蒙繫駕法的馬車飛奔而去。

——《情感教育》

當二十世紀的日本人在閱讀十九世紀的法國小說時，即使有什麼看不懂的地方，也比不上馬車的描述來得難以理解。或許，就算譯者費心地加上「由一匹馬來拉的輕裝二輪馬車」或「由兩匹馬來拉的廂型四輪馬車」等譯文，日本讀者應該也會跳過譯註的部分，單單以「馬車」這種很粗略的概念來理解。對現代的日本人而言，無論什麼樣的馬車都只是「馬車」，全都是「由馬匹來拉動的車子」。但是，如果這樣說的話，便是以「肉料理」和「魚料理」這樣的概念來涵蓋法國料理的所有料理方法，也等於是將酒還原成紅的和白的，可說是一種極為粗糙的文化理解方式。筆者認為，如果缺乏對馬車的正確理解，便不可能了解十九世紀的法國文學，因為馬車正是最能清楚表現出身為絕佳階級性文化的法國文化特質的事物。

比方說，先前所引用的沃特蘭的富裕生活簡圖中便寫著：需要「三匹馬加上白天所使用的二人座馬車（蒂爾伯里〔tilbury〕）和夜晚所使用的廂型四輪馬車（庫普）。」看了這段描述之後，腦袋中便可以浮現出馬車的型態和其所有者的社會地位、興趣的人應該不是太多。首先無法理解的就是為什麼在高級生活裡至少需要兩輛馬車？事實上，在當時的上流社會中，有著白天的散步和拜訪必須

◆庫普馬車與卡布利歐雷馬車

搭乘無蓋馬車，晚上的拜訪則搭乘有蓋廂型馬車這種不成文的規定。如果沒有先大概了解一下馬車型態學，記住其個別的使用型態，就很難對這樣的弦外之音做正確的解讀。

當然，雖說是馬車型態學，並非意味著還存在著另一個體系的學問，這只不過是因為我自己想對馬車做更進一步的了解，所以看著實物和圖片來整理馬車的型態並將其系統化而已。如果在這裡進行那項作業，便會暫時遠離主角們的生活和情感。幸好，關於馬車的型態學，我已將之前整理好的「馬車記號學」加在書後作為書末附錄，如果可以跟這裡合併起來閱讀，應該就可以理解每一種馬車的外型，以及我們可以依據什麼樣的特徵來分辨馬車的種類。只是，因為這篇文章的原始目的是「馬車的社會性區別」，也就是說，關於「擁有哪一種馬車的人是屬於什麼樣的社會階級，而他們又是被什麼樣的興趣和價值觀所影響」等問題都尚未深究，因此，在這裡我想就針對這種社會的差異性來進行討論。

他將信連續看了三次。沒錯！伯父的所有財產！年金二萬

◆庫普馬車

七千里弗爾！想到可以和阿爾努夫人再次相會，他欣喜若狂，一整個飄飄然。自己未來的模樣宛如幻覺般浮現在眼前——他帶著包著薄葉紙的禮物，出現在那個人的家，待在那個人身邊，門前停著他的輕型二輪馬車，不，是塗成黑色的巨大箱型馬車，上面有個身著黑色衣裳的僕人在等著。

這是《情感教育》中弗雷德利克繼承伯父的遺產時，突然浮現在腦中的優雅生活景象。弗雷德利克手上的遺產——年金二萬七千里弗爾（二千七百萬日圓），和沃特蘭所說的——「在巴黎出人頭地」的必要經費二萬五千法郎（二千五百萬日圓）幾乎一樣多，這件事讓我十分感興趣。不管怎麼說，在這裡，弗雷德利克第一輛想要購買的馬車和沃特蘭所描述高級生活中的馬車一樣都是庫普馬車和蒂爾伯里無蓋馬車這件事相當值得注意。總歸一句話，身為富裕生活象徵的這兩種馬車成了主角們夢想的核心。

那麼，上流生活中不可或缺的庫普馬車和蒂爾伯里無蓋馬車到底是什麼樣的馬車呢？

首先，庫普馬車是我們依據「馬車」這個字眼所能聯想到形象最接近的「基本款」馬車。基本上，它是一種四輪、有蓋的廂型馬車，「所有的座位都面向前方，而非面對面」這一點和另一種四輪有蓋的高級馬車貝爾利努不同。就語源上來說，是將貝爾利努馬車從正中央切開（進行“coupé”❶）的馬車，原則上是以兩匹馬來拉動的二人座馬車（在十九世紀後期，附有輔助席的庫普馬車也登場了）。基本上，如果以現今的日本車來說，庫普馬車便是相當於「皇冠」（Crown）或「公爵」（Cedric）等轎車。總而言之，就像轎車，也有從“Celsior”到可樂娜（Corona）❷的各種等級一樣，馬車的規格也是從最高級到最低等都有。不過，原則上，把庫普視為相當於現今的「三號」❸的高級馬車也無妨。相對於此，與其說貝爾利努四輪馬車是“Celsior”，倒不如說它是「林肯大轎車」（Lincoln Continental）或者是「勞斯萊斯」（Rolls-Royce），是有一點嚴肅、帶點大時代風格的大型馬車。在十九世紀前半葉，比起自家用，貝爾利努馬車反倒多用於儀式的出租馬車，即使是大貴族，比起過於大型的貝爾利努馬車，他們還比較傾向使用豪華的庫普馬車。拉斯蒂涅在鮑賽昂夫人的中庭所看

---

註①——此字原義為「分開、切成等分的兩半」。

註②——兩者皆為豐田（TOYOTA）旗下汽車，Celsior即台灣之Lexus LS系列，為高級車款，可樂娜則為最平價的車款。

註③——日文原文「3ナンバー」（3 number），指排氣量2000c.c.以上的大型轎車。

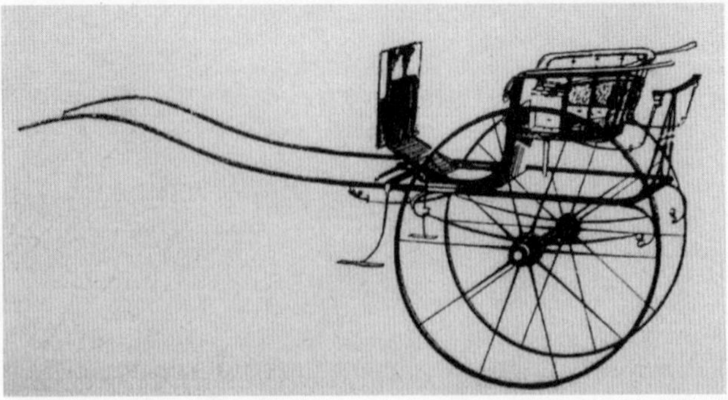

◆蒂爾伯里無蓋馬車

到的「花上三萬法郎（三千萬日圓）也買不到」的大貴族的豪華馬車便是這種庫普馬車。說到在小說中，在午後到晚上這段時間前往歌劇院時所登場的高級馬車應該也都是庫普馬車。

在那之後不久，他和鮑賽昂夫人一起搭著疾馳的廂型馬車前往當時流行的那個歌劇院。

——《高老頭》

另外，即使是同時擁有幾台馬車，並依照場合的不同來使用的富裕家庭，主人所搭乘的「正牌」馬車通常都是庫普馬車。

「先生的馬車已經繫好馬匹了嗎？」她問下人。

「是的，夫人。」

「我用這輛車，讓主人用我的馬車和馬，七點半再吃飯就可以了。」

「好了，我們走吧。」夫人對歐也納說。他搭著紐沁根的廂型馬車（庫普）。坐在這個女人的隔壁，想著自己是不是在作夢。

——《高老頭》

另一方面，主角們所憧憬的蒂爾伯里馬車或卡布利歐雷馬車，以由一匹馬拉車和二輪為最大特徵。因為在「二輪」的限制下，沒有駕駛座，駕駛工作必須交給坐在主人隔壁座位上的駕駛，或者由喜歡駕駛馬車的男子自己拉著轡繩駕車。當然，對沒有能力雇用駕駛的花花公子而言，這樣的卡布利歐雷馬車（蒂爾伯里馬車）在使用上還比較方便，當因為一個什麼機會而突然變成有錢人的主角要選擇馬車時，通常都會選擇這種類型的馬車。

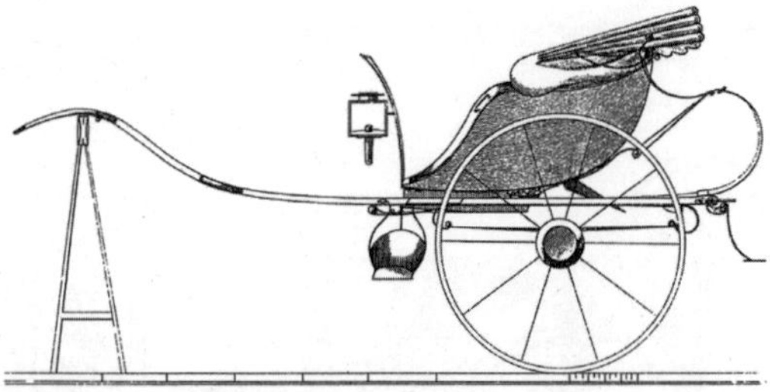

◆卡布利歐雷馬車

到達之後，他馬上就受到友人裘拉爾的拜訪。這個男的在弗雷德烈克離開巴黎的時候，繼承了龐大的遺產。因為年邁叔父的去世，他徹底地變成一個有錢人，在安汀路擁有公寓、二輪馬車以及馬匹，而且還受到女人們的包圍。

——繆塞，《弗雷德烈克與貝涅瑞特》

◆卡布利歐雷馬車

◆蒂爾伯里馬車（又稱史塔諾普馬車〔stanhope〕）

◆貝爾利努馬車

◆蘭道馬車

相當於現代兩大單身男性專用跑車——保時捷（Porsche）或窈窕淑女（Fairlady Z）——的馬車就算是附有折疊式的車篷，基本上也應該在天氣晴朗的日子使用，在夜晚的拜訪或前往看戲時並無法使用。因此，光是買卡布利歐雷馬車或蒂爾伯里馬車是不夠的，無論如何都必須再買一台夜間用的馬車。《情感教育》中的弗雷德利克就曾經為了要買蒂爾伯里馬車或庫普馬車而猶豫不決，最後他決定購買庫普馬車便是基於這個理由。

即使同為二輪馬車，還是可以從彈簧的種類和車後是否附有讓隨從搭乘的站台來分辨卡布利歐雷馬車和蒂爾伯里馬車。也就是說卡布利歐雷馬車通常都設有站台，蒂爾伯里馬車則無。或許是因為隨著時代的演進，人事費跟著升高，大家已經沒有餘力在主人旁邊再多雇用一名駕駛以外的隨從，所以，省略了隨從站台的蒂爾伯里馬車就登場了。不過，偶爾，人們也會將卡布利歐雷馬車當作二輪馬車的通稱，用以稱呼蒂爾伯里馬車，需要多加注意。比方說，在《高老爺》中，巴爾札克最初將前來拜訪雷斯多夫人的馬克辛·脫拉依的馬車稱為蒂爾伯里馬車，但後來卻又這麼說：

在安汀路，雷斯多夫人家的中庭裡，停著一輛由二十六歲男子所駕駛的由一匹馬所拉的豪華二輪馬車（卡布利歐雷）。而聖日耳曼地區大貴族的豪華馬車，是花了三萬法郎也買不到的馬車「庫普」正在等著。

——《高老頭》

這個之前也曾經引用過的段落對馬車的社會學來說是一份相當好的教材。也就是說，相對於搭著「巴黎屈指可數的優雅庫普馬車」的富有貴族來到重視規矩的大貴族宅邸街——聖日耳曼地區的貴夫人身邊，馬克辛．脫拉依或安利．馬爾歇等站在流行前端的花花公子則熟練地駕著精緻的卡布利歐雷馬車或蒂爾伯里馬車，來到排列著新興資產階級奢侈豪宅的安汀路上的美貌人妻居所，進行每日參拜。在《高老頭》中，只能垂涎並遙望著這些豪華馬車的拉斯蒂涅在《驢皮記》中搖身一變，成為一名堂堂的花花公子，他模仿馬克辛．脫拉依搭著蒂爾伯里馬車到處閒逛，以安利．馬爾歇之繼承人的姿態，心滿意足地當上住在安汀路的紐泌根夫人的愛人。

但是，因為這些在夜晚的拜訪或看戲時使用庫普馬車的人，不管是聖日耳曼區的大貴族，還是安汀路的大富豪，在晴朗的天氣於香榭儷舍「隆夏散步」時，全都以炫耀財富為目的，所以坐在座位上的貴夫人的絢爛衣裳便宛如畫廊展示畫作一般，搭著折疊式敞篷馬車而來。這個時候，她們所用的並非二輪的卡布利歐雷馬車或蒂爾伯里馬車，而是四輪的卡拉施馬車。請大家回想一下在《幻滅》中，在香榭儷舍上漠視呂西安的招呼的埃斯巴夫人搭著卡拉施馬車的這段情節。

當來到工程中斷的凱旋門前又打算折返的時候，他看到繫著美麗馬匹的無蓋四輪馬車從對面跑了過來，當在其中看到埃斯巴夫人和巴日東夫人的身影時，呂西安該是多麼驚訝。

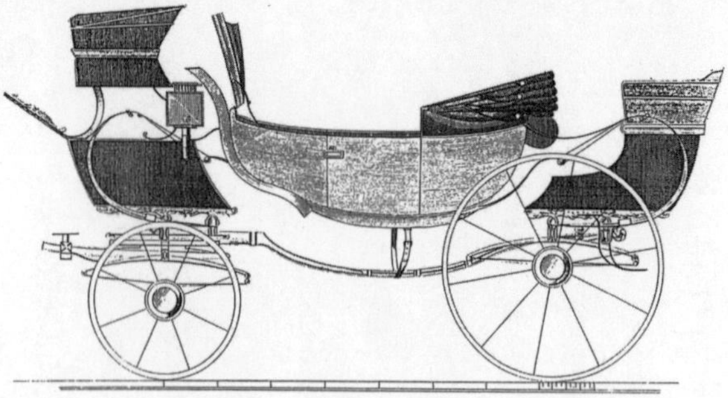

◆卡拉施四輪敞篷馬車

同樣地，在香榭儷舍，跑在《情感教育》中的弗雷德利克前頭的是旦布爾茲夫人所搭乘的蘭道馬車。

豪華的蘭道馬車閃著由銅、鋼鐵製成的金屬零件所發出耀眼光亮通過兩人眼前，在羽絨外衣上縫著金色裝飾的兩名騎士駕馭著由四匹馬拉著，使用德蒙繫駕法的馬車飛奔而去。旦布爾茲夫人和丈夫並肩坐著，馬爾吉諾則在對面的座位上。三人都是一臉驚訝的模樣。「被看到了」弗雷德利克想。

卡拉施馬車和蘭道馬車的差異就像這段引文所描述的一般，蘭道馬車設有面對面的四人座座位，在座位上蓋著由兩側折向中間的折疊式車篷。而卡拉施馬車的車篷只蓋住面向前方的座位，對面的輔助席上並沒有車篷。在型態上，就相當於廂型馬車裡庫普馬車和貝爾利努馬車的差異，但在「不管哪一種馬車都是大富豪們的休閒馬車」這一點上並沒有太大的差異，要選哪一輛就像是要選擇賓士 500SL 或 BMW325i 的卡布利歐雷馬車一樣，是個有趣的問題。只不過，如果我們將「蘭道馬車原本是為了要可以一邊享受四人對話，一邊散步的馬車」這一點考慮進去，便可以知道福樓拜之所以要在這裡讓旦布爾茲使用蘭道馬車，應該是為了讓馬爾吉諾可以一起搭乘所做的伏筆，而非社會性的區別。

說到伏筆，在《情感教育》中，福樓拜為了故事的進行所安排的馬車之選擇方法讓人感到十分驚訝，不管是哪一個段落，都讓人強烈感受到在這樣的情況下的確也只能使用這樣的馬車。比方說，在弗雷德利克造訪阿爾努別墅的回程路上，受邀搭乘的馬車是名為亞美利凱努（américaine）的新型馬車，若不是這種馬車，便不會發生弗雷德利克和阿爾努夫人的短暫接觸。

> 他——尤索內也一樣——沒和其他的客人一起告辭離去，而是讓人用馬車送他回家。當那輛亞美利凱努馬車已經等在門口時，阿爾努走到庭院裡來摘取玫瑰。（……）坐在她隔壁的弗雷德利克注意到她非常害怕。當馬車過了橋，阿爾努正打算左轉的時候，「不，不對，在這裡要右轉。」她表現得相當焦急，好像看什麼都不順眼。終於，當她看到馬爾丹已經睡著，便把花束拿出來，從車門的窗戶丟了下去。

◆使用德蒙繫駕法的卡拉施馬車

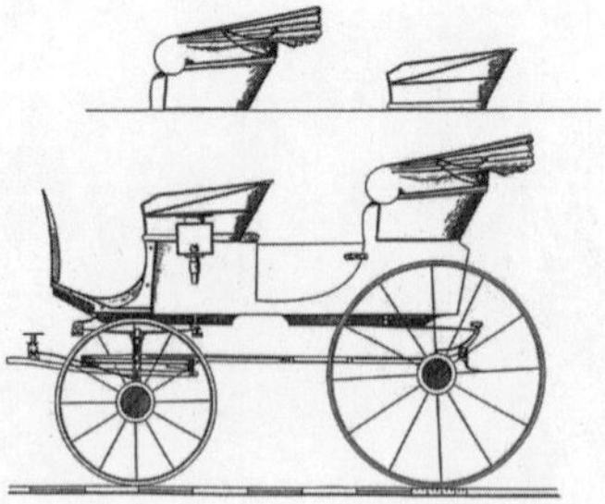

◆亞美利凱努馬車（別名法安頓·卡拉施馬車）

然後，她抓住弗雷德利克的手腕，再用另一隻手做著意有所指的暗號，然後，用手帕摀住嘴巴，一動也不動。駕駛座上的兩個男人們正談論著有關印刷廠和預約訂購的事情。（傍線為筆者所加）

仔細一看就可以發現，到目前為止所提到的任何一種馬車都不可能發生這樣的情況。也就是說，庫普馬車、貝爾利努馬車、卡拉施馬車和蘭道馬車的小型駕駛座都位在遠處，而且因為那裡只能坐一個人，如果出現「駕駛座上的兩個男人」這樣的描寫便很矛盾。但是，因為卡布利歐雷馬車和蒂爾伯里馬車的駕駛座可以坐兩個人，所以不會有問題。若單從福樓拜的描述來判斷，正好就像是把現代汽車前面座位的車篷取下來一樣的馬車，前面座位坐著阿爾努和尤索內，後面座位坐著阿爾努夫人、女兒馬爾丹以及弗雷德利克那就相當方便，而亞美利凱努馬車剛剛好就是這種型態的馬車。

亞美利凱努馬車是從四人座的法安頓馬車（phaéton）衍生而成的馬車，剛好就像是讓蒂爾伯里馬車變成四輪，再加上後面座位一樣，它沒有舊時馬車所設置的駕駛台，而是由坐在前面座位的主人自己來操控轠

◆米羅爾馬車或維多利亞馬車

繩。因為在四人座馬車中，設有兩排面向前方的兩人座座位的只有這種法安頓馬車／亞美利凱努馬車，和其他類型並非那麼難以區分。不過，法安頓馬車和亞美利凱努馬車兩者之間的區別卻有一些微妙，也就是說，相對於法安頓馬車在前面座位蓋著車篷，亞美利凱努馬車的前後座位可以交換，所以，後面座位也可以蓋上車篷，在這一點上兩者是不同的。簡而言之，為了不讓在前面座位拉著韁繩的丈夫注意到，「阿爾努夫人和弗雷德利克在後面座位進行對話」這樣的情境只可能發生在亞美利凱努馬車上。只不過，問題在於「她把花束拿出來，從車門的窗戶丟了下去」這段描述。因為亞美利凱努馬車的遮蓋有部分是固定式的廂型遮蓋，所以附有窗戶就不是那麼不可思議。不管如何，這種亞美利凱努馬車就是為了當時還無法擁有馬車的中產階級所開發出來的可樂娜或藍鳥（Blue Bird）等級的馬車。從這個事實中我們可以知道，這對阿爾努來說是再適合不過的馬車，也一定會被選在這樣的場景出現。

為中產階級而開發的馬車還有另一種，那就是維多利亞馬車（victoria）／米羅爾馬車類型的馬車，從這種馬車的駕駛座採取個別獨立的設計便可以知道，他們所設定的目標是比法安頓馬車／亞美利凱努馬車還要高一個等級的MARKII／LARUEL或西瑪（CIMA）❹等級的馬車。

這是發生在一八三八年七月中旬的事，當時終於出現在巴黎大街上的名為米羅爾的新型馬車在大學街上奔馳著。坐在上面的是一個不高不矮的肥胖男子，他穿著國民軍大尉的服裝。

——巴爾札克，《貝姨》

這位國民軍大尉是叫作庫爾維爾的香料商，他在成為新興暴發戶後，趁人之危地對于洛男爵夫人示愛。除了服裝和態度，就連馬車，巴爾札克也會配合登場人物來仔細選擇。米羅爾馬車、維多利亞馬車和公爵馬車（duc）等新型馬車的特徵都是「擺放雙腳的位置相當低」，而這樣的特徵和從七月王朝開始「襯架裙」（crinoline）這種置入了鯨魚骨的蓬蓬裙的流行有著密切關係。在以第二帝政為舞台的左拉小說，登場的大多都是這種馬車。

在第一輛馬車中，瑪莉阿波羅和達丹．娜娜讓蓬鬆的裙子垂在車輪上，像伯爵夫人一樣往後靠，輕蔑地看著徒步前往的堅毅婦人們。（……）最後，娜娜和修丹內爾一起坐在維多利亞馬車上，喬爾裘則可憐的坐在前面的輔助椅上，兩膝插在娜娜的膝蓋之間。

——《娜娜》

從第二帝政到第三共和這段期間，馬車雖然在機能面上有了前所未有的發展，但是，就型態而言，到了七月王政末期，幾乎所有的類型都已經發展完畢。就在世紀交替的同時，汽車出現了，馬車隨著十九世紀的結束從社會上徹底消失。

最後，讓我們來聽聽終於實現前往巴黎的夢想、搭著高級馬車在香榭儷舍疾馳的弗雷德利克·莫羅的感言。夢想終究是夢想，如果可以繼續做著這樣的夢想似乎比較美。

> 正當那個時候，弗雷德利克想起了遙遠的過去的每一天。當時，只要可以搭上在這裡看到的其中一輛馬車，只要可以陪在這裡看到的其中一名女人的身旁，便是無上的幸福，真是叫人羨慕的幸福啊。現在，雖然已經擁有了這些幸福，但心裡卻一點都不覺得開心。
>
> ——《情感教育》

---

註④——日產（NISSAN）汽車車系等級由高至低為Cedric、CIMA／LARUEL、Blue Bird，對應到豐田汽車，LARUEL相當於MARK II，Blue Bird相當於Corona的等級。

結語

# 〔拉丁區的今昔〕

（主角們的夢想痕跡）

在沒有客人的咖啡店後方，櫃檯內的女子在裝滿葡萄酒的小瓶子之間打著哈欠。報紙整齊地堆放在租書店的桌上，洗衣店前貼身衣褲隨著暖風飄動。偶然地在舊書店的櫥窗前停下腳步⋯⋯⋯⋯。

——《情感教育》

相隔五年之後，我在今年春假再度造訪巴黎，主要目的是想再次親眼確認本書所提及的地區。若要以一句話來描述這次造訪巴黎的感想，那便是：縱使巴黎的面貌在十九世紀時因為奧斯曼的改造而有了極大的變化，有某些基本元素卻完全沒有改變，依然是舊時模樣。當然，或許有許多街道都隨著奧斯曼的改造而消失，不過，卻也殘留著許多和拉斯蒂涅與呂西安前往巴黎時一模一樣的地區。當我一邊踩著石階，一邊追尋著主角們的足跡時，有好幾次都想走進他們所居住的建築物當中，這樣的經驗在東京是完全無法想像的，想必是已經消失的巴黎魅力和尚未消失的部分適度地融合在一起，進而刺激了我的想像力。在完整保存著數世紀前小鎮的威尼斯和布魯日，即使不運用想像力也可以感受到過去的存在。相反地，在東京，連藉以刺激想像力的線索也沒有留下。這又不禁讓我再度確認，包括那些最令人厭惡的地方，就整體而言，巴黎還是我心目中第一名的城市。

這次的步行主要以拉丁區和聖傑曼德佩區（Saint-Germain-des-Prés）周邊為主，不過，這兩區在奧斯曼以前都屬拉丁區，而造成兩區分裂的便是被奧斯曼用以作為賽巴斯托伯大道（Boulevard

Sebastopol）之延伸而使其縱貫左岸的聖米修大道（Boulevard Saint-Michel），和與其呈直角交叉的聖日耳曼大道。也就是說，這兩條大道的開通不僅讓過去從塞納河左岸到盧森堡公園一帶的這一整個區塊（拉丁區）一分為四，更將其劃分成聖米修大道東側和聖日耳曼大道南側。所以，即使同樣是從「拉丁區」這個字眼所浮現出的區域印象，在奧斯曼改造之前和之後這兩者間有著相當大的差別。在一八六七年所出版由著名作家們所著之《巴黎導覽》中，負責掌管拉丁區的西奧多・龐維勒（Théodore de Banville）還是一如過去，將從波納巴特街到葡萄酒市場（現在的巴黎第七大學）劃分為拉丁區，而現在筆者手上的導覽書幾乎都只將第五區（聖米修大道東側）劃分為拉丁區。但是，改變的並非只是地域的擴張，漫步拉丁區這件事本身的意義也有所轉變。

比方說，今日走在拉丁區，不管如何都必須經過聖米修大道與和其垂直的幾條寬廣道路，所以散步的路線便成了直線、直角的路線。然而，在奧斯曼以前的拉丁區，就算想採取這種直線、直角的路線也沒有辦法。因此，在以下這段將當時夏天的拉丁區氣氛做了精采描述的《情感教育》中的情節裡，不僅沒有聖米修大道，也沒有聖日耳曼大道，必須把它想成是在由眾多羊腸小徑所形成的街區中散步一般。

漫無目的地在拉丁區漫步，這個在白天時相當熱鬧的區域因學生們的歸鄉而感覺清閒。高聳的校舍牆壁因為過度安靜而顯得更加綿延漫長，讓人感受到十足的陰氣。耳中傳來了鳥籠中

◆拉丁區的學生和針線女工

的鳥兒振翅、滑輪以及修鞋的木槌等各種聲響。舊衣小販們在街道中央停下腳步，宛如一一瞄準每戶人家的窗戶般地在窺視著，但似乎完全沒有找到目標。在沒有客人的咖啡店後方，櫃檯內的女子在裝滿葡萄酒的小瓶子之間打著哈欠。報紙整齊地堆放在租書店的桌上，洗衣店前貼身衣褲隨著暖風飄動。偶然地在舊書店的櫥窗前停下腳步，因為公共馬車在經過時掠過了步道的邊緣而不禁回了頭。就這樣，等到了盧森堡公園之後，便是散步的終點。

「舊衣小販」、「租書店」、「洗衣店」、「舊書店」等，這些曾多次出現在本書中以學生為對象的零星小販，在大型街道開通、大規模的商業性投機浪潮奮力湧上之後，被一口氣吞沒了。（瓦萊，《巴黎之畫》）這一帶的情形和這幾年日本的神田區一模一樣。

但是，奧斯曼之所以要讓聖米修大道貫穿拉丁區並不只是因為預測到將來的交通堵塞，其主要目的是「為了要讓大砲更容易移動」。（瓦萊，前揭書）不用等到歷史學家的指摘，奧斯曼自己便在自傳中坦承了這一點。也就是說，「從戰略上的據點呈放射狀貫通到連街堡都無法搭建的寬

◆舊市街的破壞

廣大道」這個策略是拿破崙三世在流亡倫敦時想到的，奧斯曼所進行的聖米修大道開通工程則完整實現了這樣的想法。所以，當發生暴動的時候，便可以立即從設置在西提島的兵營（現今的巴黎警察局）派遣大型部隊。同時，和聖米修大道成垂直交叉的聖日耳曼大道、蘇福洛街、蓋留薩克街也強烈反應了這樣的想法。聖日耳曼大道之於拾荒者和流浪漢聚集的犯罪密集區馬貝廣場、蘇福洛街之於激動派學生的出擊據點萬神殿廣場，以及蓋留薩克街之於巴黎最貧窮的地區聖馬榭，都分別以深入敵陣的形式存在著。這種戰略道路的配置在巴黎公社時徹底發揮了它們的功能，但因這種歷史性的考察並非本書的目的，在此，我們還不如來具體調查一下主角們所熟識的餐廳和旅店在奧斯曼的改造之下變成什麼模樣。

首先，因為聖米修大道的開通，除了接近塞納河的地區之外，位在哈柏路兩側的老建築全部都遭到拆除。哈柏路在奧斯曼改造以前是拉丁區的熱鬧街道，因為以學生為對象的餐廳和旅店多半集中於此，所以，我們也可以說巴爾札克和繆塞時代的神話拉丁區也因此遭到毀滅。比方說，在和聖米修大道一樣寬廣的道路便無法發生如下的邂逅。

他住在哈柏路的四樓，細心栽種著窗邊的花草盆栽。有一天，當他在澆水的時候，突然在對面窗口看到了女孩，就在那個時候，女孩笑了出來，並愉快地朝著這邊看著，因為實在是靠得太近了，只好向對方點頭招呼，女孩也滿面笑容地點頭回應。從這個時候開始，兩個人便習慣像這樣每天隔著道路打招呼。

——繆塞，《弗雷德烈克與貝涅瑞特》

因為聖米修大道的開通而消失的建築物中，包含了弗雷德利克．莫羅想要前往享用要價四十三蘇的晚餐的餐廳「維爾」，在繆塞的《咪咪．潘松》中，和咪咪交情很好的針線女工，為了唬住學生而故意展現其豪華餐點的也是在這家餐廳。另外，連接索邦廣場和哈柏路的名為黎塞留新街的短街也隨著聖米修大道的開通而消失，結果，著名餐廳「福利扣多」也結束營業。在《悲慘世界》中，讓馬留斯遇到「ABC之友」會員們的那間位在聖米修廣場（即現今的艾德蒙．羅斯丹廣場）的慕桑咖啡（Le Café Musain），也淹沒在聖米修大道中。弗雷德利克．莫羅最初投宿的便宜旅店所在的聖提安桑特街，因為蘇福洛街的延長而被削去了大半，並改名為馬勒布朗施街。《驢皮記》中拉法埃爾所投宿的聖康坦旅館（Saint-Quentin Hotel）所在的科魯迪埃街，也在索邦大學改建校舍的時候消失了。

然而，也有幾條街道倖免於奧斯曼的大虐殺。比方說，庫留尼街便是《幻滅》中的呂西安．律邦浦雷度過窮困生活的庫留尼旅館所在的街道，現在雖已改名為維克多爾．庫珊街，但仍保有舊時的

◆庫留尼旅館

◆透過窗戶的戀情

模樣。不只如此，很讓人感動的是走在這條街上，我發現一家和庫留尼旅館同名的兩星級旅館現在依舊在營業著，並且還掛著寫有「何年何月○○曾住在這家旅館」的告示，究竟是不是呂西安．律邦浦雷呢？不管如何，下次造訪巴黎時，我一定要住在這家旅館。

在聖米修大道西側，也就是現在的奧狄翁及聖傑曼德佩區，除了被聖日耳曼大道清除掉的部分之外，依舊還殘留著許多屬於主角們時代的巴黎風采。比方說，在《幻滅》中，丹尼爾．達提茲的「文社」組織裡的朋友們群聚的夸特魯旺街（Rue des Quatre Vents）、呂西安為了「了解知識界的動向」而前往租書店的貿易拱廊街等，不管是名稱還是建築都和巴爾札克的時代一樣（貿易拱廊街也就是現在的貿易街）。

除此之外，若談到位在左岸的那些經過改造的主角們常去之地，最具代表性的就是盧森堡公園。在奧斯曼改造以前，盧森堡公園比現在還要寬廣，在天文台行道樹的西側，即現在的蒙田中學和巴黎第五大學一帶，也是公園的一部分。因為種滿了樹苗而被稱為「樹苗園」的這一帶，是呂西安．律邦浦雷將自己所做的十四行詩拿給艾吉安努．盧斯托看，並接受嚴苛的新聞教育之處。從這個「樹苗園」同時也是《悲慘世界》中馬留斯和珂賽特邂逅之處這件事，我們可以推測，這裡也是像主角一樣的學生們與針線女工談戀愛的最佳約會地點，學生和針線女工在此碰面之後就馬上前往野外舞廳大茅舍，大茅舍後來也隨著奧斯曼的改造而消失。位於現今的拉斯帕麗大道和蒙帕納斯大道交會處瓦彎路口的大茅舍，是對「巴黎—學生—閣樓房間—針線女工—大茅舍」這種貝朗傑式神話在法國境內流傳最有貢獻的場所。主角們，特別是繆塞的主角們，在進入社交界前每天都會到這裡來。

那天，因為弗雷德烈克和貝涅瑞特約好了碰面之後要前往大茅舍，所以就把唸書一事拋諸腦後。大茅舍就位在拉丁區的提沃里公園附近，是學生和針線女工們相會的場所。雖然和上流社會人士所出入的場所有著很大的差別，但它絕對是一個娛樂場所。客人們喝著啤酒、跳著舞，因為相當直接露骨，偶爾稍嫌吵鬧的快活氣氛也鼓舞了大家的心情。高雅的女孩們戴著圓形女帽，追求流行的男孩子也穿著羽毛布製成的衣服，抽煙、乾杯，在星空下談情說愛。如果警察禁止風塵女子進出，或許這個庭院便是唯一可以將舊時自由快樂的學生生活樣貌傳達給今日巴黎的場所。然而，那樣的傳統也一天一天地消失了。

——《弗雷德烈克與貝涅瑞特》

另外，在《包法利夫人》便有段針對成為包法利夫人的愛人雷歐，一如當時學生的刻板模樣，前

◆大茅舍

◆普拉斗

往舞廳的描述。

雷歐在研讀法律之餘，也勤跑大茅舍，一個勁兒地騷擾針線女工們。

——《包法利夫人》

除了大茅舍之外，普拉斗也是主角們常去的舞廳。

在那之前已經好幾次，拉斯蒂涅讓絹製長襪沾滿泥巴，舞鞋也變了形，就好像從節日狂歡或奧狄翁歌劇院舞會歸來時一般，投宿的人們確信他不到第二天早上不會回來。

——《高老頭》

這家普拉斗便是位在西提島巴里露里街的「冬之普拉斗」，在一八五八年時，因皇宮大道的開通而消失。另一方面，天文台大道（Avenue de l'Observatoire）三十九號（現為婦產科醫院），從一八三八年

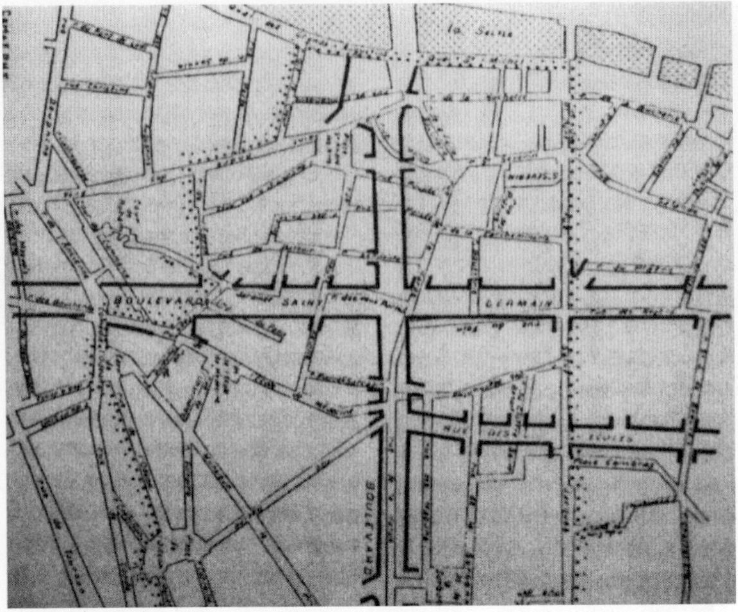


◆拉丁區的變遷

開始，有家名為「夏之普拉斗」的分店，這裡在一八四七年改名為丁香園（La Closerie des Lilas），後於一八五八年拆除。

但是，在這次筆者所再度造訪的主角們的「名勝遺跡」中，讓我覺得與過去幾乎完全沒有改變便是圖涅佛路，也就是拉斯蒂涅、高老頭和沃特蘭所投宿的伏蓋公寓所在的新聖吉納薇弗路。

經營著住宿公寓的那棟屋子為伏蓋夫人所有。它位在新聖吉納薇弗路的下方，剛好面向阿巴雷特路，因為地面完全沒有任何陡峭的傾斜，只是慢慢變低，馬車也走在少有升降的地方。或許就是因為這些緣故，瀰漫於夾在恩典谷教堂和萬神殿兩者的圓形屋頂間的沉默顯得更加深沉，那兩

◆伏蓋公寓的設定地點附近

座巨大建築所投射出的黃色光澤因為圓形屋頂所散發出的粗獷色調而讓周圍變得更加陰暗，也讓附近的氣氛有了變化。在那裡，鋪石乾裂、水溝中沒有泥巴也沒有水、沿著圍牆長著許多小草。不管是多麼悠閒的人在那裡都感受到和所有行人一樣的心情，就連馬車經過的聲音也成了一件大事。每一家都死氣沉沉，石牆感覺就像監獄一般。在不慎迷路的巴黎人眼中，大概只看得見住宿旅店或學校、貧困或無所事事、瀕死的老年、被強迫唸書的活力青春。這裡雖然屬於巴黎，但卻沒有比它還要令人討厭，或者不為人知的地方。

因為這裡是巴黎大學的保健室和學生餐廳所在的巷道，所以，若是曾經在大學唸過書的人都應該知道這個地方。但是，他們似乎沒有注意到，正當自己大口吃著學校的伙食時，在斜前方的屋子裡，拉斯蒂涅正吃著由伏蓋夫人所做的簡餐。

補遺1

# 〔作家與馬車〕

## 1 以「馬車」來閱讀福樓拜的作品……

相異於巴爾札克，福樓拜沒有那麼虛榮，所以，對購買馬車這件事他一點兒也不積極。第一、因為他幾乎沒有離開過當醫生的父親留給他的位於克魯瓦塞（Croisset）的屋宅，只在巴黎短暫停留，所以，可說是完全不需要自用馬車。

不過，相反地，在福樓拜的小說中，各式各樣的馬車都被賦予了符號性，在各種不同的場合出現，出現的TPO（時間、場所、狀況）也極為正確。熟悉馬車符號學的讀者，只要知道馬車的種類，就可以知道馬車主人的性格、身分和職業等資訊。

比方說，在《包法利夫人》中，艾瑪駑鈍的丈夫夏爾買下的馬車就是如下所述的樣子。

艾瑪的丈夫知道她喜歡搭著馬車到處遊逛，終於不知從哪弄來了一輛二手馬車（柏庫）。將這輛馬車搭配上嶄新角燈，以及將兩片皮革縫在一起做成的擋泥板後，看起來就像是一輛英國風的二輪馬車。

說到「柏庫」，大家可能想到的就是結構單純的二人座、單馬二輪馬車，所使用的彈簧等級也是最差的。要說的話，感覺就像是手排、沒有冷氣的特製低馬力汽車，是最適合鄉下醫生出診時使用的廉價馬車。柏庫的語源來自身為發明家的馬車製造業者柏楷，因為發音上的誤差，變成了柏庫，沒多久，又衍生出柏楷、柏基（Buggy）等各種變化，一直到今日的baby buggy（嬰兒車），才終止了這個演變。

另一方面，自從被邀請參加舞會之後，艾瑪在夢中持續愛慕的渥畢耶薩爾宅邸的子爵，則是搭乘優雅的蒂爾伯里馬車。

艾瑪停下腳步，讓輕型二輪馬車蒂爾伯里的舵刨地向前的一匹黑馬先跑過去。拉著韁繩的是一位穿著黑貂毛皮外套的紳士。那是誰呢？好像在哪裡看過……馬車跑遠了，看不到了。對了，是他，是子爵。艾瑪想起來了。馬路上完全不見人影，艾瑪隱忍著哀傷，靠在牆上，勉強撐住了身子。

從這段引文可以知道，艾瑪之所以可以認出子爵，正因為那名男子是位穿著黑貂毛皮外套的紳士，而且還乘著蒂爾伯里馬車。也就是說，光是蒂爾伯里馬車就會讓人家覺得他是位年輕又帥氣的貴族。

那麼，階層位於夏爾．包法利和子爵之間的人，比方說，像《情感教育》的阿爾努一樣的巴黎商人會搭什麼馬車呢？有一種馬車正是讓這種人搭乘的。

首先，眼前的景色引起了討論，接著，當大家針對風景開始議論時，阿爾努命令男僕在九點半左右駕著輕裝四輪馬車過來，他藉口說是因為會裡的來信，不得已必須回去。

相異於過去的貝爾利努、庫普、卡拉施或蘭道等高級四輪馬車，阿爾努的自家用馬車亞美利凱努沒有駕駛的座位，而是讓一家之主或男僕來駕駛的四輪馬車。換句話說，這是為了除男僕之外，再也沒有餘力雇用駕駛的中產階級所開發的宛如豐田的可樂娜或速利（Sunny）的馬車，十分符合阿爾努的地位。

不過，愛慕阿爾努夫人的主角弗雷德利克．莫羅自己又如何呢？他是個明明沒錢，卻希望一口氣拿到如賓士或法拉利一般的高級馬車的虛幻青年，但這個夢想卻因為繼承伯父的遺產而突然實現了。

他將信連續看了三次。沒錯！伯父的所有財產！年金兩萬七千里弗爾！想到可以和阿爾努夫人再次相會，他欣喜若狂，一整個飄飄然。自己未來的模樣宛如幻覺般浮現在眼前——他帶著包著薄葉紙的禮物，出現在那個人的家，待在那個人身邊，門前停著他的輕型二輪馬車，不，是塗成黑色的巨大箱型馬車，上面有個身著黑色衣裳的僕人在等著。

下午出門到布洛涅森林散步用的蒂爾伯里馬車，或者是晚上出席舞會或晚宴用的庫普馬車，弗雷德利克不知該選哪一輛，百般猶豫之下，他買了庫普馬車，但在這個選擇背後，他無非是貪圖可以完全隔離外部空間的庫普，比較可以保留他和阿爾努夫人兩人獨處時的隱私。事實上，在沒有賓館的十九世紀，馬車經常被拿來作為這種用途。

馬車不僅象徵人的階級，還會表現出人的心理。不只是馬車記號學，甚至可能還有馬車心理學。

## 2 將稿費和版稅全花在馬車上的巴爾札克

### 馬車費、駕駛費、治裝費

所有文學家中，對馬車最執著的無非就是《高老爺》和《幻滅》的作者巴爾札克。巴爾札克不斷在作品中描述憧憬馬車的青年，而他自己也是非常堅持要擁有自用馬車的作家。因為，對認為外在反應內在的巴爾札克而言，馬車是自己內在的象徵，也是一種自我表現的方式。

巴爾札克第一次購買自己的馬車是在一八三一年。這年，巴爾札克一邊提供報紙幾乎由他獨力完成的十六頁報導，同時也完成了《驢皮記》這本傑作，之前寫的《保皇黨人》（*Les Chouans*）和《私生活情景》（*Scènes de la vie privée*）等作品也再版了，換算成現今的日幣，等於是突然得到八百萬日圓這筆鉅款的幸運兒。一聽到再版的通知，巴爾札克絕對會因為可以用這筆錢來買馬車而陷入狂喜。在《驢皮記》中，他讓主角拉法埃爾說出的「搭著豪華馬車，躺在柔軟的彈簧上，急駛於巴黎街頭」這個夢想，終於成為事實。巴爾札克立即跟高級馬車業者薩努貢貿易公司索取馬車目錄，訂了一輛最適合單身花花公子搭乘的卡布利歐雷這種由一匹馬來拉的二輪有篷馬車，另外又花了約四百萬日圓買了一匹馬和一副馬具。

然而，和汽車不同，馬車需要的不只這些，因為它還要有駕駛。所以，巴爾札克以四十八萬日圓的年薪僱用了魯庫雷爾這位駕駛，並給他價值二十二萬五千日圓的工作服。另外，如果只有一匹馬，在緊急時刻難免困擾，因此他又買了一匹備用的馬和馬車駕駛不可或缺的厚毛巾，這又花了一百二十萬日圓。上列全部花費共計五百九十萬五千日圓，將近六百萬圓。

但是，這六百萬日圓只是擁有馬車的最低花費。如果想要擺出花花公子的架勢，就必須雇一個站在馬車後方的傭人。當然，這也必須支付工作服的費用。

不只如此，既然買了新馬車，坐在馬車上的就必須是不比馬車遜色的花花公子，所以，必須花上一筆極高的治裝費。再者，如果是正宗的花花公子，為了轉換心情，至少還會想再要一輛蒂爾伯里或庫普。另外還有馬匹的費用，飼養一匹馬一年平均需要九十萬日圓的燕麥費，而且，就算巴爾札克不用馬車，這些錢還是會消失。在《高老爺》中，壞蛋公子哥兒沃特蘭便說：「在巴黎若想要有面子，至少要有三匹馬，加上白天用的蒂爾伯里馬車和晚上用的庫普馬車，光是交通工具就要花上九千法郎（九百萬日圓）。」

## 3 以「馬車」來描寫交際花心理的左拉

馬車是金錢、名聲、權利、女人等所有男人渴求之物的象徵，因此，非常能夠刺激男人的欲望。相對於此，對女人而言，馬車不見得是可以想像的東西。也就是說，和男人不同，因為女人不會將自己的夢想寄託在馬車上，所以，如果哪天變成有錢人，並不會加上「特別想搭這種款式的馬車」這個條件。

女人想要的馬車的條件，簡而言之就是「豪華馬車」。只要是可以滿足炫耀盛裝的自己、贏得眾人讚嘆這些奢華願望的豪華馬車，她們並不介意車種。

比方說，當《娜娜》書中同名的女主角成為繆法伯爵的愛人之後，完全就像執行交際花的任務一般，花錢如流水，左拉在描寫將伯爵的財產花費殆盡的情節中，如此敘述娜娜所選的馬車。

第二個月，家裡都整理好了。車、馬類的費用超過三十萬法郎。馬廄裡已經有八匹馬，車庫中有五輛馬車，其中一台鑲銀的蘭道馬車一時之間在巴黎獲得相當的讚賞。娜娜飛上枝頭當鳳凰，徹底融入這種豪華生活中。

在這裡應該注意的並不是娜娜所買的是蘭道馬車這件事，而是那是一台「鑲銀」的豪華馬車。娜娜深信自己身為一個女人的價值，和馬車的價格是連動的，所以非得是極度奢華的馬車不可。

那麼，這種蘭道馬車要多少錢呢？書中雖然沒有寫到一輛蘭道馬車的價格，但卻寫了車、馬類花費的總額「超過三十萬法郎」。若將三十萬法郎換算成現在的金額，大約是三億日圓。當時，最高級的庫普和貝爾利努箱型馬車大約要三千萬日圓，所以，如果是四台這種等級的馬車，大約要一億兩千萬日圓。如果馬一匹是五百萬日圓，八匹就是四千萬日圓，兩項合計是一億六千萬日圓。其他，就算還需要馬伕、駕駛等人事費用，也應該比馬匹來得便宜，所以大約是兩千萬日圓。另外，還有各項雜支兩千萬日圓。如此一來，就剩下一億日圓。這是「鑲銀」豪華馬車的價值估算。

原本，娜娜自己在購買馬車時完全不用腦袋，因為買這些奢侈品的事，全由她的前愛人拉波爾帝德一手包辦。

不管是餐廳僕人、馬車的駕駛，還是大門守衛、料理女僕都是需要的。另一方面，也必須設置馬廄。這個時候，拉波爾帝德接受了讓伯爵深感煩惱的物品採購這項任務，深受器重。他負責購買馬匹的交涉、到處逛馬車店、也成了娜娜購物時的諮詢對象，甚至可以看到娜娜拉著他的手臂造訪商店。

不管如何，對娜娜而言，重要的是搭乘巴黎最豪華的馬車到處遊逛，讓把自己當作三腳貓演員加以鄙視的人刮目相看。為了達到這個目的，最好是一輛可以讓人們看到自己身影的馬車。說不定，負責購買馬車的拉波爾帝德就是因為娜娜的這個願望，才在五輛馬車中選了最高級的蘭道馬車。因為，蘭道馬車不僅在車頂的車篷拉下時完全開放，座位也採面對面設計，最適合用來炫耀自己的模樣。這個優點在她前往隆夏的賽馬場，探看以自己名字命名的四歲母馬「娜娜」那一幕，展露無遺。

娜娜宛如巴黎大賞決定了自己的命運般興奮，想在決勝點附近的柵欄旁挑個座位。所以，將繆法伯爵所贈的鑲銀蘭道馬車，使用德蒙繫駕法將四匹裝上馬鞍的馬加以連結，很早就第一個抵達。她讓兩名駕駛坐在左側的兩匹馬上，兩名馬伕動也不動地站在馬車後面，當她出現在草坪入口時，群眾之間就好像女王經過般互相推擠。

左拉自己是和這種交際花的世界完全無關的嚴謹誠實的人，在寫《娜娜》成為暢銷作家之前，他連馬車都沒有。不過，他靠著不間斷的徹底採訪，清楚掌握交際花的心理。他辛苦鑽研的結果，頻繁出現在四歲的馬兒「娜娜」在賽馬大會出人意料地獲得優勝，搭著蘭道馬車的娜娜認為人們對馬兒的喝采就是對自己的讚美，因而陷入狂喜時的情景。

娜娜站在馬車座位上踮著腳，感覺就像是自己受到喝采。（……）娜娜一個勁兒地專心聽著自己的名字，平原讓回聲傳到她耳中，人民為自己喝采，她在陽光中筆直地挺著身子，金色的頭髮隨風飄逸，她穿著宛如天空色彩的藍白衣裳接受這一切。（……）圍繞著她的馬車的鼎沸人聲終於轉變成對她的讚賞，娜娜宛如受到家臣擁戴而陷入狂喜的女神維納斯。

在這裡，銀色的高級蘭道馬車取代了娜娜在女演員生涯遭受挫折、無法贏得喝采的劇場舞台。左拉精彩說明了開放式豪華馬車是交際花的「舞台」這件事。

補遺2

# 〔搭乘馬車的夢想〕

## 1 馬車和汽車——駕駛座的階級差異

### 馬車駕駛和汽車司機的階級差異

若在當時的照片或版畫上看到世紀末出現的最早期汽車，感覺就像是拿掉馬匹的馬車，相當沒有整體感。如果沒有拍到方向盤，看起來就宛如庫普、蘭道或法安頓等款式的馬車，很難說出兩者的差異。司機就像馬車駕駛一樣，坐在被設置於乘客座位前方的「駕駛座」，一邊握著幾乎是從汽車地板垂直突起的方向盤，一邊宛如操控著看不到的馬匹一般，望著前方。那表情看起來就像失去了長年相伴的馬匹一樣悲傷，或者，也可說是自己熟悉擅長的工作被新科技奪走的徬徨，總之，那表情看起來就是不怎麼幸福。

不過，僅僅數年之後的照片，不管是汽車或駕駛的模樣，都和今天的照片沒什麼兩樣，感覺相當自然。這差別到底是從何而來呢？當然，汽車本身轉變成適合自己機能的外觀，而非拿掉馬匹的馬車，也是理由之一。總而言之，引擎蓋向前突出，方向盤也和現今的汽車做相同角度的傾斜。

不過，將最早期的汽車和改變外觀後的汽車進行比較之後，兩者在形象上的差異似乎不只如此，在某個地方應該還有更大的差別。

這麼一想，將照片仔細做過比較之後發現，前者的駕駛座和馬車的駕駛座一樣，和乘客座位徹底隔開，相對於風吹雨打的「外部」，後者的駕駛座雖然一樣會受到風吹雨打，但已經被納入「內部」。換言之，在最早期的汽車中，司機和馬車駕駛一樣，被放置在和「馬」相同的空間，但是，接近現今汽車的汽車，駕駛的座位雖然說不上和乘客的座位一樣，但至少已經進入了共享親密感的空間。這一點是兩張照片極為不同之處。

這差異說明了馬車駕駛和汽車司機在地位上的不同。也就是說，馬車駕駛因為必須為暴露在寒氣中的身體取暖，所以常常大量飲酒，對照這種被上流階級雇用的最下層人士，汽車司機被視為擁有尖端科學知識（相當於今日的高科技）的技術人員，也被當成和汽車共屬一組的「奢侈品」來禮遇。理所當然地，馬車駕駛雖然年長者較少，但汽車駕駛則壓倒性的多半是年輕人。

## 從宛如馬匹一般的存在，轉變為戀愛的共犯

若深入調查，這樣的差異其實也反應在文學作品上，其中一個很好的例子就是普魯斯特的《追憶似水年華》。這個作品的第一卷「在斯萬家那邊」中的「斯萬之戀」發生於汽車尚未出現的一八七〇年，看到作品中馬車被使用的方式可以發現，所謂的馬車駕駛，被坐在乘客座位上的人視為面對他們時不必有任何羞恥心的人類。這到底是從哪裡看出來呢？那就是主角斯萬第一次和交際花奧黛

特發生關係，就是在馬車的乘客座位上，文中完全看不出兩人有把駕駛當一回事。馬車駕駛就像馬匹一樣，完全不用在意他的存在。

不過，同樣在《追憶似水年華》，在以二十世紀為舞台的第五卷「女囚」和第六卷「阿爾貝蒂娜不知去向」中，主角馬塞爾讓駕駛充當監視愛人阿爾貝蒂娜的眼線，並負責轉交信件。主角和駕駛之間的距離變小了。即使在現實中，普魯斯特也和駕駛亞寇斯帝納利為同性戀的關係。也就是說，駕駛對上流階級的人來說，已經成了共同分享最不希望被他人知曉秘密的共犯。

這恐怕是因為風壓和速度等科技上的先決條件，汽車駕駛座被從類似馬車駕駛座的「外部」，被劃入雖然與「乘客座位」有所區分，但卻共享同一空間的「內部」這件事，有密切關聯。

在結構上對階級進行嚴格區分的馬車，以及逐漸模糊的階級差異，結果終於演變成主人自己掌握方向盤的汽車，直接象徵著十九世紀和二十世紀的差別。

## 2 長年持續等待的結婚遊行用馬車

一九九三年六月九日，我滿心期盼地等待電視轉播日本皇太子的結婚遊行❶。當然，我並沒有女性週刊那種窺探皇室生活的癖好，證據就是我在電視轉播結婚典禮和婚禮晚宴餐會時關掉了電視。我感興趣的只有遊行而已。

要說我注意的是遊行的哪個部分，那就是交通工具，具體而言就是馬車。我想仔細地親眼確認遊行時到底用了哪一種馬車。不過，在日本應該只有我關心這件事，對其他人來說，搭乘何種交通工具應該都無所謂。

對我來說，這是三十年才會發生一次，搞不好一輩子都碰不上的觀察良機。上一次的觀察機會是昭和三十四年（一九五九年）四月十日，現任日本天皇的結婚遊行，當時我才九歲，小學四年級，根本不可能有所謂的觀察。

但是，這次不一樣，寫完《想要買馬車》這本書的我（自認為）是無論馬車的外觀或用途，只要是與馬車有關的知識，熟悉程度都是全日本數一數二的「馬車評論家」。所以，我知道在結婚遊行中，皇太子夫妻搭乘的「必須」是何種馬車。也就是說，雖然說都是馬車，但隨著場所和情況的差異，有著不同的搭乘「規範」，並不是哪一種馬車都可以。以結論來說，結婚遊行所用的「必須」是卡拉施這種四輪馬車。事實上，看著記錄影片，現任天皇當時結婚所搭乘的正是皇室典禮用的卡拉施馬車。

那麼，為什麼結婚遊行一定要使用卡拉施馬車呢？這都是因為卡拉施的型態。

一般來說，馬車可以由兩輪或四輪、固定車頂或摺疊式車篷這些特徵來辨別區分。兩輪和四輪的

---

註①——日本皇太子德仁親王與小和田雅子之結婚典禮。

差異，相當於單身者用和情侶用的差別，固定式車頂和折疊式車篷的差異，就相當於夜間造訪用和白天散步用的差別。因此，當結婚的夫妻要遊行時，當然要使用附有摺疊式車篷的四輪馬車。而卡拉施就是這種型態的馬車。

不過，嚴格來說，這種「有摺疊式車篷的四輪馬車」並非只有卡拉施。蘭道馬車（德文發音為蘭達）、維夏偉（vis-à-vis）馬車、法安頓馬車、亞美利凱努馬車、維多利亞馬車、米羅爾馬車等都可說是這種型態的馬車。不過，這些馬車不管哪一種都不適合結婚遊行的場合。

首先來說蘭道馬車和維夏偉馬車，因為這兩種馬車的座位都是面對面的，雖然適合新婚夫妻說話，但卻不適合遊行。順帶一提，蘭道馬車是2X2的四人座，維夏偉馬車是1X1的二人座。

接著是法安頓馬車和亞美利凱努馬車，這兩種都是四人座，且是前半部座位兼作駕駛座的簡易型馬車，顯然不適合皇室遊行使用。

維多利亞馬車和米羅爾馬車雖然符合了四輪、附折疊式車篷、面向前方的兩人座這些遊行用馬車的條件，但事實上，皇室的遊行卻不太常用。因為這兩種馬車是十九世紀後半才登場的新興中產階級用馬車，大部分都沒有讓隨從坐在後面的踏台和簡易座位。皇室和皇族的遊行，一定要有兩位穿著工作服的隨從站在後面，就這點來看，維多利亞馬車和米羅爾馬車就不用考慮了。因此，說到皇室的結婚遊行，一定「必須」是卡拉施馬車。

也因為如此，一九九三年六月九日的結婚遊行，應該是我睽違三十四年，可以再度看到皇室典禮用卡拉施馬車的機會。如果用了其他馬車，身為「馬車評論家」的我就必須因為皇室違反典例，向宮內廳提出忠告。

然而，沒想到六月九日的皇室結婚遊行所使用的卻是 Nissan President 的敞篷車。這真的是太過分了！「馬車評論家」恐怕永遠沒有機會觀察皇室典禮用的卡拉施馬車，並發表蘊含豐富學識的評論！在二十世紀，就連「想要看馬車」這個願望也不可能實現了。

## 3 「買馬車」的夢想和實現

《想要買馬車》出版後恰好過了一年的一九九〇年七月，我依照往例為了蒐尋二手書而來到巴黎。可能是因為已經開始放暑假了，總覺得街上有些浮躁不安。或許是在這段期間，有些人想去旅行度假，很意外地，很多蒐集品都參加拍賣。我的目標就是七月十三日召開的大規模插畫書拍賣。

那天，我前往德魯奧（Drouot）拍賣會場。才剛剛買了會館發行的拍賣情報誌《德魯奧報導》（*La Gazette Drouot*），我對參加插畫書拍賣會的興致便突然冷卻，不過這並不代表我對參加這個拍賣會的插畫書失去熱情。雖然我對自己視為目標的插畫書所懷抱的心情並沒有改變，但是，我有了更想要的東西。

那就是馬車。沒錯，情報誌上刊載了真實馬車的拍賣會即將在隔天召開的訊息。

時間是七月十四日下午兩點。場所是安茹區的索米爾（Saumur）。

展出的馬車有庫普馬車、卡布利歐雷馬車、法安頓馬車、維多利亞馬車等。

以估價金額來說，狀況最好，只要繫上馬匹，立刻可以在街上奔馳的豪華庫普馬車是四萬法郎。過去被拿來當作家庭用馬車的法安頓馬車是三萬法郎，需要修理的馬車則最便宜。當時，一法郎大約是二十五日圓，四萬法郎大約一百萬日圓。三萬法郎的話約為七十五萬日圓。當然，因為是最低估價，如果在拍賣會上出現競價，價格有可能翻成兩倍、三倍。

不過，即使價格因為競爭而上漲，這個價格依然算是便宜。以汽車來說，就算是一般等級的車子，也差不多要這個價錢。像汽車這種東西，只要出得起，不管多少錢都會想要買到自己喜歡的。而且，就算是老骨董車也能做出複製品。

但是，馬車就沒辦法了。第一，它不是想買就可以輕易買到的東西。再說，如果要加以複製，實在很難想像到底要花上多少錢。那輛馬車，順利的話，只要花一百萬日圓就可以買到。巴爾札克和福樓拜的小說主角們，熱烈憧憬的庫普馬車、卡布利歐雷馬車、法安頓馬車，只要用相當一般等級汽車的價格就可買到。

這樣的話，身為寫出《想要買馬車》這本書的男人，應該沒有理由不說出「我買了！」這句話。好，明天早上，我就搭最早的一班列車到索米爾去。說到索米爾，這個地方是名馬索米爾馬的產地，過去，曾設有皇家騎兵學校，應該殘留許多馬車才對。而且，它也是巴爾札克的《幽谷百合》

（*Le Lys dans la vallée*）的故事舞台，在市區內到處走走看看應該很不賴。

我一邊想著這些事，一邊在床上看著登在《德魯奧報導》上的庫普馬車和法安頓馬車的照片。我想像著自己的身體隨著馬車那讓人備感舒暢的震盪而擺動，進入夢鄉。

隔天早晨，我慌張地從床上跳了起來。已經八點多了。完了，我睡過頭了，不，還有一點時間，索米爾雖然是個不方便搭火車前往的地方。但從奧斯特立茲車站（Gare d'Austerlitz）出發，只要三、四個小時就可抵達。走吧！去買馬車。

就在我走出飯店，踏上街道那刻，我發現整個城市出奇的安靜。對了，今天是七月十四日，是革命紀念日。因為在熱鬧的軍事遊行開始之前還有一點空檔，所以這個城市還在沉睡。這樣的話，在索米爾舉辦馬車拍賣會一定是和革命紀念日合併的「馬城索米爾」城市振興活動。就算沒有拍賣會，也值得一看。抵達奧斯特立茲車站時已經九點多了。往都爾（Tours）方向的列車出乎意料的少，下一班快車十點出發。如果是十點的話，剛好可以趕上。

十點了，但月台上並沒有往都爾方向列車的蹤影。我慌張地問了車站的工作人員，沒想到假日班次減少，十點出發的列車停開。他們說下一班要十二點才會出發。怎麼會這樣呢？當列車抵達索米爾時，拍賣會已經結束了。

結果，「想要買馬車」這句話只是一句永遠不可能實現的反現實假設。（我耳邊也響起「那是理所當然的啊！」因為，馬從哪裡來呢？）

# 補遺3 〔奧斯曼的巴黎改造〕

這幾年，或許是因為都市論的流行，奧斯曼的巴黎改造在各方面都受到討論。但大家關心的清一色都是它的政治、社會性意圖和都市願景這些抽象層面，然而巴黎的哪條街道有了什麼改變之類的具體事實，很意外地，極少被提及。不過，閱讀十九世紀的小說時最需要的就是這個領域的知識。因為「我們是主角」的主角們徬徨停留的巴黎和現今的巴黎，形象完全不同。在一八七五年這個時間點，馬克西姆·杜坎（Maxime Du Camp）已經這麼說了：「如果將魔杖一揮就可以讓巴黎突然回到二十年前，也就是二月革命時的狀態，不管是誰肯定都會發出恐懼的哀嚎。誰都不會相信像巴黎佬一樣有著強烈虛榮心的人，過去竟然住在這種積滿污水的地方。」（《巴黎》）因為第三共和時期就已經發出這樣的言論，很顯然地，若一個半世紀後的時間旅行者出現在奧斯曼以前的巴黎，就不光是發出恐懼的哀嚎可以了事。奧斯曼的巴黎改造就是這樣劇烈。

一八五三年，被任命為塞納省省長的奧斯曼最先動手的就是麗佛里街的貫通。麗佛里街由拿破崙一世從協和廣場開通到杜樂麗宮旁，不過，因為拿破崙的失勢，工程停頓，在現今北邊的拉法葉百貨公司一帶，殘破不堪的屋舍並排著。奧斯曼想要拓展麗佛里街的真正原因，應該就是要清除這些貧民窟。波特萊爾在《惡之華》（*Les Fleurs du mal*）裡名為〈白鳥〉的詩中，就歌頌著已經消失的這一帶的情景「舊時巴黎已不復見（……）現在只能在心中看到，那簡陋的成群屋宅、堆積如山的粗糙柱頭、圓柱、雜草、被積水染成青綠色的大石塊，以及在玻璃窗上閃耀著的雜亂無章的工具。」一都耶內大道（Rue du Doyenné）這一帶住了奈瓦爾、戈蒂耶和小浪漫主義的成員，過著《波西米亞的小鎮》（*Petits châteaux de Bohème*）❶中所描寫的波西米亞生活。

這些小型作品中，經常出現巴爾札克讓奈瓦爾所擁有的貴重骨董遺失這種令人惋惜的情節。事實上，巴爾札克從一八四四年左右開始熱衷於骨董，經常在有許多舊道具店的這一帶出沒。他晚年的傑作《貝姨》和《邦斯舅舅》（*Le cousin Pons*）中，就將這段時期的經驗，運用在貝姨的窮酸住居和邦斯的骨董收集等情節上。

就算只在那裡待上兩、三天，所有來到巴黎的人，看到以前搭建的、排列於通往卡魯塞爾橋的羅浮宮通行門，到美術館大道之間的區區十多間殘破家屋，都會深感遺憾。這是拿破崙決心將羅浮宮徹底完工那天以來，著手拆毀到一半的舊城殘骸，因為屋主也沒有意願，所以乾脆絲毫不加修繕地棄置。都耶內大道和都耶內小巷是這些雜亂搭建的屋宅唯一的道路，從沒人試著

註①——奈瓦爾作品。

前往這些陰森、寂寥的住宅一事看來，想必是有幽靈住在這兒吧。

——《貝姨》

老嫗貝蒂受到低廉租金的吸引而在這裡住下，但把她送來的于洛男爵卻成了住在同一棟建築的妖婦馬爾娜芙夫人的俘虜，一生全毀。

奧斯曼在回憶錄中說到「以在巴黎的第一份工作來說，將這一帶清除乾淨對我來說個很大的滿足。」他這份想將貧民窟從巴黎的中心地帶剔除的熱情完全不曾停歇，在延長麗佛里街的過程中，塞納河右岸殘存的中世紀城市街景也毫不留情地遭到破壞。特別是從羅浮宮到市政廳之間的區域，除了聖日耳曼奧塞爾教堂（L'église Saint-Germain-l'Auxerrois）、聖賈克塔（Tour Saint-Jacques），以及梅吉賽麗（Mégisserie）河岸附近的一部分，所有的建築物都遭到拆除，巴黎徹底重生，宛如全新的城市一般。其中，穿插在便宜旅店林立的夏特雷廣場和聖賈克塔附近的狹窄街道，以及奈瓦爾上吊自殺的舊燈籠路等街道，全都消失無蹤。

貧民窟的徹底掃除並非只在右岸進行。過了兌換橋，即使是西堤島也沒有逃過奧斯曼大刀闊斧的行動。今天的西堤島除了太子廣場和聖母院旁一帶之外，完全沒有民宅，奧斯曼大改革以前的西堤島是人口最密集的區域之一。順帶一提，現在的巴黎警察局、商事法院、市立醫院，以及聖母院廣場一帶，狹窄的巷道錯綜複雜，並且殘存著多次增建的便宜旅店密集分布的中世紀城市街景。這裡到處都是敞開鑲上腐朽木框玻璃窗的「土色屋宅，每一家的上方幾乎都以屋簷緊緊相連，可見街道之狹窄。發出惡臭的漆黑小巷前方，更暗、更臭的樓梯正開著大口。」（歐仁·蘇，《巴黎的秘密》）

歐仁·蘇寫到，這些廉價旅店的一樓，有著被稱為“tapis-franc”的便宜酒店，被釋放的囚犯、小偷、殺人犯等群聚在此。這種一般人需要鼓起相當大的勇氣才敢踏進一步的魔窟，不僅令人恐懼，似乎也散發著一種古怪的魅力。突然在《情感教育》中登場的風流貴族希紀就說出了「想和《巴黎的秘密》中的羅德爾芙公爵一般，學習互踢術，探訪西堤島的奇特酒家」這種愚蠢的話。

西堤島上還有據傳是朗德利主教（St. Landry）於七世紀建造的市立醫院，但地點和現在不同，而是位於聖母院的斜左方，剛好橫跨塞納河，在西堤島和塞納河左岸各據一側，搭建而成。關於市立醫院地理條件之惡劣，奧斯曼十分清楚，所以，剛開始他打算將市立醫院移到巴黎市的邊陲地帶。但是，卻遭到拿破崙三世的反對，結果，市立醫院再生成為聖母院斜右方那些略帶詩意的建築物。

位於太子廣場和聖母院右側一帶的民宅，依照奧斯曼的計畫應該是要全數拆除的，幸好，工程趕不及於奧斯曼在職期間完成，成了唯一可以訴說往昔西堤島風貌的建築，殘留至今日。

不過，就像巴爾札克在《現代史內幕》（*L'Envers de l'histoire contemporaine*）中所描寫的，以西堤島來說，聖母院右側一帶從當時開始就很奇妙地悄悄回復靜謐，所以，今天我們沒有線索可以想像《巴黎的秘密》中所提到的貧民窟。弗雷德利克·莫羅第二次的住處也在這裡，他在面對拿破崙河岸

（今日的百花河岸〔Quai-aux-Fleurs〕）的建築物租了公寓，以清幽的環境來說房租相對便宜，而且離大學相當近。

他從窗戶眺望到的右岸風光，應該就像梅里庸（Charles Méryon）那幅知名的銅版畫一樣，以聖母院上的怪物雕像當作前景，遙望遠方的聖賈克塔吧。

# 附錄

# 〔馬車記號學〕

有名女子從停在門前的雪白Mercedes五六〇SEL中走了下來。

對車子多少有些認識的人應該都可以從這段彷彿會出現在田中康夫的小說（事實上乃筆者所寫）中的文字解讀到些許社會性的辨別情報。比方說，從這段文字的敘述者不說「賓士」，而是以Mercedes 來取代這件事，我們便可以知道敘述者應該是相當習慣歐式汽車稱呼的人，同時，他是以和自己擁有相同經驗的讀者為對象，也就是說，這是歐洲車迷針對歐洲車迷所寫的文章。另外，在內容上，因為Mercedes 五六〇 SEL 乃賓士汽車中最高級的車種，且那種雪白的車子更是資產階級中富有進取心的新興資產階級所喜歡的車子，因此，我們可以想像這名「女子」應該是位有錢有閒的豪門夫人。

但是，如果是在兩百年後閱讀這篇文章的讀者，肯定無法解讀出蘊含在「Mercedes 五六〇SEL」中的社會性辨別特徵，就算這裡寫的是SUZUKI ALOT，而非 Mercedes，將來撰寫注釋的人或許只會在注釋中寫著「交通工具的一種，二十世紀時所使用的以汽油為動力的汽車」。過去，三島由紀夫便曾提出「為了不讓小說變得陳舊過時，盡量不要使用專有名詞」的忠告。然而，不只是專有名詞，即使是普通名詞，一旦其所參照的真實事物消失了，情況也會完全相同，讓小說中的那個部分變成不可理解之處。當今日的我們閱讀十九世紀的小說，遇到馬車的相關描述時便是一個很好的例子，比方說，我們會依據如下的敘述在心中描繪出一副什麼樣的情景呢？（傍線與英文原文為筆者所做的補充）

豪華的蘭道（蘭達）馬車 landau 閃著由銅、鋼鐵製成的金屬零件所發出耀眼光亮通過兩人眼前，在羽絨外衣上縫著金色裝飾的兩名騎士駕馭著由四匹馬拉著，使用德蒙繫駕法的馬車飛奔而去。（……）

在那裡，大型的四輪馬車berline 往香榭儷舍奔去，四周盡是馬車車流，附有折疊式車篷的卡拉施馬車 caléche、輕裝無蓋的布里斯卡馬車 briska、擁有長型車體的渥斯特馬車 wurst、將兩匹馬一前一後繫著的丹戴姆馬車 tandem、兩人座的二輪蒂爾伯里馬車 tilbury、有著背對背座位的道格馬車 dog-cart。在附有皮革窗戶的家具搬運車戴比希爾馬車 tapissiére 中，微醺的工匠們放聲高歌，被謔稱為半成金的由一匹馬所拉的四輪馬車 demi-fortune，由某家人的父親自己擔任車伕，謹慎地駕駛著。無蓋四輪的維多利亞馬車 victoria 因為超載，坐在別人腳上的男子雙腳從窗邊垂下。在大的廂型庫普馬車 coupé 中，鋪著呢絨布的座位上有一位正房的老婦人一邊打瞌睡，一邊搖晃著身體。在最後，還有一頭駿馬氣宇軒昂地以輕快的步伐拉著輕裝二輪的雪斯馬車 chaise，時尚之士的筆挺燕尾服充滿著優美的雅趣。

——古斯塔夫·福樓拜，《情感教育》

或許已經沒有比這還要簡單易懂的譯文了，不過，即使如此，我們所能理解的頂多也只是馬車外觀上的區別，絕對無法明白這些馬車各自擁有的社會性差異。仔細想想，這也是理所當然的事，因為這些實際參照對象已經消失的記號，不只失去了「能指」（signifer）的第一層意義，連第二層（神話性）❶的意義也喪失了。最近，雖然出現了「福樓拜小說中的意義優勢」這樣的形容，但即使是福樓拜，也沒有預期到馬車的消失，而寫下「什麼都沒有寫下的書」（livre sur rien）。如果是這樣的話，是否在可以理解第二層意義的分析表格的某處（比方說《十九世紀百科全書》中）尋找就可以了呢？但是，因為同時代的人們忙於使用記號，不可能會有人抱持著為了後世留下分析表格這種特殊想法，所以不可能會找到理想的文獻。因此，我們只能自己親手將在十九世紀所流行的「生理學事物」各個擊破。

要理解第二層意義，首先必須解讀第一層意義。不管如何，因為馬車這種交通工具在十九世紀末期到二十世紀初期這短短數十年之間便完全消失，和日本近代馬車的消聲匿跡幾乎是如出一轍，所以，關於馬車，現代的日本人只擁有「由馬匹所牽拉的交通工具」這種模糊的知識而已。因此，我們暫且以「讓第一層意義成立」為目標，亦即為了讓馬車各自的名稱與其外型和分類加以連結來進行說明。不過，雖說是馬車的外型和分類，在進行時也不是那麼簡單，因為，這就和汽車中的硬式車頂（hard-top）和雙凸輪軸（twin-cam）的差別一樣，要將外型和機能的差異以及歷史上的名稱變化等放在同一個平台來做分類並非那麼容易。於是，本文的目的首先便是針對馬車的歷史性變遷做整體觀察，接著再針對機能面做說明。

馬車本身的歷史和人類的歷史一樣久遠。特別是在羅馬時代，馬車的製造技術便達到極高的程度。但是，隨著羅馬帝國的滅亡，這種技術也在瞬間消失了，因為除了都市地區，馬車移動所不可或缺的鋪裝道路幾乎完全荒廢。隨著羅馬道路的荒蕪，都市間的交通也一味仰賴徒步和馬匹，即使連王公貴族也不例外，據說在國王的結婚典禮上便進行著如江戶時代的衛兵交接一樣，由徒步和馬匹進行的大規模移動。另一方面，都市地區的交通也因為車體製造技術的失傳而以徒步為主，王公貴族（譬如查理曼）藉由牛車、竹籠和人力車在城鎮中移動。當然，在中世紀並非沒有馬車，當搬運兵器等較重的行李時便會使用原始的馬車，但因當時彈簧和懸吊這種可以緩和震動的裝置尚未發明，所以從道路的狀態看來，馬車似乎不是人類所能搭乘的。到了中世紀末期，在進行慶典儀式的時候，皇室開始使用名為夏利歐・布蘭朗（chariot branlant）或夏爾・布蘭朗（char branlant）的馬車，也就是將江戶時代像竹籠一樣的東西放在車台上載運的馬車，姑且算是一種避免讓車台的震動直接影響到乘客的結構。到了十六世紀，夏利歐・布蘭朗馬車獲得改良，改名為從匈牙利語衍生出的寇秀馬車（coche）。夏利歐・布蘭朗馬車會在露天下受到風吹雨淋，但寇秀馬車卻附有遮蔽，從那時

---

註①——瑞士語言學家索緒爾建立的符號學，將單一符號（sign）分為「能指」（signifier）、「所指」（signifier）兩部分，能指是符號的語音形象，所指是符號的意義概念，例如「花」這個字是能指，而「浪漫」則是「花」所產生的概念，也就是所指。法國文學家羅蘭・巴特在符號學的基礎上進一步闡釋，在第一層意義上，能指和所指結合為一個符號，但第二層次的神話語言裡，符號會再衍生出更多概念，會隨著時代變遷而不斷改變。

開始，人們便可以舒服地旅行。不過，寇秀馬車的前輪還沒有辦法單獨改變方向，在狹窄道路上無法做圓弧型的轉彎，而且也沒有懸吊裝置。但即使如此，它依然相當受到貴族和資產階級的歡迎，大家都搭著寇秀馬車在巴黎市內的狹窄街道穿梭來回。於是，查理九世便發布命令，禁止在巴黎市內使用寇秀馬車，寇秀馬車僅可用於連結巴黎和地方的郵務事業和旅客運輸。後來，亨利三世賦予一位名叫菲利浦・德・卡爾代賽克的男子獨家經營權，鼓勵他經營這項事業，但因道路尚未整頓妥當，所以完全沒有進展。結果，在十七世紀期間，寇秀馬車的利用度並不是太高。因為寇秀馬車以這樣的形式被利用在都市間的交通上，所以，直到十八世紀中葉快速馬車第勒津斯馬車登場之前，都市間的共乘馬車就算外型和構造上有所改變，都一律稱為寇秀馬車。

一五九九年，馬車的遮蓋由皮革換成玻璃，同時，讓前輪單獨改變方向的方法也由德國傳入，再加上一六〇〇年發明了由皮革和彈簧做成的懸吊裝置，寇秀馬車發展成卡羅謝馬車（carrosse），近代的馬車製造技術到卡羅謝馬車可說是已經成立。據說，在路易十三世的統治下，富裕貴族會在卡羅謝馬車上塗上金粉以誇耀自己的財富。

在路易十四時期，巴黎市內的鋪裝道路完成之後，馬車的使用又更為進步，一六七〇年巴黎市內雖然有多達三一〇輛的卡羅謝馬車，不過其中也包含了之後被稱為費亞庫爾的出租馬車。名為尼可拉・索維吉的男子租用了聖馬丁街上的聖費亞庫爾旅館，在一六四一年開始經營的街頭攬客馬車便是這種馬車。因為這種相當於今天的計程車的事業十分成功，同業相繼出現，巴黎的狹窄街道開始

◆夏利歐・布蘭朗馬車

◆寇秀馬車

發生如布瓦洛（Nicolas Boileau）的諷刺詩中所描寫的交通阻塞。而且，在這個時候，除了街頭攬客馬車，收取同樣費用並在固定路線上行走的市內共乘馬車也開始運行。據說這種「收費五蘇的寇秀馬車」是名為巴斯．帕斯卡（Blaise Pascal）的哲學家在一六六一年所想出來的，剛開始的時候相當受到歡迎，不過因為馬車會挑選客人，結果，只經營了十五年便從巴黎市內消失。關於巴斯．帕斯卡的共乘馬車還流傳著各種有趣的故事，但因和本文的目的——「馬車記號學的分類」沒有直接關係，所以在此我只針對個人用馬車進行論述。

在這個時期（十七世紀後半）自家用的馬車幾乎已經具備現代馬車的造型，也就是說，在十九世紀小說中登場的自家用馬車的某些外型和機能在這個時代已經出現。比方說，以皮革或木頭製成的彈簧已經轉變成從德國進口的鋼鐵製彈簧，新型的卡羅謝馬車改稱為貝爾利努馬車，擁有折疊式車頂的卡拉施馬車也開始登場。因此，從這個時候開始，捨棄歷史性的描述，著手進行記號學的外型與分類作業或許才是比較聰明的作法。

不管如何，若要為這種乍看之下沒有秩序的東西進行分類，採用記號學裡有標／無標的對立的思考方法是比較方便的。比方說，如果使用「馬車的前輪可以／無法改變方向」這種對立，便可區分先前所提到的「卡羅謝馬車／寇秀馬車」，以鋼鐵製彈簧的有無為指標就可以辨別「貝爾利努馬車／卡羅謝馬車」。以下我們就來試著列舉足以成為馬車的識別特徵。

◆卡羅謝馬車

◆貝爾利努馬車

（一）二輪／四輪
（二）無蓋／有蓋（固定車頂／折疊車篷）
（三）二人座／四人座
（四）有駕駛座／無駕駛座
（五）有隨從站台（座位）／無隨從站台（座位）
（六）由一匹馬來拉／由兩匹以上的馬來拉
（七）C型彈簧／橢圓形彈簧

（一）二輪／四輪

首先，二輪／四輪的對立便是我們最需要注意的重要指標。

二輪馬車　①卡布利歐雷（cabriolet）②蒂爾伯里（tilbury）③道格（dog-cart）④丹戴姆（tandem）⑤凱伯（cab）⑥夏雷特・安格雷斯（charrette anglaise）

四輪馬車　①貝爾利努（berline）②庫普（coupé）③卡拉施（calèche）④蘭道（landau）⑤維夏偉（vis-à-vis）⑥法安頓（phaéton）⑦布雷克（break）⑧米羅爾（milord）⑨維多利亞（victoria）⑩公爵（duc）

⑪小公爵（petit duc）⑫亞美利凱努（américaine）⑬布里斯卡（briska）⑭戴比希爾（tapissière）

由此我們就可以明白，四輪馬車種類之豐富壓倒性地勝過二輪馬車，另外，相對於二輪馬車「幾乎都由一匹馬來拉」以及「包括駕駛在內的乘客共計兩名」這種缺乏變化的構造，因為四輪馬車一般來說都比二輪馬車來得大，所以可以做出各種變化和裝飾。但是，若不管這種這種變化上的有無而進行二輪馬車和四輪馬車的一般性比較，我們可以說，二輪馬車便相當於今天的二人座跑車，是輕快且具速度感的單身者所使用的馬車，而四輪馬車則以夫婦為主要使用者，相當於汽車的三隔間型式（sedan type）❷。二輪馬車以卡布利歐雷馬車為代表，同時它也是二輪馬車的代名詞。

然而，在閱讀十九世紀的小說時，二輪馬車的丹戴姆馬車或四輪馬車的維多利亞馬車也經常出現，如果連這些都可以辨識的話，那就算是相當厲害。

（二）無蓋／有蓋（固定車頂／折疊車篷）

完全無蓋的馬車並不是那麼多。

二輪馬車〔無蓋〕　道格、丹戴姆、夏雷特．安格雷斯

〔有蓋〕固定車頂　凱伯

折疊車篷　卡布利歐雷、蒂爾伯里

四輪馬車〔無蓋〕　布雷克

〔有蓋〕固定車頂　貝爾利努、庫普、戴比希爾

折疊車篷　卡拉施、蘭道、維夏偉、法安頓、米羅爾、維多利亞、公爵、小公爵、亞美利凱努、布里斯卡

像道格馬車、丹戴姆馬車、夏雷特．安格雷斯、布雷克馬車這種完全無蓋的馬車是晴朗的白天到郊外玩樂，特別是前往打獵時的交通工具，在正式場合，特別是夜間拜訪時並不能使用。折疊式車篷的馬車除了可用於遊行或白天拜訪等正式場合，也可用於到布洛涅森林散步等休閒活動。固定車頂的貝爾利努馬車、庫普馬車用於夜晚或冬天的拜訪，大貴族和大資本家進行夜間拜訪時使用貝爾利努馬車或庫普馬車，白天遊行或散步時則使用卡拉施馬車或蘭道馬車，男人們一個人在小鎮中奔走的時候搭乘卡布利歐雷馬車或蒂爾伯里馬車，狩獵時則使用道格馬車或布雷克馬車，針對不同目的，分別使用各種不同的馬車。不過，只能擁有一台馬車的階級在所有的場合上則都使用這種全天的馬車。

註②——汽車車體由引擎室、乘客座位、行李箱三種隔間（Box）所組成的車，就稱為“sedan type”，外型特徵是行李箱獨立且較乘客座位低，行李箱即使開啟，外部空氣也不會流入車子內。為一般房車的標準型式。

候型的折疊式車篷四輪馬車。到了十九世紀後期，在過去屈就於租賃馬車和街頭攬客馬車的新興資產階級也搭著自家用馬車到處跑，米羅爾馬車、維多利亞馬車、小公爵馬車便是針對這種使用者所開發的折疊式車篷四輪馬車。因為四人座的法安頓馬車（phaéton）和亞美利凱努馬車只有前面座位附有折疊式車篷，所以我們可以知道前面的座位是主要座位，後面的座位則是輔助席。當然，亞美利凱努馬車的前座座位和後面座位是可以交換的。二輪且擁有固定車頂的馬車只有凱伯馬車，但因它是將在英國被當作街頭攬客馬車使用的類型加以進口的馬車，所以在法國不是太流行。蒂爾伯里馬車中也有不附折疊式車篷的類型，稱為史塔諾普馬車（stanhope）。另外，同樣是庫普馬車也有著各種不同的變化：駕駛座位在高處，周邊圍著裝飾布匹的豪華類型稱為大庫普馬車（grand coupé或coupé de gala），另一種駕駛座位置較低，前輪和後輪之間的車體沒有下沉的類型稱為朵爾榭馬車（dorsay）、下沉的類型則稱為布爾喀姆馬車（brougham）。在年代上依序分別是大庫普馬車、朵爾榭馬車、布爾喀姆馬車。

（三）二人座／四人座

二輪馬車　二人座　卡布利歐雷、蒂爾伯里、道格、丹戴姆、凱伯、夏雷特．安格雷斯

四人座　（夏雷特．安格雷斯）、（道格）

四輪馬車　二人座　庫普、卡拉施、維夏偉、（法安頓）、米羅爾、維多利亞、公爵、小公爵、布里斯卡

## 四人座　貝爾利努、（卡拉施）、蘭道、法安頓、布雷克、亞美利凱努、戴比希爾

看到這裡，我們知道四人座馬車意外的少，貝爾利努馬車、蘭道馬車在和前進方向成直角的座位上分別有兩個人面對面坐著。法安頓馬車分別有後方座位（四人座）和無後方座位（兩人座）兩種類型，在四人座的法安頓馬車（mail phaéton）中，所有人都面向同一個方向。這一點和亞美利凱努馬車相同。相對於此，布雷克馬車、戴比希爾馬車則在與前進方向呈平行狀態的座位上面對面坐著四個人。戴比希爾馬車原本也兼作商業行李車之用，擠一擠可坐下六個人。

若以今天來說，這種戴比希爾馬車感覺就像是貨車或輕便客貨兩用車。布雷克馬車也有座位朝著前進方向的類型，不管是哪一種類型的布雷克馬車，在座位下面都有放置愛犬的空間。蘭道馬車和維夏偉馬車的剖面圖看起來雖然一模一樣，但是相對於四人座的蘭道馬車，維夏偉則為二人座，是專供男女情侶講話的馬車。卡拉施馬車原為二人座，但因在駕駛座後面附有兩人座的輔助座位，所以可以用與蘭道馬車相同的形式讓四個人面對面坐著。但是，和蘭道馬車不同的是它的輔助席並沒有折疊式車篷，因此，如果說蘭道馬車是讓立場對等的四人搭乘的馬車，卡拉施馬車便是有著「讓主要客人坐在附有車篷的座位，主人坐在輔助席」這種不成文規定的馬車。而那證據便是在繪著維多利亞女王造訪法國的畫作上，有著拿破崙三世陪同坐在卡拉施馬車的輔助席上一起遊行的身影。庫普馬車後來也出現了後面設有輔助座位的類型。在座位配置上最特別的應屬道格馬車，因為這種

馬車所採取的是兩人或四人背對背坐著的構造，而這樣的構造便是為了在座位下面製造出可以放入狩獵犬的空間。夏雷特・安格雷斯似乎也是採取這種作法的四人座馬車。布里斯卡馬車原是起源於俄羅斯的輕裝馬車，但在法國指的則是專門作為郵務馬車使用的變形卡拉施型馬車。這種卡拉施馬車在前後附有箱形物，主要用於旅行，也就是說，入夜之後，可以將頭、腳放入前後的箱子中睡覺。在貝爾利努馬車中，附有這種箱子的馬車稱為多魯穆茲（dormeuse）。

（四）有駕駛座／無駕駛座

這個指標比我們所想像的還要重要，因為「駕駛座是否位於獨立之處」顯示著相當大的社會差異。

二輪馬車　有駕駛座　凱伯
　　　　　無駕駛座　卡布利歐雷、蒂爾伯里、道格、丹戴姆、夏雷特・安格雷斯
四輪馬車　有駕駛座　貝爾利努、庫普、卡拉施、蘭道、維夏偉、布雷克、米羅爾、維多利亞、布里斯卡
　　　　　無駕駛座　法安頓、公爵（？）、小公爵、亞美利凱努、戴比希爾

二輪馬車中有駕駛座的只有凱伯馬車，原本於一八五二年自英國傳入，在後面附有駕駛座的二輪馬車，這種劃時代的創意在法國似乎不太受歡迎，既沒有出現在文學作品中，也沒有出現在畫作裡。凱伯馬車之外的二輪馬車都沒有駕駛座，必須由主人自己駕駛或者讓駕駛坐在隔壁座位上。因此，所

謂二輪馬車，基本上是單身者所使用的交通工具，用於花花公子在白天拜訪貴婦人，或者讓戀人或情婦坐在隔壁座位，自己拉著韁繩在布洛涅森林散步的時候。四輪且無駕駛座的馬車包括法安頓馬車、小公爵馬車、亞美利凱努馬車等，這些都是必須由主人自己操控韁繩或讓駕駛坐在隔壁座位。

其中，二人座的法安頓馬車原本是為了讓貴族帶著戀人一起散步所製造的專用馬車，但四人座的法安頓馬車，以及由它所變化出的亞美利凱努馬車則是針對沒有餘力雇用駕駛的中產階級家庭所製造的輕量新型馬車，一般來說，都是由一家之主來操控韁繩。另外，第二帝政時的新興統治階級喜歡搭著到處跑的新型豪華四輪公爵馬車，雖然在書衣內側的插圖中顯示出它在前部有駕駛座，但是因為在那張圖的說明中寫著車上設有前面和後面各兩人，共計四人的隨從座位，所以前面的座位並非駕駛座，而是隨從的座位。但是，如果這樣的話，韁繩便要由主人來操控，由構造上看來感覺有點不太自然。或者，駕駛也可能是騎在左側的馬背上揮舞馬鞭。

另一方面，將公爵馬車小型化的小公爵馬車沒有前面的隨從座位，馬匹由主人或坐在隔壁的駕駛從座位上操控。但是，根據其他資料，不管是公爵馬車還是小公爵馬車都是沒有前面座位的同型馬車，不一樣的只有大小，說不定公爵馬車的前面座位是可以拆下的。不管如何，公爵馬車和小公爵馬車的特徵就是沒有駕駛座，而在第二帝政時期使用最廣的米羅爾馬車和維多利亞馬車都是有駕駛座的馬車，以鐵具來支撐駕駛座的馬車稱為維多利亞馬車，以箱子來支撐駕駛座的馬車則稱為米羅爾馬車。商業用馬車戴比希爾馬車，也是經營商店的小市民一家在週日到郊外遊玩的時候所使用的馬車，當然轠繩就是由一家之主來掌握。

（五）有隨從站台（座位）／無隨從站台

二輪馬車　有隨從站台　卡布利歐雷

　　　　　無隨從站台　蒂爾伯里、道格、丹戴姆、凱伯、夏雷特·安格雷斯

四輪馬車　有隨從站台　貝爾利努、庫普、卡拉施、蘭道、維夏偉、布雷克、維多利亞、公爵、小公爵、布里斯卡

　　　　　無隨從站台　法安頓、米羅爾、亞美利凱努、戴比希爾

附設在馬車後面的台子有讓隨從站著搭乘的功能，當然這裡也可以當作行李架使用。比方說，卡布利歐雷馬車的後面便有著圓形的吊式彈簧，位在這種彈簧之間的台子不但可以置放行李，也可以作為讓隨從站立的台子。蒂爾伯里馬車和卡布利歐雷馬車雖然很相似，但一般來說，蒂爾伯里馬車沒有這個台子。突出於道格馬車和夏雷特·安格雷斯之後的並非隨從站台，而是面向後方坐著的人的置腳台。位在凱伯馬車後面的是駕駛台，而位在布雷克馬車、維多利亞馬車、公爵馬車、小公爵馬車後面高處的台子，與其說是隨從的站台，倒不如說是隨從的座位。法安頓馬車和亞美利凱努馬車的後方座位並不是讓隨從使用的，而是共乘者的座位。米羅爾馬車和維多利亞馬車的分辨方法之

◆朵爾榭馬車（左）和布爾喀姆馬車（右）

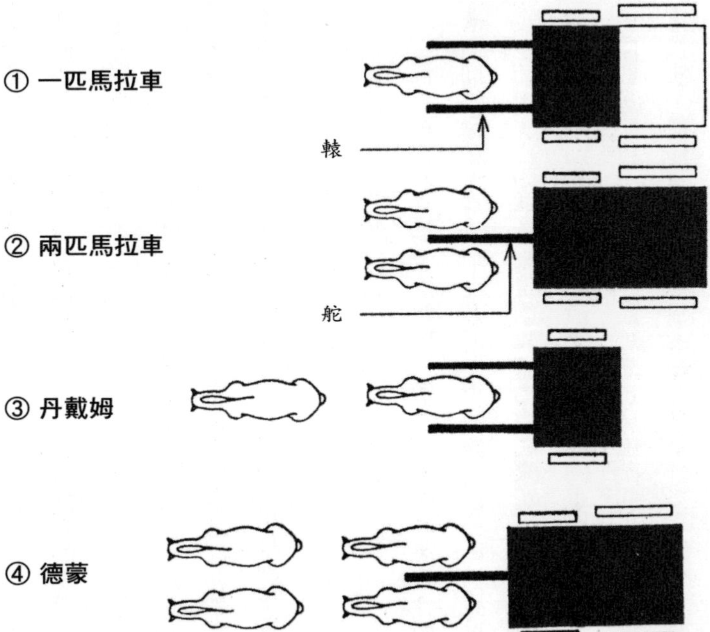


◆馬匹的繫法

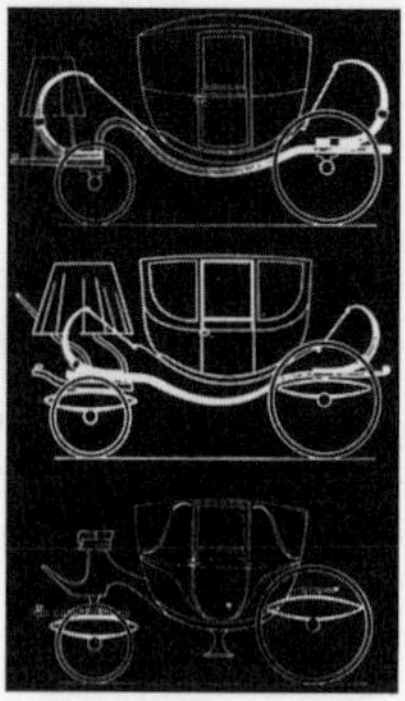

◆由上至下：C型、C型+橢圓型、橢圓型彈簧

一便是這種隨從座位的有無，因為米羅爾馬車原本被稱為卡布利歐雷．米羅爾馬車，多用於街頭攬客，所以當然沒有隨從的座位。不過，在維多利亞馬車中也有這種沒有隨從座位只有站台的類型，所以分辨的方法也或許只有前述之駕駛台構造的差異。另外，在書衣內側的插圖中，雖然可以看出蘭道馬車既沒有隨從用的站台也沒有隨從用的座位，但原則上，附有隨從站台或座位的占大多數。如果當郵務馬車使用，布里斯卡馬車的後面座位坐的便是郵差，若是個人用旅行馬車坐的則是隨從。

### （六）由一匹馬來拉／由兩匹以上的馬來拉

這個指標未必是馬車的辨別特徵，因為，隨著時代的演進，馬車也逐漸傾向輕量化，漸漸地從多匹馬車演變成由一匹馬來拉。因此，在十九世紀前半，由兩匹馬來拉的庫普馬車和米羅爾馬車到了十九世紀後半都演變成由一匹馬來拉。一般來說，二輪馬車由一匹馬來拉，四輪馬車則由兩匹馬來拉，因為由一匹馬來拉比由兩匹馬來拉容易駕駛，所以速度比較快，但卻缺乏安定性，有翻覆的危險。不過，即使是二輪馬車，也有將兩匹馬採一前一後來連接的方法，這種方法稱為「丹戴姆」❸。

而使用這種繫駕法的二輪無蓋馬車（類似道格馬車、但比道格馬車高）也稱為丹戴姆馬車。以這種方法來連接馬匹，馬車的重量會全落在後面那匹馬身上，相對地，前面的馬匹一點都不需要耗費力氣。因此，在前往狩獵地時，會用這種繫駕法來操控馬車，等到達目的地再改由另一匹馬來拉的話，就可以用最有效率的方法來狩獵。但是，因為使用這種繫駕法時，在操控馬匹時需要高度的控制技巧，所以如果不是技術很好的人最好盡量避免使用這種方法。

四輪馬車通常將兩匹馬並排連接，有些則會在前面多加兩匹馬。這種駕駛法以發明這種方法的德蒙公爵的名字來命名，稱為德蒙繫駕法，前後的左側馬匹上分別有一名騎士來駕駛。當然，隨著時代的演進，馬車輕量化之後，如果不是大型的典禮儀式，都不會使用這種繫駕法。

另外，透過三三三頁的圖片我們可以知道由一匹馬來拉或採用「丹戴姆」方式時，設有將馬匹的兩側夾起的轅，由兩匹馬來拉的馬車則附有一根舵，但在十九世紀中葉登場的名為德米・佛圖努（demi-fortune）的四輪馬車便分別取下了這種轅和舵，不管是由一匹馬來拉或兩匹馬來拉都沒問題。

### （七）C型彈簧／橢圓型彈簧

以組合懸吊式彈簧來讓車體浮起以減輕衝擊的彈簧，因其外型而被稱為C型彈簧，在十八世紀

註③——"tandem"的字義為縱向的串聯。

到十九世紀上半葉受到廣泛的使用。但自從一八〇二年英國人艾略特發明出由兩片鋼鐵組合成的橢圓型彈簧之後，大家便漸漸使用後者。因此，嚴格來說，這種指標也隨著時代而有所變化，並不能算是辨別的特徵。比方說，因為貝爾利努馬車或庫普馬車等是歷史較為古老的馬車，因此以使用C型彈簧者居多，然而，新時代的馬車當然就像書衣內側插圖所顯示的一樣，以橢圓型彈簧為主流。另外，十九世紀中葉的高級貝爾利努馬車中，則有C型和橢圓型彈簧各四個，共計八個彈簧（參照三三三頁的朵爾榭和布爾咯姆），卡拉施馬車、蘭道馬車、維夏偉馬車也一樣。相對於此，米羅爾馬車、公爵馬車、小公爵馬車、維多利亞馬車因為時代較新，一般來說多半使用橢圓型彈簧。就像書衣內側插圖一樣，維多利亞馬車所使用的彈簧也有C型和橢圓型的折衷類型。必須了解的是，相對於C型彈簧附有連結前後車輪的傳動軸，橢圓型彈簧則是以車體本身來擔任傳動軸的功能。「無傳動軸」這個特點意味著車體可以放低，因此，在上下座位時不必特別使用踏台。特別是在第二帝政時期，因為襯架裙這種置入鯨魚骨的寬裙大為流行，所以車體中央大幅下降的公爵馬車和維多利亞馬車就特別受到歡迎。

# 後記

從以前開始，我就想寫一本以注釋為主體的書，所謂以注釋為主體，便是將所講述到的地方都以百科（辭典）的形式來呈現。不過，其實在那之前，我便夢想著可以製作出一本不將所蒐集的資料做太過清楚的整理，而是如精神分析學上所說的「多元決定」一般，以幾個連結點為中心，保有如網眼般的連貫性的書籍。

很偶然地，在距今六年前的一九八四年，當我住在法國的蒙彼利埃（Montpellier）時，腦海中浮現出我在前言中所提到的想法，當時我沒有多想便把這樣的構想告訴友人芳川泰久，芳川先生對這個構想非常感興趣，建議我試著在《法國》（ふらんす）雜誌中以連載的形式來撰寫，對我而言，因為我知道自己夢想中的書需要龐大的資料，所以當場只是很模糊地回答他說：當我把資料都整理好了之後再麻煩你幫忙。本以為他應該不會放在心上，沒多久就會忘記，但是比我早一步回到日本的芳川兄在跟《法國》編輯部的小泉先生提過之後，便寫信告訴我：「從明年的四月號就要開始連載」，這讓向來作風率性的我感到相當驚訝，因為當時忙於蒐集資料的我還沒有讀過任何一份資料。於是，我請他將這次的連載至少再往後延個兩年，但因編輯部已經將它排入預定進度當中，我只好放棄延後的念頭，含淚著手進行。我重複讀過已經連載過的部分之後，想全部重寫的地方並不少，但是，現在回想起來，以我自己這種只會埋頭蒐集資料的個性，或許正需要這種方式來下定決心。

這一次，我在將文章集結成冊的同時又補寫了幾個章節，另外，在以「十九世紀的生理學——主角們的巴黎」為題，連載於《法國》雜誌中的文章也添加了許多內容，其細目如下所示。

| | | |
|---|---|---|
| 前言 | 巴黎大道的那頭 | 全新撰寫 |
| 第一章 | 我們是主角，要上巴黎去（之一） | 《法國》一九八六年四月號 |
| 第二章 | 我們是主角，要上巴黎去（之二） | 《法國》一九八六年五月號 |
| 第三章 | 我們是主角，要上巴黎去（之三） | 《法國》一九八六年六月號 |
| 第四章 | 市門和護照 | 《法國》一九八六年七月號 |
| 第五章 | 巴黎的第一印象和尋找住宿之地 | 《法國》一九八六年八月號 |
| 第六章 | 飲食生活（之一） | 《法國》一九八六年九月號 |
| 第七章 | 飲食生活（之二） | 《法國》一九八六年十月號 |
| 第八章 | 盧森堡公園和杜樂麗花園 | 全新撰寫 |
| 第九章 | 皇室宮殿（之一） | 全新撰寫 |
| 第十章 | 皇室宮殿（之二） | 全新撰寫 |

第十一章　林蔭大道（之一）　全新撰寫
第十二章　林蔭大道（之二）　全新撰寫
第十三章　林蔭大道（之三）　全新撰寫
第十四章　金錢的單位和物價　《法國》一九八六年十一月號
第十五章　生活水準和生活費　《法國》一九八六年十二月號
第十六章　想要買馬車（之一）　全新撰寫
第十七章　想要買馬車（之二）　全新撰寫
結語　拉丁區的今昔　全新撰寫
附錄　馬車的記號學　共立女子大學《文學藝術》十二月號

另外，因為這是一本整體就像注釋一般的書，所以我沒有寫出各段引文的出處，而是將所參照的文獻都整理在書後。在此，謹向我所使用的譯文之作者獻上十二萬分的謝意。

原本預計在連載結束之後馬上就集結成書，但因忙於眾多雜務，不知不覺就過了三年。這次終於可以將所有文章整理成書，全都是因為有了在連載時對我有諸多協助的白水社小泉昇先生的溫暖鼓勵，請容我再度表達由衷的謝意。最後，我也要在此對引薦我寫這本書的好友芳川泰久君表達感謝之意。

一九九〇年四月

鹿島茂

新版再增【補遺】三篇

作家與馬車　《馬銜》77、78、80期

搭乘馬車的夢想　《馬銜》74、75、76期

奧斯曼的巴黎改造　《法國》一九八七年一月號

# 參考文獻

## 日語文獻

### 文學作品

バルザック

『ゴリオ爺さん』平岡篤頼訳　新潮文庫　昭和四十七年　新潮社
『幻滅』生島遼一訳　バルザック全集第十一巻　昭和三十四年　東京創元社
『あら皮』山内義雄・鈴本健郎訳　バルザック全集第三巻　昭和三十六年　東京創元社
『シャベール大佐』川口篤訳　バルザック全集第三巻　昭和三十六年　東京創元社
『浮かれ女盛衰記』寺田透訳　バルザック全集第十三巻　昭和三十五年　東京創元社
『ウジェニー・グランデ』水野亮訳　バルザック全集第五巻　昭和三十七年　東京創元社
『フェラギュス』山田九朗訳　バルザック全集第七巻　昭和三十五年　東京創元社
『金色の眼の娘』田辺貞之助・古田幸男訳　バルザック全集第七巻　昭和三十五年　東京創元社
『骨董室』杉捷夫訳　バルザック全集第十六巻　昭和三十四年　東京創元社
『Z・マルカス』渡辺一夫・霧生和夫訳　バルザック全集第一巻　昭和三十六年　東京創元社
『ラブイユーズ』小西茂也訳　バルザック全集第十七巻　昭和三十五年　東京創元社
『従妹ベット』水野亮訳　バルザック全集第十九巻　昭和三十六年　東京創元社
『ピエレット』原政夫訳　バルザック全集第四巻　昭和三十六年　東京創元社
『セザール・ビロトー』新庄嘉章訳　バルザック全集第十巻　昭和三十五年　東京創元社
『ゴーディサール』伊吹武彦訳　バルザック全集第十巻　昭和三十五年　東京創元社
『人生の門出』島田実訳　バルザック全集第二十二巻　昭和四十八年　東京創元社
『ことづけ』水野亮　岩波文庫『知られざる傑作』収録　昭和四十二年　岩波書店

フロベール

『歩き方の理論』山田登世子訳『風俗のパトロジー』収録　一九八二年　新評論

『ジャーナリズム博物誌』鹿島茂訳　一九八六年　新評論

『役人の生理学』鹿島茂訳　一九八七年　新評論

『感情教育』山田𣝣訳　新集世界の文学第十四巻　昭和四十七年　中央公論社

『ボヴァリー夫人』山田𣝣訳　世界の文学第十五巻　昭和四十七年　中央公論社

『ブヴァールとペキュシェ』新庄嘉章訳　フロベール全集五　一九六六年　筑摩書房

『エジプト紀行　東方旅行（一八四九―一八五〇年）より』平井照敏訳　フロベール全集八　一九六七年　筑摩書房

『初稿感情教育』平井照敏訳　フロベール全集六　一九六七年　筑摩書房

『書簡Ｉ（一八三〇―一八五一）』蓮実重彦・平井照敏訳　フロベール全集八　一九六七年　筑摩書房

ミュッセ

『フレデリックとベルヌレット』『ミミ・パンソン』朝比奈誼訳　世界文学全集十八　一九六七年　筑摩書房

『二人の愛人』新庄嘉章訳　新潮文庫　昭和四十五年　新潮社

ユゴー

『レ・ミゼラブル』佐藤朔訳　新潮文庫　昭和四十二年　新潮社

スタンダール

『赤と黒』桑原武夫・生島遼一訳　世界文学全集3　昭和四十年　河出書房新社

『あゐ旅行者の手記』山辺雅彦　一九八三年　新評論

ゾラ

『居酒屋』黒田憲治訳　世界文学全集十七　昭和三十八年　河出書房新社

『ナナ』川口篤・古賀照一訳　新潮文庫　昭和四十二年　新潮社

『ラレーズ・ラカン』篠田浩一郎訳　講談社文庫　昭和四十六年　講談社

ドーデ

『パリ三十年』萩原弥彦訳　新集世界の文学第十四巻　昭和四十六年　中央公論社

モーパッサン　『脂肪の塊』青柳瑞穂訳　新潮文庫　昭和四十二年　新潮社
『ベラミ』中村光夫訳　世界文学全集四十　昭和四十四年　集英社
『宝石』青柳瑞穂訳　新潮文庫『モーパッサン短編集Ⅱ』収録　昭和四十二年　新潮社
ネルヴァル　『宿駅』稲生永訳　ネルヴァル全集一　昭和五十年　筑摩書房
デュマ　『モンテ・クリスト伯』山内義雄訳　世界文学全集五　昭和三十年　河出書房
リルケ　『マルテの手記』大山定一訳　新潮文庫　昭和四十二年　新潮社
メルシエ　『十八世紀パリ生活史―タブロー・ド・パリ』原宏編訳　岩波文庫　一九八九年　岩波書店
久米邦武編　『米欧回覧実記』岩波文庫　一九八八年　岩波書店
三島由紀夫　『裸体と衣装』新潮文庫　昭和四十二年　新潮社
巌谷小波　『フランス行』世界紀行文学全集Ⅰ収録　昭和三十四年　修道社

**研究書**

北山晴一　『おしゃれと権力』一九八五年　三省堂
『美食と革命』一九八五年　三省堂
喜安朗　『パリの聖月曜日』―十九世紀都市騒乱の舞台裏
『大都会の誕生―出来事の歴史像を読む』有斐閣選書　昭和六十一年　有斐閣
河盛好蔵　『河岸の古本屋』昭和四十七年　毎日新聞社
小倉和夫　『パリ名作の旅』一九八七年　サイマル版社
本城靖久　『十八世紀パリの明暗』新潮選書　昭和六十年　新潮社
壇上文雄　『フランス鉄道物語』昭和六十年　駿河台出版社

出口裕弘『ロートレアモンのパリ』一九八三年　筑摩書房
鹿島茂『レ・ミゼラブル百六景』一九八七年　文芸春秋
W・シヴェルヴシュ『鉄道旅行の歴史』加藤二郎訳　一九八二年　法政大学出版局
S・クラカウアー『天国と地獄―ジャック・オッフェンバックと同時代のパリ』平井正訳　一九八一年　せりか書房
フィリップ・ペロー『衣服のアルケオロジー―服装からみた十九世紀フランス社会の差異構造』大矢タカヤス訳　昭和六十年　文化出版局
ヴァルター・ベンヤミン『ボードレール』川村二郎・野村修訳　ヴァルター・ベンヤミン著作集六　一九八二年　晶文社
J・P・アロン『食べるフランス史―十九世紀の貴族と庶民の食卓』佐藤悦子訳　一九八五年　人文書院
ジュテファン・ツヴァイク『バルザック』水野亮訳　一九八四年　早川書房
ジャン＝アンリ・マルレ絵　ギヨーム・ド・ベルティエ・ド・ソヴィニー文『タブロー・ド・パリ』鹿島茂訳　一九八四年　新評論
アラン・コルバン『においの歴史』山口登世子・鹿島茂訳　一九八八年　新評論
ルイ・シュヴァリエ『歓楽と犯罪のモンマルトル』河盛好蔵・大島利治・鹿島茂・武藤剛史・円子千代子・戸張規子訳　一九八六年　文芸春秋
ジュディス・ウェクスラー『人間喜劇―十九世紀パリの観相術とカリカチュア』高山宏訳　一九八七年　ありな書房

# 法語文獻

## 文學書


Honoré de Balzac :

*Les Œuvres Complètes de H. de Balzac*, 26 vol, 1965-76, Bibliophile de l'Orginale

*Lettres à Madame Hanska*, 4 vol, Bibliophile de l'Originale

*La Comédie Humaine*, 12 vol, 1981, Bibliothèque Pléiade

《Histoire et Physiologie des Boulevards de Paris》 in Le Diable à Paris, 1845-46, Hetzel

Gustave Flaubert :

*Œuvres*, 2 vol, 1952, Bibliothèque Pléiade

*Œuvres Complètes*, 2 vol, 1964, Editions du Seuil

*Correspondance*, 2 vol, 1973, Bibliothèque Pléiade

de Musset :

*Œuvres Complètes en prose*, 1960, Bibliothèque Pléiade

Victor Hugo :

*Les Misérables*, 1951, Bibliothèque Pléiade

*Les Misérables*, 5 vol, 1879, Hugues

Stendhal :

*Œuvres Complètes*, 37 vol, 1913-40, Champion

Emile Zola :

*Œuvres Complètes Illustrés*, 19 vol, 1906, Fasquelle

Alphonse Daudet :

*Œuvres Complètes*, 20 vol, 1899-1901, Houssiaux

Guy de Maupassant :

*Œuvres Complètes Illustrés*, 30 vol, 1901-04, Ollendolff

Gérard de Nerval :

*Œuvres*, 2 vol, 1974, Bibliothèque Pléiade

Alexandre Dumas :

*Œuvres Illustrés*, 25 vol, Le Vasseur

Jules Vallès :

*Œuvres Complètes*, 5 vol, 1969, Livre Club Diderot

J.-K. Huysmans :

*Œuvres Complètes*, 23 vol, 1928-34, Crès

Henry Monnier :

*Scènes Populaires*, 1890, Dentu

Denis Diderot :

*Œuvres Romanesques*, 1962, Garnier

Jules Laforgue :

*Œuvres Complètes*, 1979, Slatkine reprints

Les Goncourt :

*Journal*, 4 vol, 1956, Fasquelle Flammarion

風俗觀察（當時人之著作）

Louis Huard :

*Physiolosie de l'étudiant*, 1841, Aubert

Pierre Durand :

*Physiolosie du Provincial à Paris*, 1841, Aubert

Maurice Alhoy :

*Physiolosie du Voyageur*, 1841, Aubert

L'auteur des Mémoires d'une femme de qualité :

*Physiolosie du Château des Tuileries*, 1842, Charles Lachapelle

Jules Janin :

*Un Hiver à Paris*, 1843, Curmer

*Un été à Paris*, 1843, Curmer

*Deburau, Histoire du Théâtre à quatre sous,* 1881, Librairie des Bibliophiles

Edmond Texier :

*Tableau de Paris*, 2 vol,1852-53, Paulin et Lechevalier

E. de Jouy :

*L'Hermite de la Chaussée d'antin*, 5 vol, 1805-07, Pillet

*Guillaume*, le Franc-parleur, 2 vol, 1815, Pillet

Paul de Kock :

*La Grande Ville*, Nouveau Tableau de Paris, 1842, tome 1, Victor Magin

Hoffbauer :

*Paris à travers les âges*, 1875-82, Firmin-Didot

Maxime du Camp :

*Paris, ses organes, ses fonctions et sa vie*, 5 vol, 1875, Hachette

Frédéric Soulié :

《Restaurants et gargotes》 in La Grande Ville, Nouveau Tableau de Paris, 1843, tome 2, Victor Magin

Marc Fournier :

《Rotonde du Temple》 in La Grande Ville, Nouveau Tableau de Paris, 1843, tome 2, Victor Magin

Emile de La Bédollierre :

*Les Industriels*, 1842, Madame Veuve Louis Janet

《L'étudiant en droit》 in Français peints par eux-mêmes, 8 vol, 1840-42, Curmer

L. Roux :

《Les Restaurants du Quartier Latin》 in Le Prisme, 1841, Curmer

Louis Désnoyer (Derville) :

《Les Tables d'hôte parisienne》 in Le Livre des Cent-et-Un, 15 vol, 1831, Ladvocat

Al. Donné :

《L'étudiant en médecine》 in Le Livre des Cent-et-Un, 15 vol, 1831, Ladvocat

Théodole de Banville :

《Le Quartier Latin et la Bibliothèque Saint-Geneviève》 in Paris Guide, 2 vol, 1867, Lacroix, Verboeckhoven

Charles Joliet :

《Les Petites Caves et Les Petites Cuisines》 in Paris Guide, 2 vol, 1867, Lacroix, Verboeckhoven

Louis Bloch et Sagari :

*Paris qui dort*, Librairie illustrée

F.-M. Marchant :

*Le Nouveau Conducteur de l'Etranger à Paris en 1820*, 1820, Moronval

Georges Montorgueil :

*La Vie des Boulevards*, 1896, Librairies-Imprimeries-Réunies

E. de Saulinat & A.P. Martial :

*Les Boulevards de Paris*, 1877, A Paris-Gravé

Baron Haussmann :

*Mémoires du Baron Haussmann*, Grands travaux de Paris, 1979, Guy Durier

Auguste Lepage :

*Les Cafés artistiques et littéraires de Paris*, 1882, Martin-Boursin

N. Brazier :

*Chroniques des petits théâtres de Paris*, 1837, Allardin

Gustave Claudin :

*Mes Souvenirs, les boulevards de 1840-1870*, 1884, Calmann Lévy

Alfred Delvau :

*Histoire anécdotiqe des cafés et cabarets de Paris*, 1862, Dentu

William Makepeace Thackeray :

*The works of William Makepeace Thackeray*, AMS Press

Martin Nadaud :

*Mémoires de Léonard ancien garçon maçon 1976*, Hachette

研究書（有日語譯本者置於「日語文獻」）

Paul D'Ariste : *La vie et le monde du Boulevard* (1830-1870), 1930, Jules Tallandier

Jean-Paul Aron : *Essai sur la sensibilité alimentaire à Paris au 19e siècle* 1967, Arman Colin

Jacques Boulenger : *Le Boulevard*, 1933, Calmann-Lévy

Jules Bertaut : *Le Boulevard*, 1924, Ernest Flammarion

Henri D'alméras : *Au bon vieux temps des diligences*, 1931, Albin Michel

*A pied, à cheval, en carrosse*, 1929, Albin Michel

*La vie parisienne sous la Restauration*, Albin Michel

*La vie parisienne sous Louis-Philippe*, Albin Michel

Robert Burnand : *La Vie Quotidienne en France en 1830*, 1943, Hachette

H. Clouzot & R.-H. Valensi : *Le Paris de La Comédie Humaine*, 1926, Le Goupy

G. de Bertier de Sauvigny : *La France et les Français vus par les voyageurs américains*, (1814-1848), 1982, Flammarion

*Nouvelle Histoire de Paris*, La Restauration 1815-1830, 1977, Hachette

Jeannine Guichardet : *Balzac*《Alchéologue de Paris》, 1986, SEDES

Musée Carnavalet : *Les Grands Boulevards*, 1985, Paris-Musées

Baudry de Saunier : *Histoire de la Locomotion Terrestre*, 1936, L'Illustration

Patrice de Vogüe : *Les Equipages* Editions Vaux le Vicomte

Fr. et J. Fourastié : *Les Ecrivains, témoins du peuple*, 1964, Editions J'ai lu

事典

A. Béraud et P. Dufey : *Dictionnaire Historique de Paris,* 1828, J.-N. Barba

Félix et Louis Lazare : *Dictionnaire Administratif Historique des Rues de Paris,* 1844, Félix Lazare

Jacques Hillairet : *Dictionnaire Historique des Rues de Paris,* 3 vol, 1963, Editions de Minuit

Gustave Pessard : *Nouveau Dictionnaire Historique de Paris,* 1904, Eugène Rey

Fernand Hazan : *Dictionnaire de Paris,* 1964, Larousse

Pierre Larousse : *Grand Dictionnaire Universel,* 17 vol, 1866, Larousse

Claude Augé : *Nouveau Larousse Illustré,* 7 vol, Larousse

Don H. Berkefile : *Carriage Terminology : An Historical Dictionary,* 1978, Smithsonian Institution Press

# 想要買馬車——19世紀巴黎男性的社會史
馬車が買いたい！

作者◆鹿島茂
譯者◆布拉德
封面設計◆呂德芬
責任編輯◆王慧芬
行銷企劃◆郭其彬、夏瑩芳、王綬晨、邱紹溢、陳詩婷、張瓊瑜
副總編輯◆張海靜
總編輯◆王思迅
發行人◆蘇拾平
出版◆如果出版事業股份有限公司
發行◆大雁出版基地
地址 台北市松山區復興北路333號11樓之4
電話 02-2718-2001 傳真 02-2718-1258
讀者傳真服務 02-2718-1258
讀者服務信箱 E-mail andbooks@andbooks.com.tw
劃撥帳號 19983379
戶名 大雁文化事業股份有限公司
香港發行◆大雁（香港）出版基地・里人文化
地址 香港荃灣橫龍街78號正好工業大廈22樓A室
電話（852）2419-2288 傳真（852）2419-1887
E-mail anyone@biznetvigator.com

出版日期 2013年10月 初版
定價 360元
ISBN 978-986-6006-41-8


歡迎光臨大雁出版基地官網 www.andbooks.com.tw
訂閱電子報並填寫回函卡



國家圖書館出版品預行編目（CIP）資料

想要買馬車：19世紀巴黎男性的社會史／鹿島茂著；布拉德譯.─初版─臺北市：如果出版：大雁出版基地發行，2013.09
面； 公分
譯自：馬車が買いたい!
ISBN 978-986-6006-41-8 (平裝)
1.小說 2.法國文學 3.文學評論

876.27 102017345